Née en 1967 aux [illegible] cès, appréciée pour sa [illegible] gues.

En 2011, elle publie son premier roman, *Executive*, tout en travaillant comme cadre supérieur d'entreprise, mais *La chirurgienne* est son premier roman traduit en français.

Passionnée de technologie et de psychologie, elle vit avec son mari en Floride.

La chirurgienne

LESLIE WOLFE

La chirurgienne

Traduit de l'anglais (États-Unis)
par Manon Malais

J'AI LU

Ce titre a précédemment paru sous le titre *À cœurs ouverts*.

TITRE ORIGINAL
The Surgeon

ÉDITEUR ORIGINAL
Storyfire Ltd trading as Bookouture, Grande-Bretagne, 2023

Un merci tout particulier à mon ami et star du barreau new-yorkais Mark Freyberg, qui m'a guidée en expert dans le dédale du système judiciaire.

Un merci enthousiaste au Dr Deborah Joule (Debbi, pour les amis) pour son amitié et ses conseils avisés. Sans elle, mes recherches sur la chirurgie cardiovasculaire auraient été bien plus pénibles. Grâce à son expérience, sa précision et sa passion pour le détail, l'écriture de ce roman aura été une formidable aventure.

1
Un patient

Qu'ai-je fait ?

Sitôt après m'avoir traversé l'esprit, cette question m'incendie tout le corps, sapant mon énergie. Tremblante, je me laisse glisser sur le sol, le long des carreaux glacés du mur. L'espace d'une seconde, je fixe mes mains comme si je ne les avais jamais vues ainsi gantées de caoutchouc ensanglanté. C'est à peine si je les reconnais, à croire qu'on m'a greffé celles d'une inconnue par erreur.

Sous le souffle de la climatisation se fait entendre la plainte de l'électrocardiogramme, faible mais persistante. Si seulement j'avais la force de demander qu'on coupe le son. La salle d'opération s'est figée, tendue, toutes les têtes tournées vers moi, les yeux écarquillés au-dessus des masques.

Seul le Dr Robert Bolger me foudroie du regard, tentant d'accrocher le mien au hasard de mes coups d'œil erratiques. Sous ses épaisses lunettes et sa visière en plastique, ses iris bleu acier sont d'un froid mortel. Toujours assis près de l'appareil d'anesthésie, il garde le silence. Lui et moi nous sommes déjà tout dit. Peut-être avons-nous même été trop loin.

— Éteins ça, souffle Madison.

Lee Chen appuie sur un bouton, étouffant aussitôt l'horrible son. Madison vient s'accroupir à mes côtés et tend la main, sans oser me toucher l'épaule.

— Docteur Wiley ? murmure-t-elle. Anne ? Venez, levez-vous…

Je secoue la tête avec lenteur, en fixant le sol en mosaïque bleue. Comme dans toutes les salles d'opération, il est recouvert d'un revêtement spécial dont je connais les propriétés par cœur, information inutile qui m'encombre l'esprit puisque les chirurgiens ne font qu'utiliser cet endroit sans se préoccuper de sa conception.

— Anne ? répète Madison d'une voix rassurante, chaleureuse.

— Non, dis-je à voix basse. Je ne peux pas.

Une compresse absorbante, imprégnée de sang, est tombée de la table. Les carreaux immaculés sont mouchetés de rouge à quelques centimètres de mon pied droit. Je replie la jambe en fixant le sang, comme s'il pouvait se mettre à couler vers moi.

Madison abandonne la partie, sous le poids du regard furieux du Dr Bolger. Celui-ci lâche un soupir et éteint sa machine, plongeant la pièce dans un silence plus profond encore. Puis il se lève avec un grognement de frustration et pose un regard lourd de sous-entendus sur le Dr Dean, le cardiologue chargé de l'échographie :

— Allez, on n'a plus rien à faire ici. Une tasse de café nous fera passer l'arrière-goût de ce désastre.

Dean me jette un coup d'œil rapide comme pour me demander la permission. Il doit se sentir coupable d'avoir été pris à partie par Bolger.

Je ne le remarque qu'à peine, l'esprit ailleurs, incapable de réagir, occupée à revivre chacune des secondes qui m'ont conduite à cet instant.

Ma journée avait pourtant bien commencé, sans aucun signe avant-coureur : un matin de printemps capricieux, venteux, qui transformait mon jogging quotidien en un exercice de volonté plutôt que d'endurance. Chicago est une ville qu'il faut savoir aimer, avec ces bourrasques glacées qui transpercent jusqu'à l'os.

Ces dernières semaines, j'avais pris l'habitude de parcourir une boucle de cinq kilomètres dans Lincoln Park, en scrutant ormes et aulnes dans l'espoir sans cesse plus vif d'y déceler un premier bourgeon, même timide. J'étais fin prête à accueillir le printemps, sa douceur et ses jardins fleuris. Rien d'autre ne m'occupait l'esprit. À 6 h 30 du matin, ce jeudi semblait encore parfaitement ordinaire. Si j'avais su...

Vers 7 h 30, je me suis garée sur le parking des employés de l'hôpital, à la place qui m'est réservée. La veille au soir, chez moi, dans le confort de mon bureau, j'avais passé en revue les détails de la procédure qui m'attendait aujourd'hui, une autre de mes petites routines.

Mon patient – Caleb Donaghy, cinquante-neuf ans – souffrait d'un anévrisme de l'aorte ascendante. L'opération débuterait à 10 heures pile.

Je l'avais déjà rencontré deux fois, la première en consultation. Son cardiologue nous l'avait adressé en vue d'une intervention. Cette entrevue m'était restée en mémoire : le patient avait peur, ce qui était bien compréhensible, et mes paroles ne faisaient que l'effrayer davantage. Il gardait les bras fermement croisés sur la poitrine, comme pour protéger son cœur face à mon scalpel. Sa barbe était mal entretenue, striée de jaune, grisonnante comme ses cheveux – du moins pour ce que je pouvais en voir sous la casquette qu'il avait refusé d'enlever. Je ne l'y avais pas forcé.

Il était resté longtemps morose, sur la défensive, rétorquant à chacune de mes paroles. Et d'abord, qu'avait-il donc fait pour mériter cet anévrisme ? Ses parents venaient de mourir, et sans que le cœur soit en cause ! Ce n'était qu'après avoir passé quinze minutes à apaiser ses angoisses que j'avais pu l'examiner.

Ainsi s'était déroulée notre première rencontre.

Puis je l'avais revu hier soir, après avoir planifié l'opération avec mon équipe. Caleb Donaghy était revenu à l'hôpital deux jours plus tôt pour repasser tous ses tests sanguins. Je l'avais trouvé assis dans son lit, toujours avec sa casquette de base-ball tachée, adossé aux oreillers, les bras croisés. Télé éteinte, pas de magazines à portée de main, le téléphone posé à plat. Une légère odeur de tabac froid et de sueur alcoolisée avait imprégné la pièce. Seul, démoralisé, il ruminait ses idées noires. Et sa colère : il venait d'apprendre qu'on lui raserait la barbe et la poitrine avant l'opération. Pire encore, quelqu'un venait de passer lui demander s'il consentait au don d'organe. Durant sept longues minutes, il m'avait fait savoir par le menu qu'il ne se laisserait pas disséquer comme ça. Il savait bien ce que les médecins faisaient aux gens comme lui, ceux qui n'avaient plus de proches capables de poursuivre l'hôpital en justice, et pas assez d'argent pour qu'on les respecte ! On pillait leurs organes, on les transplantait au plus offrant ! Comment expliquer autrement que plusieurs ailes de l'hôpital portent le nom de riches familles de Chicago ?

Je lui avais assuré qu'il se trompait, mais il ne voulait rien entendre. Puis je lui avais dit qu'il lui suffisait de refuser : il nous serait interdit de prélever ses organes même si l'opération ne se passait pas comme prévu – euphémisme de chirurgie pour parler d'un décès sur la table d'opération. Voilà qui l'avait aussitôt fait taire.

Mais tout cela, c'était hier.

Lorsque je suis arrivée dans mon bureau ce matin, Madison m'a tendu une tasse de café. C'est la meilleure infirmière de bloc que je connaisse, et c'est aussi mon assistante.

En plus de Madison, mon équipe compte mon autre infirmier attitré, Lee Chen, bourré de talent ; Tim Crosley, le perfusionniste, aux commandes du dispositif de circulation extracorporelle que nous appelons plus simplement « la pompe » ; et Francis Dean, le médecin chargé de l'échographie cardiaque. Puis on m'attribue un anesthésiste. Aujourd'hui, j'ai joué de malchance avec l'agaçant Dr Bolger. Il a vraiment quelque chose de rebutant – peut-être bien sa misogynie affichée. La rumeur veut qu'il ait déjà reçu deux avertissements de la part de l'hôpital pour ses diatribes sexistes : il est fermement convaincu que les femmes n'ont pas leur place dans un environnement médical, en tout cas pas au-dessus du rang d'infirmière. Il a beau exsuder le mépris, il s'efforce de mieux le cacher ces jours-ci. Tout de même, il reste extrêmement arrogant. Non sans raison, car il est excellent, mais ses prouesses en anesthésiologie ne font qu'alimenter son orgueil et encourager l'administration hospitalière à fermer les yeux face à son comportement.

Lorsque nous sommes au bloc ensemble, j'essaie toujours de pacifier nos relations pour le bien du patient et de l'équipe chirurgicale. Mais en vain : comment tendre la main à quelqu'un qui reste les bras croisés ?

Le Dr Bolger était déjà en salle d'opération lors de mon arrivée. Je l'ai salué sans m'attendre à une réponse, et de fait, je n'ai reçu qu'un bref signe de tête et un regard en coin derrière le champ opératoire qui sépare nos deux mondes. Puis il est revenu à son appareil d'anesthésie qui lui permet de délivrer des doses très précises aux patients. C'est lui qui contrôle leurs voies respiratoires, de l'autre côté de ce drap protecteur. Moi, je ne vois que rarement leur visage pendant l'opération.

C'est sur leur cœur que je me concentre.

À quarante et un ans, cela fait quatorze ans que j'exerce mon métier, depuis que j'ai achevé mon internat de chirurgie générale : je me suis immédiatement orientée vers la chirurgie thoracique et cardiovasculaire. Je ne regrette pas mon choix, car je visais ce domaine depuis le début. Et je n'ai jamais perdu un patient.

Ou plutôt, je n'en avais encore jamais perdu.

Cette pensée me fait l'effet d'un coup à l'estomac. L'espace d'un instant, rappelée au présent, je regarde autour de moi en tentant de comprendre ce qui m'entoure. On a éteint l'éclairage opératoire. Madison est toujours là, inquiète pour moi. Lee Chen, sur son tabouret, se tient prêt à se lever en cas de besoin. Assis près de sa machine, Tim Crosley a le dos courbé, la tête basse. S'il pouvait, il aurait sans doute le visage plongé dans les mains, mais il ne peut pas se relâcher : impossible de se déstériliser. Tant que la pompe s'active, il reste sur le pont.

Mon esprit revient en un éclair à l'opération. Le bloc était rempli de discussions animées, comme à l'ordinaire. Virginia Gonzalez, l'instrumentiste – celle qui nous tend ce dont nous avons besoin et veille à l'organisation –, nous racontait ses déboires avec les applis de rencontres. Après avoir traversé un épouvantable divorce, elle a récemment décidé de repartir en quête d'amour. Je l'admire pour son courage, tout en croisant les doigts pour qu'il ne s'agisse pas de désespoir à l'idée de vivre seule. Mais son premier prétendant Tinder a outrageusement menti sur son profil, et nous étions tous hilares en écoutant Virginia détailler leur rendez-vous. L'homme s'était présenté comme « travaillant dans le secteur du transport » : il était en fait routier. Aucun mal à ça, s'était hâtée d'ajouter Virginia. Mais il semblait également étranger au fil dentaire. Et pendant les vingt-cinq minutes qu'avait duré leur entrevue, il avait laissé entendre qu'il fréquentait des prostituées pendant ses déplacements… mais sans payer trop cher, avait-il aussitôt rassuré une Virginia muette de stupéfaction.

En entendant cette histoire, je ne pouvais m'empêcher de me sentir reconnaissante envers Derreck et nos années de mariage. Si je devais moi aussi repartir de zéro, je choisirais tout simplement de mourir seule.

— … et je me suis enfuie en courant ! a achevé Virginia sous les rires de l'équipe opératoire.

Le Dr Bolger lui a jeté un regard noir.

— Un peu de professionnalisme, c'est possible ? Si ça ne vous dérange pas, bien sûr, a-t-il dit en détachant ses mots pour plus d'effet.

Je me suis contenue, même si j'aurais voulu l'envoyer balader. Tous se comportaient déjà de façon parfaitement professionnelle : une équipe chirurgicale fonctionne bien mieux lorsqu'elle peut relâcher la tension. Si le silence règne au bloc, si personne ne parle, si l'on a coupé la musique, c'est que les choses ont viré au désastre.

Je préfère de loin les rires. Voilà comment on tient la mort à distance. En tout cas, cela m'a toujours réussi. Jusqu'à maintenant.

— Je mets quoi ? m'a demandé Madison, prête à lancer la musique.

— Laisse-moi réfléchir…

Mon jogging du matin m'avait fait songer aux Beatles.

— Tu aurais « Here Comes the Sun » ?

Malgré le masque, la réaction de Madison était claire : son sourire lui plissait les yeux. Elle adorait les Beatles.

— Justement, j'ai un best of sous la main.

— Alors c'est parti ! ai-je lancé.

J'ai contourné les machines et appareils pour gagner ma place, au niveau de la poitrine du patient. La musique a envahi la pièce. Tout en fredonnant la mélodie, j'ai tendu la main pour qu'on me donne un scalpel. Pas même besoin de formuler ma demande à haute voix : Madison sait comment je travaille. Parfois, je suis convaincue qu'elle peut lire dans mes pensées, même si la science ne peut encore le démontrer.

Après la première incision – une ligne verticale au niveau du sternum –, tout le reste n'a été que routine. La sternotomie, pour exposer le cœur. L'ouverture du péricarde, cette mince enveloppe autour de l'organe, pour atteindre l'anévrisme. Il était de bonne taille, quasiment le plus gros que j'aie jamais vu. Ce que je savais déjà grâce à l'imagerie médicale : nous étions prêts.

— On lance la CEC.

C'était mon signal pour que Tim allume la pompe, la machine cœur-poumons qui dérive le flux sanguin du patient.

— Clamp en place. Potassium...

J'ai injecté une solution de potassium dans les cavités du cœur, et j'en ai également généreusement baigné l'extérieur, afin de préserver le tissu cardiaque pendant l'opération. En quelques secondes, l'organe a cessé de battre, comme en témoignait la longue plainte que nous attendions tous : ce bruit si semblable à la mort, celui d'un électrocardiogramme plat.

Je me suis alors mise au travail sur ce cœur immobile pour remplacer l'aorte ascendante. Il m'a fallu presque un album entier des Beatles pour achever mes sutures.

Étonnant comme c'est avant tout le froid qui me revient en mémoire. Il fait toujours frais en salle d'opération : la climatisation maintient une température de 16 °C, et la solution de potassium est à 4 °C, pratiquement glacée. Comme mes doigts finissent toujours par s'engourdir, je m'efforce de faire au plus vite. Pourtant, ce jour-là, la solution m'a semblé encore plus froide que d'habitude, le seul signe avant-coureur dont je puisse témoigner.

Mais je ne crois pas aux prémonitions. J'ai mes raisons.

Une fois les sutures finalisées, je les ai examinées de près pour m'assurer qu'elles n'étaient pas trop lâches. Je n'en aurais la certitude qu'au moment de relancer la circulation sanguine : toute fuite deviendrait clairement visible, et je pourrais la réparer. En général, je n'en laisse aucune, et sur le moment, j'étais satisfaite de mon inspection.

— Sérum phy.

Ces mots marquaient la fin de la phase cardioplégique de l'opération, lorsque le cœur est à l'arrêt. Après avoir inondé l'organe de sérum physiologique tiède – heureuse de sentir sa chaleur sur mes doigts gelés –, j'ai absorbé le liquide excédentaire par succion.

— J'enlève le clamp...

La pince a valsé avec fracas sur la pile d'instruments usagés. J'ai retenu mon souffle : c'était le moment de vérité.

Le cœur n'a pas bougé.

Pas de fibrillation. Aucun frémissement, même le plus ténu. Rien.

Ce qui n'arrive quasiment jamais.

— J'entame la réanimation, ai-je annoncé.

Madison a fait signe à Virginia qui a éteint la musique puis lancé un deuxième compteur avec d'énormes chiffres rouges. Le silence a empli la pièce, sinistre, indésirable, amplifié par le long bourdonnement du moniteur cardiaque.

— Adrénaline, ai-je ordonné.

Le Dr Bolger a confirmé l'injection d'adrénaline, ce qui aurait dû produire une réaction instantanée. Toujours rien. J'ai accéléré le rythme de mon massage cardiaque, en ne sentant sous mes doigts qu'un tissu complètement inerte.

— Palettes.

L'impatience me tendait la voix. Madison m'a placé les palettes entre les mains et je les ai positionnées avec soin de chaque côté du cœur.

— Dégagez !

J'ai enfoncé le bouton pour envoyer la décharge électrique : le moniteur a hoqueté avant de reprendre sa lamentation.

Après quelques autres essais infructueux, j'ai recommencé le massage cardiaque.

— On remet un shot d'adrénaline. Où en est le décompte ?

— Dix-sept minutes, a annoncé Madison, sombre.

— Merde, merde, ai-je soufflé. Allez, Caleb, restez avec nous…

Le massage s'est poursuivi pendant plusieurs minutes, sans que rien ne se produise. La pompe tournait toujours : le sang de Caleb était oxygéné et circulait dans tout son corps. Mais le cœur n'en bénéficiait pas, et la solution de potassium n'était plus là pour préserver ses tissus. À chaque minute, il se détériorait un peu plus. Ses chances de battre à nouveau s'amenuisaient.

— Allez ! Tu vas repartir, oui ?

J'ai soudain ressenti le besoin de voir le visage de mon patient, comme pour y déceler des réponses. D'un pas, je suis passée de l'autre côté du champ opératoire. Alors, je me suis figée, bouche bée sous mon masque, la main encore levée. Je crois même avoir laissé échapper une exclamation, sans doute étouffée par le ronflement de la climatisation, le ronronnement de la pompe, l'interminable cri du moniteur cardiaque.

Je connaissais cet homme.

La veille, je ne l'avais pas reconnu ; mais depuis, on l'avait rasé et il avait ôté sa casquette. Sur son front dégarni se détachait une tache de naissance couleur bordeaux, aux contours irréguliers, comme une éclaboussure de vin.

Il m'a fallu toute ma volonté pour repasser de l'autre côté du drap. Une grande inspiration d'air frais m'a aidée à garder les pensées claires. J'ai repoussé les électrodes et fixé ce cœur qui refusait de battre.

— Le décompte ? ai-je demandé à nouveau, la voix maintenant étranglée.

— Vingt et une minutes.

J'ai replongé mes mains dans la cage thoracique du patient, bien consciente que la façon dont je compressais son cœur n'avait aucune chance de le faire repartir. Je me suis forcée à expirer, longuement. Puis j'ai annoncé :

— C'est fini.

Le Dr Bolger a bondi sur ses pieds.

— Quoi ? Vous êtes folle ? Mais continuez, enfin !

Je m'y attendais.

— Je pourrais continuer longtemps, Robert. Nous avons tout essayé. Pas le moindre frémissement.

Ses yeux gris acier se sont emplis de venin.

— Vous abandonnez déjà ? Et pourquoi, mademoiselle ? Vous avez peur de vous casser un ongle ?

Je n'ai pas relevé. À quoi bon nous disputer au-dessus de la poitrine ouverte de Caleb

Donaghy ? Il m'a suffi de soutenir son regard furieux un moment.

— C'est mon patient, c'est ma décision. Heure du décès, 13 h 47.

Un lourd silence est tombé. Puis mon équipe s'est remise en mouvement. On collectait les instruments, on ôtait les gants, on éteignait les machines.

— C'est impensable, ce qui vient d'arriver, fulminait le Dr Bolger. Pathétique ! Ce n'est plus perdre sa virginité, c'est la jeter aux orties !

Élégante métaphore pour évoquer le fait que je n'avais encore jamais perdu un patient. Devant cette vulgarité, j'en venais presque à croire que son dédain pour moi cachait en fait une certaine jalousie. Mais cette pensée ne m'a pas occupée longtemps.

Déjà, la réalité s'imposait à moi comme une masse.

Qu'ai-je fait ? Je l'ai tué.

2
Un repas

Une fois sortie de son taxi, Paula Fuselier courut presque jusqu'à la porte de l'hôtel Langham. Ses talons claquaient sur le trottoir lisse et glissant. En entrant dans le lobby, elle ralentit brièvement pour ne pas renverser une dame âgée qui traînait un sac à roulettes Vuitton, puis reprit sa course après avoir jeté un coup d'œil inquiet à l'heure sur son téléphone.

Déjà deux minutes de retard. 16 heures pile, lui avait intimé son patron. Il avait insisté sur le mot pour bien lui faire comprendre à quel point la ponctualité était de mise.

Avant même qu'elle n'atteigne l'accueil, le bruit de ses talons attira l'attention d'un réceptionniste qui lui sourit paisiblement, comme pour lui faire comprendre qu'elle n'avait pas à se précipiter. Paula s'arrêta, prête à repartir.

— La Travelle ? cria-t-elle au travers du lobby bondé.

Le réceptionniste n'en sourit que plus largement.

— Au deuxième étage, répondit-il en lui désignant la rangée d'ascenseurs.

Le claquement précipité de ses pas sur le marbre poli reprit de plus belle. Après avoir atteint les ascenseurs, elle enfonça le bouton à plusieurs reprises, en tapant du pied au rythme effréné de ses battements de cœur.

— Pardonnez-moi ce retard…

Une voix d'homme qui ne lui était pas étrangère. Au moment où s'ouvraient les portes, Paula se retourna pour découvrir son patron, Mitch Hobbs, qui lui adressait un petit sourire. Ses yeux restaient froids.

— Heureusement que cela ne m'arrive quasiment jamais au tribunal.

Les joues de Paula s'enflammèrent sous son maquillage. Le sous-entendu était sans équivoque : son patron remarquait chaque retard, ne serait-ce que de quelques minutes. De fait, il relevait la plus petite faute, même sans conséquences. Le procureur d'État de Chicago ne tolérait que le meilleur.

Pourtant, Paula poussa un soupir de soulagement. La seule autre éventualité aurait été un cauchemar : son patron confronté à un criant manque de respect de la part de sa subordonnée, occupé à l'attendre dans le plus exquis des restaurants proposés par l'hôtel cinq étoiles, en tapotant du bout des doigts sur la nappe amidonnée.

Paula grimaça un sourire en retour, murmura des excuses en se glissant à l'intérieur, hésita un moment – le temps de maîtriser les tremblements de sa main – puis appuya sur le bouton.

Tandis que l'ascenseur s'ébranlait, elle jeta un regard à son reflet. Un sans-faute, malgré cette invitation surprise. Ses longs cheveux bruns étaient rassemblés en un chignon lâche maintenu par une pince en or et perles, avec quelques mèches folles sur les tempes. À croire qu'elle sortait de chez le coiffeur. Son maquillage, qu'elle avait retouché dans le taxi, était impeccable. Son tailleur-pantalon bleu nuit était parfaitement assorti à son chemisier de satin, l'ensemble idéal pour l'occasion. Seul le col du chemisier déparait : joliment arrangé en un nœud dont les extrémités retombaient sur sa poitrine, il était légèrement de travers. Nerveuse, elle le redressa d'un mouvement furtif, dans le dos de son patron, en priant pour que ces rubans rebelles ne finissent pas dans un bol de soupe.

Pourquoi Hobbs l'avait-il conviée à ce repas ? Elle n'en avait aucune idée.

Cela faisait huit ans que Paula avait pour patron cet homme éminemment professionnel. Avant l'élection de Mitchell Dwight Hobbs au poste de procureur d'État pour le comté le plus peuplé des États-Unis – après celui de Los Angeles – elle travaillait déjà pour son prédécesseur. Toute la carrière de Paula était vouée à faire régner la justice dans les rues de Chicago. Depuis qu'elle avait passé le barreau, elle avait refusé les offres de plusieurs cabinets d'avocats pour leur préférer le bureau du procureur d'État. Elle voulait consacrer sa vie à une cause qui ait du sens : la justice pour tous. Pour les défavorisés, pour ceux qui ne trouvaient que rarement une voix pour les défendre. Elle voulait que cette voix fût la sienne.

C'était cette passion qui l'avait conduite à battre un record de condamnations : seul le procureur de l'État lui-même la surpassait encore. Dans les bas-fonds de Chicago, on l'appelait la Vipère, redoutable pour quiconque croisait son chemin. Secrètement, elle adorait ce surnom, preuve de son succès.

Son patron était bien connu du très chic restaurant où il disposait d'une réservation régulière, et il s'y comportait comme chez lui. Il mena Paula jusqu'à une table près de la fenêtre, lui fit signe de s'asseoir et prit place en face d'elle. Pas de nappe amidonnée comme dans son imagination. Le grain du bois verni s'harmonisait parfaitement avec le reste du décor.

Un serveur apparut aussitôt pour leur offrir deux grands verres de San Pellegrino glacée. Un autre leur apporta les longs menus qu'il déposa avec grâce sur leurs assiettes.

Paula, toujours soumise au regard inquisiteur de son patron, fut soulagée de pouvoir lui dissimuler un instant sa confusion. La carte avait beau mettre l'eau à la bouche, son estomac douloureusement serré lui donnait l'impression d'avoir avalé un caillou : rien n'aurait pu lui ouvrir l'appétit.

Il ne fallut que quelques secondes à Hobbs pour faire son choix. Il reposa le menu, et le garçon réapparut aussitôt, un carnet à la main.

— Je vais prendre le steak, Willie. Et vous, Paula ?

Paula déglutit, non sans difficulté.

— Une salade me suffira. Je n'ai pas très faim.

Hobbs abattit sa main sur la table, un geste bien connu de Paula après tant de réunions stratégiques et d'interminables heures passées à étudier ensemble les détails d'une affaire.

— Absurde. Elle prendra également l'onglet, ordonna-t-il en relevant les yeux vers le serveur. De la viande, c'est ce qu'il faut à ceux qui partent en chasse.

— Très bien, monsieur, répondit le serveur. Et la cuisson ?

— Saignant.

Il souriait, un certain éclat carnassier dans le regard. Voilà qui démentait son apparence banale, la bienveillance que suggéraient ses lunettes cerclées d'argent et son sourire quasi permanent : c'était un aperçu de sa vraie nature.

— Car c'est bien le sang qui motive les prédateurs, n'est-ce pas ?

Paula se sentit parcourue d'un frisson. Pour masquer le malaise qui lui tordait les entrailles, elle soutint son regard, les mains sagement jointes sur ses genoux.

Willie disparut aussi discrètement qu'il était venu, les laissant dans un silence inconfortable. Consciente que Hobbs évaluait le moindre de ses mouvements, Paula s'empêcha de prendre une gorgée d'eau pour s'occuper les mains et patienta de son mieux, l'air aussi détendu que possible, comme si elle n'éprouvait aucune nervosité.

Hobbs finit par soupirer :

— Autant entrer immédiatement dans le vif du sujet, puisque nous avons pris du retard.

Paula lui offrit un timide sourire au lieu de lever les yeux au ciel avec un grognement exaspéré. Quatre minutes ! Seulement quatre minutes ! N'empêche, cela lui donnait techniquement raison.

Hobbs fit lentement tourner son verre d'eau gazeuse comme pour en évacuer les bulles.

— Cela fait un moment que je vous observe, madame Fuselier. Vous ne savez pas perdre, dit-il avec un bref sourire. J'aime ça, dans le métier. De fait, c'est ce que j'exige de tous mes avocats. Mais ils n'en sont pas tous capables.

Paula, qui retenait son souffle, laissa lentement l'air quitter ses poumons avant de reprendre une profonde inspiration.

— Quelque chose chez vous m'échappe encore, poursuivit Hobbs.

Paula haussa les sourcils.

— Je pourrais sans doute vous l'expliquer…

D'un geste, il lui intima la patience.

— La plupart du temps, vous plaidez avec élégance et vous gagnez sans effort. Parfois aussi – comme pour ce vol de voiture, le cas Kestner du mois dernier –, vous vous jetez à corps perdu dans l'affaire, presque avec violence.

Paula avala encore sa salive, sans quitter son patron des yeux. Où voulait-il en venir ? Il aurait pu aborder tout cela au bureau. Mais elle se retint et le laissa poser sa question.

— Pourquoi Kestner ? Qu'est-ce qui différenciait cette affaire des autres ? Un intérêt personnel ?

Hobbs l'examinait avec attention, prêt à bondir.

— Non, monsieur. Ce sont les victimes qui font la différence, expliqua Paula d'un ton dégagé. Lorsqu'elles sont défavorisées – comme l'était Kestner, un orphelin sans le sou qui venait d'accéder à la majorité –, je ne laisse aucune chance au criminel de s'en tirer.

Elle plaça les mains sur la table pour se pencher vers lui.

— Imaginez comme ce jeune garçon a dû travailler dur pour s'acheter cette Honda quasiment bonne pour la casse. Ce que cela représentait pour lui : une chance de décrocher un meilleur travail. Les temps sont durs pour tout le monde.

Inconsciemment, elle jouait avec l'ourlet de sa serviette de ses ongles manucurés.

— Cette voiture avait bien plus de valeur pour lui que les cinq cent mille dollars en cryptomonnaie dérobés à je ne sais quel industriel le mois dernier. Pourtant, ce n'est pas Kestner qui a fait les gros titres.

— Ah, je vois, approuva Hobbs. Et vous savez ce que cela signifie ?

Surprise, Paula secoua la tête.

— Que vous êtes faite pour ce métier, déclara-t-il. Faite pour la loi. Un diamant brut. Très rare, pas facile à trouver.

Elle le dévisagea, muette, sans comprendre encore quelle tournure allait prendre la conversation. Hobbs ne sembla pas se formaliser de son silence.

— Ce que je vois en vous, c'est l'avenir de Chicago, Paula. Vous êtes promue à la tête du bureau des affaires pénales. Et ce n'est que le début : je veux vous préparer à prendre ma place un jour.

Paula était bouche bée. Cela semblait complètement irréel. Mais Mitchell Hobbs n'était pas homme à plaisanter au sujet du poste dont il était si fier.

— Je... je ne sais pas quoi dire, parvint-elle à répondre.

Seigneur, elle plissait le front. Ce n'était pas ainsi qu'il convenait de réagir à une promotion.

— Pourquoi pas « merci » ? s'amusa-t-il.

— Merci, monsieur, dit-elle avec un sourire nerveux. Votre confiance me touche beaucoup. Je ne m'attendais pas à une telle nouvelle. Cela fera de moi la plus jeune...

— La plus jeune directrice du bureau pénal de notre histoire ?

Elle hocha la tête. Le garçon approcha avec deux larges assiettes en équilibre sur le bras.

— Vous battez bel et bien ce record, mais seulement de quelques années, Paula. Je me suis renseigné.

Hobbs se laissa aller contre son dossier pour faire de la place à Willie, puis déplia sa serviette et la posa sur ses genoux.

— Je sais que vous vous en sortirez sans mal. Oui, certains s'en offusqueront. Parsons fera un scandale et finira par nous quitter pour aller toucher un salaire à sept chiffres dans le privé, je n'en doute pas. Mais il vous retrouvera au tribunal, et vous le détruirez chaque fois qu'il aura le malheur de vous affronter…

Il poignarda son steak et en coupa un large bout. Rouge.

— N'est-ce pas ? acheva-t-il.

Paula prit une bouchée d'écrasé de pommes de terre. C'était délicieux, crémeux comme du beurre, si léger qu'on aurait cru à une émulsion.

— Absolument.

L'idée de faire face à Parsons au tribunal – un Parsons frustré, avide de victoire et motivé par l'argent – l'effraya un moment. Puis un sourire lui vint aux lèvres. Ce n'était qu'un suffisant, un avocat qui n'était entré à Harvard que par pur népotisme, un parvenu qui s'endormait sur ses lauriers. Il n'avait pas le mordant de Paula.

— Je l'attendrai au tournant.

Cet imbécile prétentieux n'aurait que ce qu'il méritait. Paula avait soudain envie de bondir de son siège pour danser une sarabande autour de la table.

Hobbs regarda sa montre en fronçant les sourcils, puis fit signe à Paula de s'activer.

— Mangez donc. Il vous reste très précisément huit minutes pour finir votre repas.

— Pourquoi huit minutes ? demanda-t-elle en fronçant à nouveau les sourcils.

— C'est l'heure à laquelle débute votre fête, répondit-il avec un sourire en coin.

Il appela le serveur.

— Apportez-nous une bouteille de champagne à 16 h 30 pile. Avec quatre verres. Si nos invités ont de l'avance, faites-les patienter dans le salon jusqu'à ce que nous ayons fini.

Willie s'inclina et disparut. La salle commençait à se remplir, mais il semblait s'occuper exclusivement de leur table et n'était jamais loin.

Paula coupa son steak et le mastiqua longuement pour savourer son goût exquis. *Huit minutes ? Qui a-t-il bien pu inviter ?* Elle fut tentée de poser la question, mais décida de rester patiente. Avec Hobbs, l'entretien d'embauche ne s'arrêtait jamais. Elle pouvait encore tout gâcher.

— On commence en mai, poursuivit Hobbs qui finissait jusqu'à la dernière bouchée de son plat, en mâchant avec énergie. Tannehill prend sa retraite le mois prochain.

— Je l'ignorais, dit Paula qui le regretta aussitôt – elle devait donner l'impression d'être au courant de tout.

Hobbs repoussa son assiette vide. Willie réapparut pour l'emporter.

— Parlons un peu du long terme.

La fourchette de Paula s'immobilisa à mi-chemin de sa bouche. Elle la reposa lentement, attentive.

— Vous avez trois mois pour prendre le coup de main. Trois mois de formation, en quelque sorte. Puis un an à l'essai. J'aurai pour vous de plus hautes attentes que pour tous vos collègues. Vous devrez toujours faire mieux et plus vite, aller toujours plus loin que n'importe quel autre avocat pénaliste du comté.

— C'est compris, dit Paula en s'autorisant une gorgée de San Pellegrino.

— Si vous êtes sous l'eau, ne vous en cachez pas. Demandez-moi de l'aide, c'est ce que je faisais à votre place. Ce n'est pas un travail facile.

— Merci, je n'y manquerai pas.

— À partir du mois de mai, vous pourrez m'appeler Mitch !

Ses yeux étincelèrent à nouveau, rien qu'une seconde avant de revenir à leur placidité coutumière. Paula laissa échapper un rire et porta le dernier morceau de steak à sa bouche.

— Merci pour tout, dit-elle après avoir achevé son repas. Merci d'avoir confiance en moi.

— Je suis fier de vous, Paula. Faites en sorte que ça continue.

Il regarda à nouveau sa montre, puis fit signe à Willie : il était 16 h 30.

Willie revint avec un seau à glace argenté enveloppé d'une serviette blanche. Une bouteille à col doré en dépassait.

Quelques instants plus tard, deux invités furent introduits à leur table, affichant un sourire incertain. Paula se leva pour les accueillir. La première, Marie Eckley, était son assistante depuis sept ans – brillante avocate, elle avait élevé seule ses deux fils qui avaient récemment quitté le nid. Le second, Adam Costilla, était un ancien officier de police de Chicago qui travaillait maintenant comme enquêteur en chef dans les bureaux du procureur d'État. Cinq ans auparavant, quand il s'était joint à l'équipe – cynique et corpulent, toujours à s'exprimer dans un argot italo-américain qu'il était seul à comprendre –, Paula s'était rendu compte qu'un vieux flic habitué aux rues de Chicago serait un allié précieux. Elle lui réservait ses affaires les plus difficiles ou les plus graves, celles dont on parlait dans les journaux. Pour cela, Adam l'adorait : Paula lui évitait « de mourir lentement d'ennui », selon ses mots.

— Merci d'être venus ! lança Paula en rendant son étreinte à Marie. Attendez d'apprendre la nouvelle, vous allez être ravis !

Hobbs les regardait sans bouger de son siège. Son attention appuyée trahissait une pointe d'impatience.

— Monsieur Hobbs, le salua Adam Costilla en lui serrant la main. Merci pour l'invitation. Qu'est-ce qu'on fête ?

— Ce n'est pas quelque chose, mais quelqu'un, répondit Hobbs.

Il adressa à Paula un signe de tête qui l'invitait à tout révéler.

— En mai, je serai nommée à la tête du pénal, annonça-t-elle, tremblante d'excitation.

Elle avait encore du mal à y croire ; cela semblait impossible. Il lui fallut hausser la voix pour couvrir les félicitations de Marie, le rire tonitruant d'Adam et ses interjections enthousiastes.

— Et c'est en partie grâce à vous deux. Vous m'accompagnez au cinquième étage !

— Un ascenseur vers le succès ! s'écria Adam en levant le poing. C'est parti !

Marie lui effleura le bras ; il retrouva son calme et prit place en adressant un regard d'excuse à Hobbs, mais sans se départir de son large sourire.

Willie s'approcha pour déboucher le champagne, un bruit qui leur tira de nouveaux vivats. Cette fois, Paula s'y joignit, sous le regard réservé du procureur d'État. Les flûtes se heurtèrent dans un tintement cristallin.

— Félicitations, dit Hobbs en trempant ses lèvres dans les bulles dorées. Et sachez tous que je ne laisserai rien passer.

Paula sentit son téléphone vibrer ; son sourire vacilla un instant, puis revint lorsqu'elle vit l'auteur du message.

Quand je pense que tu déjeunes avec un autre homme... Je meurs de jalousie. Et si je te rejoignais ? Le contact était enregistré sous « Monsieur le Maire ». Même s'il n'était pas encore maire de Chicago.

Avec un froncement de sourcils inconscient, elle tapa sa réponse : *À quoi bon poser la question ? Tu ne veux pas vraiment venir et tu le sais très bien.*

Une tape solide sur l'épaule la fit sursauter presque au point de lâcher son téléphone : c'était Adam.

— Vous l'avez bien mérité, après tant de travail acharné et toutes ces heures sup. Mais prendre soin de son équipe même après une promotion pareille, là, je dis chapeau !

Elle glissa le téléphone dans sa poche, en sécurité. Lorsqu'elle leva les yeux, Hobbs lui rendit son regard, indéchiffrable.

Puis il repoussa sa chaise, en levant la main pour arrêter Adam qui faisait mine de l'imiter. Après avoir effleuré sa cravate Armani comme pour vérifier qu'elle était toujours bien en place, il ferma le bouton de sa veste.

— Je dois filer. Mais continuez, je vous en prie. J'imagine que vous avez beaucoup de choses à vous dire.

Paula se leva pour lui serrer la main au-dessus de la table.

— Merci pour tout, monsieur, répéta-t-elle. Vous ne le regretterez pas, je vous le promets.

Sans répondre, il se contenta de la dévisager comme pour jauger sa sincérité. Puis il se détourna et quitta le restaurant d'un pas rapide.

— Intense, comme gars, glissa Adam en levant son verre pour inviter les deux autres à faire de même.

Ils trinquèrent à nouveau.

— À la santé de la légende, la seule, l'unique, notre Vipère nationale !

— Adam ! s'écria Marie en se couvrant la bouche.

— Ne t'inquiète pas, la rassura Paula avec un grand sourire. C'est à notre travail que nous devons ce surnom.

— Quand même, je le déteste… C'est horrible d'appeler quelqu'un comme ça…

Le téléphone de Paula se manifesta à nouveau. Un autre message de Monsieur le Maire, aussi court qu'énigmatique : *HL #1098.*

Ses yeux se posèrent sur le seau à glace où les mots HÔTEL LANGHAM, finement gravés, se détachaient sous les gouttelettes de condensation. Son sourire revint et la satisfaction enfla dans sa poitrine, mêlée à un frisson d'excitation.

Quelque part dans l'hôtel, au dixième étage, le futur maire de Chicago se déshabillait pour l'attendre au lit, comptant les secondes avant leurs retrouvailles. Une conclusion parfaite pour ce jour parfait.

Elle prit sa flûte à champagne et la tendit à Adam, qui s'empressa de la remplir. La curiosité dansait dans ses yeux brillants d'intelligence.

— Une bonne nouvelle de plus, on dirait ?

— Qu'est-ce qui te fait dire ça ? répondit-elle sans se trahir.

Elle reposa son verre. Quelques gouttes de Krug Grande Cuvée éclaboussèrent le bois verni ; elle résista à l'envie de les essuyer.

— Je ne suis pas pressée, déclara-t-elle. Vous avez faim ?

Puis elle sourit encore, un léger sourire pour elle-même à l'idée de son amant qui l'attendait là-haut.

3
Un temps d'introspection

La salle d'opération me paraît encore plus glacée qu'avant, maintenant que la plupart des gens qui l'animent chaque jour se sont retirés. Seule Madison est restée, accroupie à mes côtés, et Tim Crosley qui, toujours assis près de la pompe, fixe ses pieds.

Comme l'endroit a l'air différent sans les lumières chirurgicales. Sous les seuls néons bleutés du plafond, la mort y semble inévitable. En témoigne Caleb Donaghy.

Je me sens vide, démunie, toujours incapable de trouver un sens à ce qui vient de se produire. Tout mon corps paraît englué dans sa propre faiblesse. Pourtant, je ne peux détacher mon regard de la tête de Donaghy, que je distingue à peine de l'autre côté du champ opératoire. J'ai besoin de revoir son visage, un besoin si impérieux qu'il surpasse même l'envie de rester allongée sur ces carreaux froids.

Je tente de me lever mais je n'y parviens pas. Lors de ma seconde tentative, c'est le bras de Madison que je rencontre. Je m'y cramponne, les doigts encore recouverts de latex ensanglanté. Malgré toute ma gratitude pour sa présence, je suis incapable de regarder mon assistante dans les yeux.

Tim quitte enfin son poste et vient en hâte lui prêter main-forte. Une fois debout, je dois leur assurer que tout va bien pour qu'ils me relâchent. Mais c'est un mensonge : je me sens vaciller comme une naufragée, pratiquement incapable de rester droite. Au moins l'effort m'aide-t-il à me concentrer. J'ai des choses à faire, des malades qui m'attendent.

— J'avais un pontage...

— On l'a décalé, me murmure Madison. Le Dr Seldon s'en occupe. Ne vous inquiétez pas.

Je hoche la tête. Le Dr Seldon ne me jugera pas. C'était mon référent pendant mon internat : il m'a quasiment tout appris. Mon patient est entre de bonnes mains.

Je fixe le corps de Caleb Donaghy. L'idée d'aller le voir me fait peur. Mais sonder mes propres motivations me terrifie encore davantage.

— Venez, dit Madison en m'effleurant le bras. Il est temps de rentrer chez vous.

Je secoue la tête sans détourner le regard, attirée vers Donaghy par une force irrépressible. Un pas après l'autre, je me rapproche, le souffle bloqué dans les poumons. Je m'attends presque à ce qu'il se redresse, à ce qu'il pointe vers moi un doigt accusateur, menaçant, taché de tabac.

Mais sous les compresses stériles imbibées de sang, il reste parfaitement immobile, la poitrine toujours grande ouverte, le cœur toujours à l'arrêt.

Je passe à nouveau de l'autre côté du champ opératoire. La tache de vin sur son front pâle attire mon regard comme un aimant. Une marque unique que j'ai aussitôt reconnue. Après tout, elle a hanté mes cauchemars pendant des années.

Comment ai-je pu rencontrer cet homme deux fois sans l'identifier ?

Cette maudite casquette, voilà ce qui m'a empêchée de le reconnaître. Je ne lui ai jamais demandé de l'enlever. Pourquoi l'aurais-je fait ? Et cette barbe qui masquait ses traits, ce visage que je n'avais vu qu'une fois, que j'espérais retrouver un jour…

Je me rapproche encore. Il faut que j'étudie sa tache de naissance en détail. Me suis-je trompée sur son identité ? Inconsciemment, je secoue la tête, les yeux toujours rivés sur lui.

— Allez, on s'en va, supplie Madison.

D'un geste, je lui demande de me laisser plus de temps. De l'autre côté de la table d'opération, Tim éteint la pompe. Il ne reste plus que le battement de mon cœur. Nous ne prélèverons pas les organes de Donaghy : il n'y a pas consenti.

J'ai l'impression que cette conversation remonte à des années.

Je sais que c'est lui. Cent ans ne suffiraient pas à me faire oublier cette marque de naissance. Je me la suis représentée tant de fois, toujours dans les moindres détails : grande et irrégulière, pareille à un R majuscule, avec trois petites taches au niveau du sourcil gauche, à croire que la lettre dégouline vraiment de vin.

En fermant les yeux de nouveau, je le revois clairement tel qu'il était hier, sa casquette enfoncée sur la tête comme s'il était sous un éclatant soleil de printemps plutôt que dans la pénombre d'une chambre d'hôpital.

Je prends une inspiration, qui m'amène une nouvelle question. *L'ai-je traité différemment en comprenant qui il était ?*

Si je l'avais reconnu avant l'opération, j'aurais demandé à un collègue de me remplacer. Personne ne m'en aurait tenu rigueur : la procédure veut qu'on n'opère pas ses amis, sa famille, ou quiconque dont l'identité pourrait troubler le chirurgien. Comme cela aurait été facile. Et si Caleb avait survécu à l'opération, j'aurais pu…

Je ne sais pas ce que j'aurais fait.

Mais les choses ne se sont pas passées ainsi. C'est avec son cœur entre mes mains que j'ai découvert la vérité.

Le front plissé, j'enlève mes gants que je jette dans la poubelle, puis je me tourne vers Madison.

— Gants, s'il te plaît.

— Anne, je vous en prie…

— Je voudrais des gants, dis-je plus fermement.

Elle remplace les siens, puis en apporte une nouvelle paire, respectant à la lettre les règles d'hygiène, comme si le patient était encore en vie. Tandis qu'elle m'aide à les enfiler, je fixe la poitrine ouverte de Donaghy.

Sans perdre de temps, j'inspecte à nouveau mon travail en cherchant des égratignures, des tissus endommagés, n'importe quoi qui puisse expliquer que son cœur ait refusé de repartir. N'ayant rien trouvé, je demeure immobile, les mains suspendues au-dessus de son corps, incapable de répondre à cette question cruciale.

Avait-il une chance de s'en sortir ?

Mes mains tremblent, comme sous le poids de ma culpabilité.

Avant d'avoir vu son visage, après avoir parachevé les sutures et inondé son cœur de sérum physiologique, j'ai tenté de le réanimer pendant plus de quinze minutes. Et j'étais filmée.

J'envoie un regard intense aux caméras du plafond. On enregistre systématiquement toutes les opérations de nos jours, sous différents angles, avec le décompte des secondes et les fonctions vitales du patient en temps réel. Si j'ai encore un doute, je pourrai toujours vérifier mon travail.

Mais quoi qu'il en soit, la vérité demeure : en apprenant qui était mon patient, j'ai souhaité sa mort.

4
Un trajet en voiture

Impuissante, je regarde deux infirmiers emporter la table roulante où gît le corps de Caleb Donaghy sous le drap que vient de déplier Madison. Ils ne s'attardent pas, ces jeunes et insouciants psychopompes dans leur uniforme bleu nuit : ils se contentent de me jeter un regard de pitié avant de détourner les yeux, sans rien dire. L'un d'eux porte des écouteurs, plongé dans sa musique ou peut-être dans un match. Pour lui, c'est la routine.

Ce n'est pas la première fois qu'ils font l'aller-retour entre le bloc et la morgue, après tout. Et ce ne sera pas la dernière. Je travaille dans l'un des plus grands hôpitaux du pays, à la réputation impeccable, mais on y meurt quand même. Un rire amer m'échappe : hier encore, je contribuais pour beaucoup au prestige de l'endroit, avec mes statistiques parfaites – nous avons le taux de mortalité le plus bas de l'État en ce qui concerne la chirurgie cardiaque, et au niveau national, nous sommes dans le top dix.

Aujourd'hui, je regarde le corps de mon patient disparaître dans l'ascenseur de service, direction le sous-sol. On essaie toujours de limiter les témoins d'un échec. Le laisser exposé aux regards n'apporterait rien de bon.

Une seule mort. Tant de succès, tant de familles heureuses, tant de rêves accomplis grâce à mon expertise. Rien qu'une mort dans la liste, mais elle me pèse…

Madison m'attrape le coude et me traîne d'autorité hors de la salle d'opération.

— Cette fois, c'est vraiment l'heure de rentrer chez vous.

J'obéis sans résistance. Je n'ai plus aucune raison de rester là, dans cet endroit désert, qui sent la mort, le sang et le plastique neuf. J'enlève mes gants, puis mon masque et ma tenue de bloc, avant de rouler le tout en boule pour le mettre à la poubelle. Un geste qui m'est aussi familier que l'odeur du désinfectant et le contact du nitrile. Cela m'aide à rester dans le moment présent, à mettre un pied devant l'autre : une âme errante se livrant à une chorégraphie qu'elle connaît par cœur.

— Je vous appelle un taxi, propose Madison dès que nous atteignons mon bureau.

L'atmosphère paisible de cette pièce est pile ce dont j'ai besoin, avec ses étagères ployant sous les journaux de médecine et les traités de chirurgie, le grand bureau près de la fenêtre, le fauteuil de cuir où je me suis écroulée d'innombrables fois après de longues opérations, le grand sofa où il m'arrive de faire la sieste lorsque je travaille soixante-douze heures d'affilée. Je m'en approche, chancelante, les paupières lourdes. Comme je voudrais m'envelopper de la douce couverture drapée sur le dossier, décorée de petits labradors. Elle n'attend que moi. Je rêve d'y enfouir mon visage, de tout oublier l'espace de quelques miséricordieuses minutes...

Madison m'intercepte, en me reprenant le bras.

— Certainement pas ! Rentrez chez vous. Vous verrez, vous me remercierez demain.

Cette fois, je résiste – ou du moins, j'essaie. Le simple fait de me dégager me vide de mon énergie.

— Rien qu'un peu, Maddie, je t'en prie. Si je pouvais m'allonger quelques minutes...

J'ai l'impression d'être une enfant qui s'entête face à sa mère. C'est un rôle qui me convient pour le moment : j'ai cruellement besoin que quelqu'un prenne les rênes.

Pour cette fois, je peux me permettre de la laisser décider.

— Vous savez comme on fait les choses, Anne, dit-elle en secouant la tête. C'est pour votre bien. Rentrez chez vous et ne venez pas travailler demain. C'est la règle.

L'idée de faire face à la directrice générale de l'hôpital, l'inflexible et rigoureuse Dr Jody Meriwether – ou M, comme nous l'appelons presque tous –, me donne aussitôt la migraine. Je ne sais plus qui lui a donné ce surnom ; c'était pendant mon internat, et sa réputation la précédait. M, comme dans les films de James Bond.

Sans elle, personne pour gérer les débordements de l'invincible agent 007.

Même les tout jeunes docteurs connaissaient son nom et la craignaient plus que leur chef de service. Je ne fais toujours pas exception, même après quatorze ans passés dans cet hôpital qu'elle dirige tel un amiral grisonnant à la barre d'un vaisseau de guerre. Elle me pétrifie. Un regard lui suffira pour savoir aussitôt que quelque chose cloche – outre le patient décédé sur ma table d'opération, bien sûr.

Grâce à Madison, je n'aurai pas à croiser le fer avec M dès aujourd'hui. Soudain terrifiée à l'idée qu'elle fasse irruption dans mon bureau pour m'interroger jusqu'à ce que je crache le morceau, je m'empare de mon sac et de ma veste avant de sortir en trombe. Mon assistante en reste bouche bée, probablement incapable de comprendre pourquoi elle a remporté la bataille si vite. On ne peut pas dire que je sois connue pour ma docilité.

Elle ne doit pas me faire confiance, car elle me rattrape et m'escorte jusqu'aux ascenseurs, en me jetant un regard méfiant comme si elle m'avait vue boire.

— Vous êtes sûre que vous pourrez conduire ?

Je ne suis sûre de rien. J'espère que la force de l'habitude me permettra de prendre le volant comme elle m'a permis d'enlever ma tenue en papier. La routine, sans effort. Après tout, je fais ce trajet depuis que j'ai fini mes études. Je pourrais probablement le faire dans mon sommeil. Si bien que je hoche la tête, en adressant à

Madison un regard rassurant, par pur effort de volonté. Elle me serre dans ses bras au moment où s'ouvrent les portes de l'ascenseur.

Puis je me retrouve seule. Enfin seule.

Le parking est désert, presque entièrement plongé dans l'obscurité, les quelques éclairages bien impuissants face aux ténèbres d'un crépuscule de mars. Pratiquement personne ne quitte l'hôpital à 17 h 30. Je suis heureuse de ne pas avoir à faire la conversation à un collègue en marchant jusqu'à ma voiture.

Mais ce n'est qu'en m'y enfermant que je reprends ma respiration, isolée du reste du monde. Aussitôt après avoir démarré le moteur, je mets le chauffage à fond et je plaque mes doigts tremblants et glacés sur le courant d'air brûlant.

Je peux enfin laisser tomber le masque. Des larmes me montent aux yeux. Ma bouche s'ouvre sur une grimace, un cri silencieux. Moi qui ne faisais que me frotter les mains pour les réchauffer, je me retrouve à me les tordre horriblement tout en sanglotant dans le silence de ma voiture.

Pourquoi ?

Cette simple question me ravage de l'intérieur. Il n'y a pas de réponse, rien que la douleur et le chagrin.

Pourquoi fallait-il qu'il échoue sous mon scalpel ? Pourquoi fallait-il que je voie son visage ? Je ne passe jamais de l'autre côté du champ opératoire. Mais cette fois, je l'ai fait. Était-ce le destin ? Je ne crois pas à ces choses-là. Je n'y ai jamais cru. Peut-être que cela va désormais changer. Il y a tant de spécialistes en chirurgie cardio-thoracique dans cette ville. Pourquoi moi ?

Une conversation animée attire soudain mon attention. Deux infirmières, que je n'arrive pas à reconnaître de loin, viennent de sortir des ascenseurs. Peut-être qu'elles me verront en train de perdre tous mes moyens dans ma voiture, et dès demain, tout l'hôpital sera au courant, de l'équipe d'entretien à M en personne. Je passe la première et je quitte le parking avant qu'elles puissent voir mon visage sillonné de larmes.

En cédant le passage à la sortie, je m'essuie les yeux du dos de la main. Le temps est humide, comme si la météo était en colère. La pluie s'écrase avec fureur sur mon pare-brise. Il n'y a que les calendriers pour associer mars au printemps : il nous reste encore trois bonnes semaines à tuer avant le beau temps. À croire que la nature vengeresse veut nous rappeler qui commande.

Le rythme régulier de mes essuie-glaces m'hypnotise. Les larmes me brouillent la vue. Pourtant, je continue ma route. Je n'habite qu'à quelques minutes de là. Malgré le chauffage qui tourne toujours, je ne ressens aucune chaleur, comme si le visage imberbe de Caleb m'avait glacée pour l'éternité.

Son cœur aurait dû repartir de lui-même. Cela ne s'est pas produit. Pourquoi ?

Je n'aurais pas dû avoir à prendre cette décision. Mais la vie est souvent injuste.

Cela ne change rien au fait que son cœur était en parfait état, que tout portait à croire que l'opération était un succès.

Je suis très rigoureuse, je le sais. Je ne bâcle pas mes procédures, même si mes doigts s'engourdissent ou si mon dos me fait mal après des heures penchée sur la table d'opération.

Sans compter que je suis repassée sur mon propre travail avant que Caleb Donaghy soit emmené à la morgue. Rien n'expliquait pourquoi son cœur n'était pas reparti une fois inondé de sérum physiologique. La plupart du temps, restaurer le flux sanguin suffit. Le cœur se réchauffe, se remplit de sang et se remet au travail. Son ADN lui ordonne de battre.

Mais pas celui-ci. Aucun signe de vie, pas même une pointe de fibrillation ventriculaire.

Je tourne en rond, je le sais.

Mon patient n'était pas diabétique. J'ai examiné ses résultats sanguins à deux reprises, la seconde fois pas plus tard qu'hier, afin de vérifier que rien n'avait changé. D'après les tests, il ne faisait pas partie des patients à risque pour une telle opération.

Oui, il buvait beaucoup, et son foie commençait à s'en ressentir. Mais son cœur n'avait pas d'autre problème que cet anévrisme dont je l'ai débarrassé. Pas d'arythmie, pas de syncope, rien qui laisse présager que l'organe refuserait tout bonnement de repartir.

Tout en conduisant, je reviens une fois de plus sur l'opération, étape par étape. Cela doit être la quatrième ou cinquième fois que je la repasse dans ma tête depuis qu'elle a pris fin, et je pourrais recommencer cinquante fois que j'aboutirais toujours au même résultat : rien ne laissait prévoir cette issue, rien ne s'est mal passé.

Du moins jusqu'à ce que je reconnaisse son visage.

Mais personne ne doit jamais découvrir comment je connaissais Caleb Donaghy.

Un dernier virage, et voilà ma maison. Ou plutôt celle de ma mère, techniquement. Le foyer que j'ai toujours connu, toujours aimé. Nous pourrions vivre ailleurs, et mon mari s'en réjouirait sans doute, mais je n'arrive pas à me convaincre de partir. Pas avec le rire de Melanie qui résonne encore dans le jardin, lorsque le soleil brille.

C'est une grande maison, bâtie par feu mon père dans l'idée d'accueillir une grande famille, à l'époque où il était lui-même une étoile montante de la chirurgie, dans ce même hôpital où je travaille aujourd'hui. Il rêvait de remplir cette maison de petits-enfants, voire d'arrière-petits-enfants s'il avait la chance de vivre assez vieux. Il ne l'a pas eue. J'étais sur le point de commencer mes études de médecine quand il est mort. Parfois, lorsqu'il me manque terriblement, j'effleure la porte vitrée du salon, là où il appuyait le front pour regarder dehors. Je pourrais jurer sentir son esprit m'effleurer en retour, comme s'il était encore à mes côtés.

Bâtie sur trois étages, la maison occupe l'un des rares terrains encore disponibles à l'époque de la jeunesse de mon père, du moins dans notre quartier. Elle dispose d'un double garage – chose rare dans le voisinage – qui s'ouvre à distance.

J'y rentre avec lenteur, puis je coupe le moteur avant de refermer la porte. L'obscurité descend avec elle, peu à peu.

Je suis rentrée. Je suis en sécurité.

Pour le moment.

Une larme coule, puis une deuxième. À quelques kilomètres d'ici, le corps d'un homme gît dans une morgue.

Est-ce ma faute s'il a fini là-bas ?

5
Une chambre d'hôtel

Il adorait qu'on le chevauche au lit.

Un peu inhabituel, de la part d'un candidat à la mairie de Chicago briguant le pouvoir. Paula s'attendait à une volonté de contrôle, voire de la brutalité, ou tout du moins une certaine intensité dans l'acte. Mais il préférait rester allongé sur le dos, les mains croisées derrière la tête, en la laissant utiliser son corps comme elle le désirait.

Non qu'il fût absent ou apathique, pas le moins du monde. Les yeux entrouverts, il observait le moindre de ses mouvements, l'ombre d'un sourire aux lèvres. Et comme il était patient, le futur maire de Chicago… Quasiment jusqu'à l'altruisme. Il attendait toujours qu'elle soit prête, il la laissait mener le jeu. Et lorsqu'elle commençait à jouir, il jouissait avec elle, à la seconde près.

C'était presque trop beau pour être vrai. Et d'une certaine façon, tel était bien le cas. L'anneau d'or tout simple à son doigt rappelait à Paula la dure réalité. Elle n'avait pas le droit de le posséder, de l'étreindre : il n'était pas à elle.

En tout cas, pour le moment.

Elle repoussa ces agaçantes pensées et se mit à accélérer le rythme, les mains appuyées sur son torse parfaitement sculpté. Si les citoyens de Chicago avaient pu le voir nu, beaucoup auraient aussitôt voté pour lui.

Paula enfonça ses ongles dans sa chair et l'entendit gémir. Il se tendit sous son corps, les muscles raides, brûlant de désir. Quelques secondes plus tard, elle s'effondrait à ses côtés sur le matelas, radieuse, à bout de souffle.

— Quel talent, Monsieur le Maire, vraiment..., rit-elle.

Il déposa un baiser satisfait sur ses lèvres et l'enlaça, à l'évidence prêt à s'endormir. Mais ce n'était pas ce qu'avait prévu Paula.

Elle s'autorisa trente secondes de semi-conscience bienheureuse, un état où elle pouvait croire que leur relation était réelle, ou pouvait le devenir. Se réveiller ainsi tous les matins, ce devait être quelque chose.

Puis elle se retourna dans ses bras pour le dévisager. La mâchoire carrée, des cheveux poivre et sel avec encore assez de poivre, des iris du même bleu que l'océan Pacifique juste avant le crépuscule. Un nez droit, assez prononcé, très noble, et des lèvres sensuelles qui creusaient de minuscules fossettes dans ses joues lorsqu'il souriait.

Elle s'allongea à demi sur lui pour atteindre la bouteille dans le seau à glace qui transpirait sur la table de nuit, en profitant de ce geste pour se presser contre tout son corps.

— J'ai soif, chuchota-t-elle en se mordant la lèvre, alors qu'elle n'avait plus la moindre envie de boire du champagne. Et toi ?

Souriant, il se redressa contre les oreillers et attrapa les deux flûtes pratiquement vides pour les remplir de Veuve Clicquot Brut au pétillement audible.

— C'est toi que l'on fête, madame la procureure d'État. C'est toi qui décides.

— C'est bien vrai, ça, lança-t-elle en trinquant. Et je m'en félicite. Encore plus de pouvoir !

Elle s'esclaffa et il fit de même. Le champagne était vraiment exquis, songea-t-elle en se léchant les lèvres, mais il lui faisait tourner la tête. Après une autre gorgée, elle reposa sa flûte.

— Je saurai tout des affaires pénales, le lieu et l'heure de chaque arrestation… Et si je suis au courant, alors tu le sauras aussi, dit-elle en ponctuant cette affirmation d'un coup d'index dans la poitrine.

Puis elle se mit à suivre le contour de ses muscles jusqu'aux draps de satin. Il reposa également son verre et se cala à nouveau les mains sous la tête, les yeux déjà brillants.

— Intéressant, répondit-il d'une voix traînante, sensuelle. Et alors ?

— Réfléchis à ce que nous pourrions faire ensemble. Grâce à moi, tu seras présent sur les lieux de toutes les arrestations les plus médiatisées, prêt à informer la presse de tes projets pour combattre le crime à Chicago. C'est ce qui préoccupe le plus tes électeurs…

— Ce sont aussi les tiens, non ?

— Pas encore, s'amusa-t-elle. Oui, je me présenterai au poste de procureur d'État, mais seulement après quelques années à la tête du bureau des affaires pénales. Le bon côté des choses, c'est que tu seras maire et tu pourras m'apporter ton soutien dans ma campagne.

— Je vois que tu as tout prévu.

Il souriait encore, mais l'ombre d'une ride lui plissait le front.

— Pas toi ? demanda-t-elle.

Comme il ne répondait pas aussitôt, elle patienta, consciente qu'il ne fallait pas le mettre sous pression. Il devait croire que toutes ces bonnes idées étaient les siennes, non celles de Paula. Et après tout, peut-être fallait-il lui accorder un peu de crédit : c'était tout l'intérêt de leur collaboration. Paula recherchait une alliance plutôt qu'une aventure, et ne cessait de se le remémorer chaque fois qu'elle se surprenait à ressentir quelque chose pour cet homme si follement attirant. Mais n'était-il pas déjà trop tard ? Tomber amoureuse de lui serait si facile... Peut-être l'était-elle déjà un peu. Or l'amour était un sentiment confus et elle devait garder les idées claires.

La fenêtre qui occupait tout le mur du fond s'ouvrait sur ce qui devait être, de jour, une vue spectaculaire du lac Michigan. Dans l'obscurité on discernait les contours lumineux de la ville, un tableau pointilliste traversé de traînées blanches et rouges – tout ce que l'on distinguait des embouteillages du centre-ville neuf étages plus bas. Près de la vitre, un confortable fauteuil de cuir où Paula aurait voulu se blottir pour lire un bon livre, même si elle n'en aurait pas eu le temps. Le lit lui-même était merveilleux : des draps de satin frais, un édredon léger comme une plume, de doux oreillers bourrés de duvet.

Paula fut tentée de marcher nue jusqu'à la vitre, offrant sa peau brûlante à la caresse des rideaux, exposée aux regards des occupants du gratte-ciel d'en face. Peut-être qu'un jour, elle pourrait réserver sa propre chambre et en profiter tout son soûl. Ou alors, elle remplacerait Mitchell Hobbs au poste de procureur d'État de Chicago, et ce serait elle qui disposerait d'une réservation régulière à la Travelle, avec son propre serveur. Peut-être serait-ce encore Willie. Peut-être se souviendrait-il d'elle.

— Tu sais, je n'ai pas choisi ce champagne par hasard...

La voix de son amant la ramena brutalement au réel. En la sentant tressaillir, il l'enlaça pour l'attirer contre lui et lui caresser le dos sous les draps.

— Je ne cherchais pas qu'à t'impressionner, plaisanta-t-il.

Paula sourit : elle en doutait.

— Alors pourquoi ? Pour faire étalage de ton goût impeccable ?

Il laissa échapper un petit rire, visiblement flatté.

— Eh bien, si je me rappelle bien ce que j'ai lu, il y avait autrefois un vignoble en France. Sa production n'était pas mauvaise, mais sans plus, parce que le propriétaire se dispersait dans d'autres activités, comme le négoce de tissu. Son nom de famille, c'était Clicquot, tu l'auras deviné. Son fils l'a remplacé une fois marié, et leurs vins ont entamé la route vers le succès qu'on leur connaît aujourd'hui... Puis le fils est mort subitement de je ne sais quelle maladie. Vraiment très jeune. Tout le monde pensait que la vigne serait vendue, mais sa veuve s'est accrochée. Grâce à ses idées, elle est devenue l'une des premières femmes du monde à la tête d'un business international. Au XIXe siècle, tu imagines ?

Il ponctua son discours d'un sifflement admiratif.

— Elle n'avait même pas trente ans quand son mari est mort. D'où le nom de Veuve Clicquot... et ce champagne l'a rendue immortelle.

Il remplit à nouveau la flûte de Paula et la lui tendit. Elle la récupéra en se redressant sur l'oreiller.

— À la santé d'une puissante jeune femme prête à conquérir le monde, dit-il en lui portant un toast, les yeux dans les siens.

Le champagne était vraiment très fin, absolument exquis.

— Merci. Vous m'épatez toujours autant, Monsieur le Maire... Rien que par la qualité de ce que vous racontez au lit.

L'espace d'un instant, elle sentit le piège se refermer sur elle – elle aurait voulu qu'il reste à ses côtés, que leur relation soit davantage qu'une simple alliance.

— C'est quoi, ton champagne préféré ? lui demanda-t-il. J'ai visé juste ?

Soulagée qu'on l'arrache à elle-même, reconnaissante pour cette question qui dispersait ses réflexions aussi interdites qu'inutiles, Paula éclata de rire.

— Pas du tout ! Et mon patron s'est lui aussi trompé en commandant du Krug Grande Cuvée.

— Heureusement, il a les moyens de se tromper comme ça, plaisanta-t-il. Alors, qu'est-ce que c'est ?

— Promets-moi que tu ne te moqueras pas de moi.

Il hocha la tête, et ses petites fossettes revinrent.

— C'est juré.

— Ce n'est que du Martini Asti, un vin pétillant de bas étage qu'on trouve à douze ou quinze dollars chez n'importe quel épicier. Il est plus sucré et plus léger que toutes ces marques de luxe. Ce n'est même pas du champagne, mais j'aime bien l'appeler champagne tout de même.

— Vraiment ? dit-il, les yeux ronds de surprise.

Elle releva le drap sur ses seins nus et baissa un moment les yeux, gênée. Peut-être aurait-il mieux valu ne pas l'avouer.

— Qu'est-ce que tu veux que je te dise ? Je n'étais pas riche, en grandissant. Mais vraiment, je te le conseille. Il n'est pas si mauvais.

— D'accord, c'est parti pour une dégustation, dit-il en tendant la main vers le téléphone. Je parie qu'ils en ont ici – ou alors, ils pourront courir m'en acheter.

Paula le fit taire d'un long baiser.

— Pas aujourd'hui. Je ne pourrais plus supporter une autre goutte d'alcool. Mais la prochaine fois... avec plaisir.

Une pointe de regret traversa le visage de son amant, et Paula faillit changer d'avis. Mais non, il ne fallait pas. Se plier à ses désirs, c'était courir le risque d'introduire du sentiment dans leur accord. Pourquoi gâcher la perfection ?

Ils se voyaient quelques fois par semaine, toujours à l'hôtel, jamais le même. Tous deux avaient intérêt à rester discrets. Maintenant qu'elle avait le vent en poupe, Paula pourrait bien se retrouver sous le feu des médias : ce n'était pas le moment d'avoir une aventure. Son nouveau rôle lui permettrait de se réserver les meilleures affaires, de celles qui propulsent une carrière au sommet, en laissant les cas de routine à ses assistants, tout comme Mitchell Hobbs lui avait laissé les siens.

— N'empêche, Hobbs..., lâcha son amant. Je me demande ce qui lui prend.

Paula fronça les sourcils : lisait-il dans ses pensées ?

— Il est mourant, ou quoi ? Ou bien suicidaire, en tout cas en ce qui concerne sa carrière...

— Qu'est-ce que tu veux dire ? demanda-t-elle.

— Si son travail lui plaît, il aurait dû t'enterrer sous les procédures administratives sans jamais te laisser émerger. Il doit bien savoir que tu brigues sa place !

— Ça ne le dérange pas, assura-t-elle tout en se demandant si c'était bien vrai. En tout cas, c'est ce qu'il m'a dit...

Elle refusa d'un geste une dernière rasade de champagne.

— À ta place, je me méfierais, fit son amant. Au cas où il voudrait justement te garder à l'œil pour éviter de se faire doubler.

Mais elle avait eu le temps de réfléchir :

— Pourquoi me promouvoir, dans ce cas ? C'est m'ouvrir la voie lui-même ! Non, je crois qu'il est sincère. Peut-être qu'il va se présenter comme gouverneur, et qu'il veut un procureur d'État sur qui compter...

Il hésita quelques secondes, puis répliqua :

— Eh bien, quoi qu'il en soit, moi, je le remercie. Je sais que tu seras brillante à ce poste, et je sais que tu le décrocheras bientôt. En tant que maire de notre belle ville, je serai fier de t'apporter mon soutien.

— Eh bien voilà. Un échange de bons procédés.

— Tout à fait, madame la procureure, répondit-il d'une voix enjôleuse en tirant sur les draps pour découvrir son corps. Un toast à notre alliance...

— J'adorerais, mais il faut que j'y aille.

Lui résister devenait de plus en plus difficile. S'il insistait, elle risquait de céder. Paula se leva et lui tourna le dos, puis fila dans la salle de bains sans même prendre un moment pour admirer le sol de marbre blanc et la douche à effet pluie.

Un peu d'eau froide sur la figure la fit revenir à la raison. Elle s'assit au bord de la baignoire jusqu'à être certaine d'avoir repris le contrôle d'elle-même, de s'être remémoré ce qui comptait vraiment.

Quelques instants plus tard, elle s'était rhabillée, prête à partir. Lui s'attardait sous les draps si légers qu'ils dévoilaient chaque détail de son corps.

— Tu es sûre que je ne peux pas te faire changer d'avis… ?

Paula entendait l'urgence du désir dans sa voix. Elle enfila ses talons.

— Pas possible, désolée. Je t'écrirai plus tard.

Il la regarda ajuster sa veste, plein de curiosité.

— Tiens, je le connais, ce tailleur, non ?

— Je le portais la nuit de notre première rencontre, à la collecte de fonds.

Évidemment, il s'en souvenait. Paula s'approcha du lit pour un dernier baiser. Le nœud en satin de son chemisier effleura le torse de son amant, qui gémit contre ses lèvres.

— Je t'ai marquée, ce soir-là, pas vrai ?

Il lui agrippa fermement la taille, mais elle se dégagea d'un petit mouvement de hanches et partit en attrapant son sac au passage.

— On se recontacte, lança-t-elle comme la porte se refermait sur elle.

Ne jamais tout leur donner. C'était la règle, applicable à tout et tous, des jurés aux amants en passant par les patrons.

6
Un foyer

Je reviens en sursaut au présent lorsque la porte de la voiture s'ouvre. Non, je ne dormais pas, mais je m'étais agréablement assoupie, loin de la réalité que je ne sais toujours pas comment gérer.

Le garage demeure plongé dans l'obscurité. Seule une faible lumière filtre par la porte entrouverte de la buanderie. J'ignore combien de temps s'est écoulé depuis que je suis rentrée. Je ne veux pas m'en souvenir.

— Oh, ma chérie…

C'est ma mère, qui s'accroupit à ma hauteur pour me prendre la main. Elle a la peau chaude et sèche. Je sens tout son amour se répandre en moi par ce contact.

— Tu es glacée, dit-elle en me frottant les doigts. Viens, sortons d'ici.

Je n'en ai aucune envie, mais je le fais pour elle. À presque soixante-dix ans, percluse d'arthrite, c'est à peine si elle peut marcher après son opération de la hanche, dont elle ne s'est jamais entièrement remise. Rester accroupie dans l'humidité et le froid est bien la dernière chose dont elle a besoin.

Je lui propose mon bras et nous traversons lentement le garage. Ma mère monte les deux marches qui mènent à la buanderie en s'accrochant au chambranle. Il faut qu'on installe une rampe. J'en parlerai à Derreck. Peut-être aussi dans sa chambre. La voir vieillir au point d'avoir besoin de ce genre de choses me brise le cœur, et un sanglot vient se bloquer dans ma gorge. Elle le perçoit sans doute, car elle me jette un bref regard.

— Je suis désolée, ma puce, me murmure-t-elle comme nous traversons la cuisine.

Elle me tient toujours le bras et me mène à ma place préférée sur le sofa, devant la cheminée. Un feu ronfle dans l'âtre. Nous y avions placé les bûches dimanche dernier, Derreck et moi, pour profiter d'une soirée paisible à la maison ; mais l'un de mes patients a fait une crise cardiaque et j'ai tout laissé tomber pour repartir à l'hôpital.

Ce patient-là a survécu, pas comme Caleb Donaghy.

Personne n'a touché aux bûches depuis. Cela ne ressemble pas à ma mère, de ne faire une flambée que pour elle-même. La tristesse dans ses yeux ne laisse aucun doute : elle sait ce qui s'est passé.

— Ma pauvre chérie, dit-elle en réponse à la question que je n'ai pas posée. C'est Virginia qui m'a appelée. Assieds-toi, je vais te faire une tisane...

J'envoie valser mes chaussures et je me recroqueville sur le sofa, appuyée à l'accoudoir, toujours gelée et tremblante. J'aurais dû m'en douter. Virginia, celle qui se relève d'un divorce, faisait autrefois partie de la même équipe de bloc que ma mère, avant que celle-ci ne prenne sa retraite. C'est comme ça que mes parents se sont rencontrés, à l'hôpital – elle infirmière, lui chirurgien.

Virginia était l'une des protégées de maman, et je sais qu'elles ont gardé contact. Quand j'étais plus jeune, je me demandais si elles parlaient de moi ensemble, si elles critiquaient ma technique au travail. Comme beaucoup de jeunes médecins fraîchement diplômés, je manquais de confiance en moi. Cela m'a vite passé durant la première année d'internat : j'étais tout simplement trop occupée pour accorder de l'importance à ces fadaises.

Mais aujourd'hui, je sens cette vieille angoisse poindre. Je redresse la tête, juste assez pour voir son visage :

— Qu'est-ce qu'elle t'a raconté ?

— Elle s'est contentée de me dire que ton patient était mort et que tu étais bouleversée.

Après avoir ajouté un peu de miel dans la tasse, elle me l'apporte sur une petite soucoupe. Je sens l'amour enfler dans ma poitrine.

— Merci, dis-je en laissant la chaleur se répandre dans mes doigts.

Ma mère s'assoit à mes côtés avec un léger grognement : ses articulations la font souffrir pendant les longs hivers de Chicago. Nous fixons le feu en silence tandis que je bois ma camomille. Encore trop chaude, elle me brûle la langue et la gorge, mais je ne peux pas attendre – j'ai besoin qu'elle me réchauffe de l'intérieur.

— La mort fait partie de la vie, Anne, me chuchote ma mère en me pressant le bras. Parfois, le cœur ne veut pas repartir. Tu le sais bien.

— Mais ça n'aurait pas dû se produire, maman. Et tu ne sais pas tout. Ce patient, cet homme, c'était…

Je m'étrangle, incapable de terminer ma phrase. Comment pourrais-je dire une chose pareille à ma mère ?

Ses yeux pleins d'amour sondent les miens, assombris par l'inquiétude.

— Cela fait des années que tu opères à cœur ouvert, et tu n'avais encore jamais perdu quelqu'un. C'était un miracle, statistiquement parlant. Quel est le taux de mortalité pour les anévrismes de l'aorte, ces jours-ci ? Toujours quinze pour cent ?

Je la dévisage, abasourdie.

— À mon époque, c'était le cas. Ton père était encore plus obsédé par les chiffres que toi. « Chaque unité représente l'enfant de quelqu'un », c'est ce qu'il disait.

Toujours muette, je bois une autre gorgée de camomille. Moi qui croyais qu'elle avait laissé l'hôpital derrière elle après six ans à la retraite. Je ne savais pas qu'elle s'intéressait autant aux statistiques.

Mes yeux se posent sur ses doigts noueux. Peut-être devrions-nous déménager ailleurs, dans une région plus chaude. Elle y serait mieux... Mais tant de pensées viennent aussitôt contrarier cette idée – abandonner la maison, mon travail, celui de Derreck – que j'y renonce avant de l'avoir formulée.

En voyant mon regard inquiet, ma mère se frotte les mains. Je vois bien qu'elles sont raides.

— Voilà le résultat d'années en salle d'op, remarque-t-elle d'un ton triste. Prends soin de tes mains, Anne, garde-les au chaud.

Il faut que je lui avoue tout. Si je ne le fais pas, je mourrai étouffée par mon secret. Je deviendrai une toute autre personne. Mais parler de mon patient signifie parler de Melanie, ce qui rouvrira une profonde blessure.

— Maman..., dis-je avec une grande inspiration.

— Cela devait arriver, reprend-elle en se touchant les cheveux, comme prête à recevoir ou à sortir.

Elle les a gardés longs. Autrefois, elle était brune, mais ils ont désormais presque entièrement blanchi et elle préfère se les teindre en blond, une couleur qui illumine son visage et la fait paraître plus jeune.

— Tu as un vrai talent pour ça, tu sais. Dès ta naissance, tu étais faite pour la chirurgie.

Un souvenir la fait sourire, et ses yeux quittent mon visage pour se tourner vers le passé.

— Tu te rappelles ce que tu as fait de cette grande poupée que je t'avais offerte pour tes six ans ?

Je ne peux retenir un rire.

— Avec les boucles brunes ?

— Oui, celle-là, la princesse, s'esclaffe-t-elle en se tapant le genou. Elle était si belle !

— Certains patients le sont.

C'était une plaisanterie, mais elle est tombée à plat. Mon sourire s'estompe. Je songe à nouveau à Caleb Donaghy. À Melanie. Ma mère me dévisage un instant, comme consciente que quelque chose cloche. Elle a toujours eu une très bonne intuition.

— Tu l'as ouverte en deux, tu te rappelles ?

Je baisse la tête pour dissimuler ma détresse.

— Justement non, voilà tout ce que je peux dire pour ma défense. Ce dont je me souviens, c'est d'avoir essayé de la recoudre. Ça compte, non ?

Après un bref coup d'œil à ma mère, je termine ma tisane et je repose la tasse en soupirant. Elle ne me laissera pas lui dire ce que j'ai fait. Une vraie experte lorsqu'il s'agit de changer de sujet pile au bon moment. Elle rit tant qu'elle en a les larmes aux yeux, à croire qu'elle sait ce que je voudrais lui avouer et qu'elle refuse de l'entendre, de le laisser prendre corps. Comme si son hilarité et ces bons souvenirs pouvaient effacer les horreurs de la journée.

— Ça, bien sûr, tu t'en souviens… Quand nous sommes rentrés de l'hôpital, tu étais toute barbouillée de sang ! Le visage, les vêtements ! Tu t'étais piqué les doigts avec l'aiguille… Ta baby-sitter était horrifiée. Tu m'avais pris mes affaires de couture pour tenter de la recoudre, ta princesse en caoutchouc.

— Et puis ensuite, papa..., dis-je, au bord des larmes, le menton tremblant.

Elle se couvre brièvement la bouche, peut-être pour étouffer un sanglot. Il nous manque tant, à toutes les deux. Ce n'est pas la première fois que j'entends cette histoire que l'on ressort à chaque dîner, chaque réunion de famille. Et pourtant, elle me semble différente chaque fois que ma mère la raconte.

— Il est descendu chercher son kit de suture et il t'a montré comment t'y prendre.

Ce souvenir me réchauffe toujours le cœur. Elle me manque, cette époque où je pensais qu'on pouvait tout réparer.

— C'est la seule poupée que j'aie ouverte comme ça, hein ?

— Oh, oui. Tu as perdu tout intérêt pour ça dès que ton père t'a montré comment recoudre de la vraie peau, quelques semaines plus tard, le jour de...

— Thanksgiving, dis-je en même temps qu'elle. Oui, je m'en souviens.

Son rire éclate à nouveau. L'espace d'un instant, cela me semble déplacé, si tôt après la mort de Caleb Donaghy. Comme si je devais porter son deuil.

Ce que je ne ferai jamais.

— Tu te rends compte ? poursuit ma mère. Je descends à la cuisine le matin de Thanksgiving, prête à passer la journée aux fourneaux, vu le nombre d'invités – tes cousins qui prenaient l'avion depuis Seattle, le Dr Seldon avec sa femme, qui d'autre… Oh, je ne sais plus, mais il fallait que tout soit parfait !

Je continue à l'écouter comme si je ne connaissais pas l'histoire. Elle s'illumine en la racontant, comme chaque fois qu'elle parle de papa. Ou de moi.

— Et voilà que je vous trouve tous les deux enfoncés jusqu'aux coudes dans la dinde, occupés à la recoudre ! Les muscles, les ligaments, la peau… Il te montrait tout, et tu apprenais vite ! Il avait ressorti son kit médical et tu maniais la pince à clamper comme unc pro !

Elle fixe un moment les flammes, transportée, comme si elle voyait apparaître le visage de mon père dans ce foyer qu'il a bâti trente ans plus tôt. Il adorait s'asseoir près du feu, à la place que j'occupe actuellement. L'odeur des bûches de pin me rappelle tant de souvenirs, à l'époque où nous étions encore tous ensemble. Tous les quatre.

— Moi, je voulais me débarrasser de ces sutures avant d'enfourner la dinde ! Je crois même que j'étais devenue grossière, moi qui surveille tant mon langage… Je l'avais menacé, ton père, je lui avais dit que s'il ne me trouvait pas une nouvelle dinde, il passerait Thanksgiving tout seul ! Mais il ne cédait pas un pouce de terrain. Il me disait que les hautes températures simuleraient le processus de guérison en ressoudant les bords de la plaie. Une fois la bête rôtie, il pourrait inspecter tes sutures et voir comment tu t'en étais tirée. Tu étais si fière que je ne pouvais pas rester insensible. Et lui… Il rayonnait !

Elle secoue la tête et écrase une larme.

— Comment résister ? Alors que je ne ressentais en fait qu'un bonheur immense en cet instant ? Tant pis si je devais servir une dinde toute rapiécée et fournir des ciseaux aux invités pour ôter les sutures de leur repas de fête… Finalement, tout ça n'avait pas d'importance. Ce qui comptait, c'était ma fille, ma fille qui apprenait le métier aux côtés du chirurgien le plus talentueux que j'aie jamais rencontré. Oui, ça, c'était un pur bonheur.

Une pensée me déchire soudain le cœur : que dirait papa s'il savait ce que j'ai fait aujourd'hui ? Aurait-il honte de moi ? Serait-il déçu au point de regretter ce jour où il m'a appris à suturer la peau, les muscles et les tendons d'un oiseau ?

Je ne peux pas supporter cette idée. Pour la première fois, je suis heureuse que mon père ne soit plus parmi nous.

Ma mère me jette un autre regard inquiet, mais ne pose pas de questions et continue cette histoire que je connais par cœur.

— Ta tante Millie n'a pas touché à son repas. Elle détestait parler chirurgie au dîner, tu t'en souviens ?

Je hoche la tête, je souris. Je comprends enfin ce que fait ma mère : elle veut me rappeler qui je suis. Mon héritage. Elle me parle de famille, de bonheur, d'amour, afin de m'atteindre dans les profondeurs de mon désarroi.

— Merci, maman, dis-je en lui serrant les doigts.

Je m'enfonce dans les coussins du canapé et je ferme un instant les yeux pour me retrouver seule avec mes démons sans qu'elle s'en aperçoive.

Même si le cœur de Caleb Donaghy a refusé de repartir, même si vingt-trois minutes de réanimation n'y ont rien changé, c'est moi qui l'ai tué. J'aurais pu continuer. Il était branché à la pompe : j'aurais pu continuer pendant des heures. J'aurais pu lui injecter davantage d'adrénaline, droit dans le cœur. J'aurais pu essayer beaucoup d'autres choses pour tenter de le sauver. Mais j'ai délibérément choisi d'arrêter.

Le mépris du Dr Bolger contre moi était entièrement justifié. Et je pourrais parier qu'il n'a pas gardé ses imprécations pour lui-même.

Le bruit perçant d'une sirène transperce le calme du salon. Je saute sur mes pieds pour courir à la fenêtre, le cœur battant, les joues glacées. Je vois déjà la voiture de police s'arrêter en dérapant dans l'allée, l'officier venir me passer les menottes. Je retiens ma respiration, prête à l'inévitable.

Ma mère m'observe sans dire un mot. Le bruit de la sirène ne cesse d'enfler… puis s'éloigne : la voiture poursuit son chemin sans même tourner dans notre rue.

Ils viendront bientôt me chercher. Si ce n'est pas cette fois, ce sera la prochaine.

Car je suis une meurtrière.

7
Une confession

Nous ne sommes que trois au dîner ce soir, et les chaises vides me hantent plus encore qu'à l'ordinaire tandis que je mets la table. Maman prépare du poulet rôti et de l'écrasé de pommes de terre. L'un de mes plats préférés, comme s'il n'y avait pas école demain.

Nous utilisons toujours cette expression alors que cela fait bien longtemps qu'il n'y a plus d'enfants dans la maison.

Ma mère se surpasse, et je ne lui suis pas d'un grand secours. L'odeur du poulet aux herbes m'emplit les narines dès qu'elle ouvre la porte du four. J'en ai l'eau à la bouche… puis c'est autre chose qui monte, plus pressant, et je cours à la salle de bains me vider l'estomac, cramponnée à la lunette des toilettes. Je me convulse encore quand ma mère vient me tenir les cheveux, en me passant une main tiède sur le front.

Elle ne fait aucun commentaire et se contente de me préparer une deuxième tasse de camomille, avec deux biscuits salés sur la soucoupe.

En quelques minutes, j'ai tout avalé et mon estomac s'est calmé, du moins pour le moment.

J'achève de mettre la table, encore prise de vertiges, mais consciente qu'il vaut mieux que je reste en mouvement, que je m'immerge dans la banalité du quotidien. Nous ne sommes pas pressées : mon mari n'est toujours pas rentré.

Derreck.

À l'idée de lui faire face, l'angoisse revient me tordre les entrailles. Que vais-je lui dire ?

Je n'ai pas épousé un docteur, contrairement aux prédictions de mes parents, contrairement à la plupart des médecins. C'est d'un jeune étudiant en droit que je suis tombée amoureuse, pendant ma deuxième année d'études. Lui se préparait à obtenir son diplôme et ne faisait que passer sur le campus pour une soirée. Je n'arrive toujours pas à croire qu'il ait décroché le barreau. Il est si différent de l'idée que je me faisais des avocats, sans rien de cette agressivité innée qui leur est nécessaire pour plaider toute la journée, pour soumettre des témoins hostiles à des contre-interrogatoires jusqu'à ce qu'ils craquent devant la cour. Mais cela ne veut pas dire qu'il se laisse marcher dessus. Sa détermination, son ambition ont d'autres cibles, et d'autres méthodes. Il pensait autrefois s'engager dans le droit environnemental, pour défendre ses principes. Car c'est ce qui le définit le mieux : un homme de principes.

Mais ce soir-là, pendant la fête, ce n'est pas son intelligence qui m'a captivée. Son sourire était addictif, ses yeux pétillants. Je voulais apprendre à le connaître. Après quelques slows, j'étais accro, déjà à moitié amoureuse, stupéfaite que cela m'arrive, et si vite.

J'avais toujours été très clinique au sujet de l'amour, voire cynique. Je savais ce que cachait ce mécanisme : un simple jeu d'hormones entraînées par la génétique, afin de maintenir la survie de l'espèce. J'aurais pu parler des heures des processus chimiques responsables de cette addiction mutuelle.

Rien de tout cela n'avait plus d'importance après notre rencontre.

J'étais euphorique – un terme scientifique pour décrire l'ivresse apportée par la dopamine et l'ocytocine –, incapable de penser à autre chose que lui. Je me suis jetée à corps perdu dans notre histoire pendant des mois, consciente qu'elle ne durerait pas. C'était bien trop beau pour être vrai.

Quand il m'a fait sa demande six mois plus tard, j'ai carrément refusé. Les médecins mènent une vie professionnelle extrêmement exigeante. Ils ne sont jamais chez eux, travaillent soixante-douze heures d'affilée au point d'apprendre à dormir en marchant, et perdent tout intérêt pour autre chose que leur métier. Je finirais par briser le cœur de Derreck, incapable d'être une épouse présente comme il le méritait. Il a accepté ma réponse avec tristesse, en hochant la tête d'un air résigné. Puis il est parti.

J'ai pleuré toute la nuit sur notre rupture, mais c'était aller un peu vite en besogne.

Le lendemain, il est revenu et tout a repris sans un heurt. Lorsque je lui ai demandé pourquoi il ne m'avait pas quittée après ma rebuffade, il m'a tout simplement répondu : « Anne, je t'aime. Même si tu n'arrives pas à croire à notre avenir, ça ne change rien à ce que je ressens. Il ne me reste plus qu'à te démontrer que tes services de trois jours s'harmoniseront parfaitement avec mes semaines de quatre-vingts heures. » Après un baiser, il a poursuivi : « Par contre, il nous faudra une femme de ménage. J'ai déjà quelqu'un en tête. » Puis il m'a offert un double de ses clés.

Trois jours plus tard, il emménageait chez moi, ce qui voulait dire chez ma mère. C'était l'épreuve du feu : accepter de vivre avec elle et s'insérer chez nous. Peu d'hommes y seraient parvenus, même si ma mère est toujours aimable et accueillante.

Nous nous sommes installés dans la chambre d'ami du rez-de-chaussée, peu désireux de monter à l'étage. Les murs trop fins de la maison m'angoissaient. Mais ce malaise n'a pas duré. Très vite, Derreck a trouvé sa place parmi nous, et ma mère s'est mise à l'aimer comme un fils. Mais nous dormons toujours au rez-de-chaussée. Même après seize ans de vie commune, jamais je n'ai songé à déménager à l'étage. Maman me l'a proposé d'innombrables fois, mais dans ma tête, ce sera toujours la chambre de mes parents.

Sans compter qu'en plus de l'intimité la chambre du rez-de-chaussée présente bien d'autres avantages : elle est immense, avec sa propre salle de bains (douche et jacuzzi) et deux placards. Le fait qu'elle soit attenante au salon est bien pratique pour regarder la télé durant la nuit, comme il m'arrive d'avoir des insomnies. Je peux aussi quitter la maison sans réveiller tout le monde lorsque ma présence est exigée d'urgence à l'hôpital.

Occupée à trancher du pain, j'entends mon mari se garer dans notre courte allée. Je lui fais signe par la fenêtre et il agite la main en retour, une de nos habitudes – l'un de ces petits gestes affectueux qui font partie du tissu de notre couple.

Mais cette fois, une bouffée d'angoisse m'envahit. *Je vais devoir lui avouer ce que j'ai fait.*

Je l'accueille à la porte par un baiser, et il me serre brièvement dans ses bras en me murmurant un mot d'amour dans le cou. Je ne veux plus qu'il me lâche. Il sent le déodorant et le savon, aussi frais que s'il n'avait pas quitté la maison à 7 heures du matin.

— Le dîner est prêt, dis-je en souriant. Tu n'as plus qu'à te laver les mains.

Ainsi se réinstalle la routine. Il défait sa cravate, qu'il abandonne avec sa veste sur le dos du canapé, et se roule les manches pour se laver les mains à l'évier de la cuisine.

J'aide ma mère à remplir des bols de soupe et je les apporte à table. Lorsque je m'installe enfin, j'ai l'impression de m'asseoir pour la première fois depuis des heures. Mon long soupir attire l'attention de mon mari.

— Qu'est-ce qui ne va pas ?

— Rien, je suis juste épuisée, dis-je en secouant la tête. La journée a été longue. J'espère que la soupe te plaît.

Il fronce brièvement les sourcils. Je ne suis pas du genre à m'exprimer ainsi, en quelques phrases trop courtes : il sait que je lui cache quelque chose.

Je baisse les yeux sur mon bol et, après avoir fini ma soupe, j'aide ma mère à servir le poulet tandis que Derreck ouvre une bouteille de pinot gris.

Des souvenirs me tournent dans la tête, certains heureux – comme notre mariage, un an et demi après l'emménagement de Derreck – et d'autres douloureux. Je chipote, sans appétit. Je prends une bouchée de l'écrasé de pommes de terre arrosé de jus de viande. À ma droite, Derreck mange comme un athlète après la finale, à grandes bouchées enthousiastes entrecoupées de remarques insouciantes. Sans m'en rendre compte, je me suis mise à fixer la chaise qu'occupait autrefois Melanie, en face de la mienne.

Melanie...

Le vertige me reprend. Je repousse ma chaise pour me lever.

— Continuez, je reviens, dis-je dans un murmure.

Ma voix se brise et je me détourne pour cacher mes larmes.

Je monte l'escalier avec lenteur, une main posée sur la rampe, l'autre pressée contre mon cœur. Incroyable à quel point cet organe réagit à nos émotions. Mais est-ce vraiment le cas ? Ce n'est qu'une pompe qui fait circuler le sang. J'en ai tenu tant dans ma main. Du muscle, des tendons, du tissu fibreux, quelques impulsions électriques pour lui indiquer quand battre, rien de plus. Nous savons que c'est le cerveau qui gère la douleur, mais c'est le cœur que l'on blâme, car c'est en lui que nous la ressentons. Là encore, il y a une explication scientifique – liée à l'adrénaline, au cortisol, à la noradrénaline, toutes ces hormones qui jouent dans la fonction cardiaque. Mais ce n'est pas ce qu'ont besoin d'entendre les endeuillés. Ils ne se préoccupent pas de savoir pourquoi leur cœur se brise. C'est ce qu'ils ressentent, voilà tout.

Moi non plus, je ne veux pas l'entendre.

Une fois à l'étage, je m'approche de la deuxième porte à droite, une solide porte en chêne, toujours close. En fermant les yeux, je tends l'oreille, de toutes mes forces, jusqu'à entendre le rire de Melanie de l'autre côté. Un souvenir que je ramène à la vie à force de volonté.

Ce n'est qu'une illusion, bien sûr. Melanie ne rira plus jamais.

La douleur qui me transperce ouvre la voie à une poussée de rage. Étrange comme je n'arrive pas à dépasser le stade de la colère, même après tant d'années. Je sais ce dont il s'agit, je sais comment cela fonctionne, mais cela ne m'aide en rien à la gérer.

Melanie n'a jamais pu grandir, tomber amoureuse, vivre sa vie. Ma petite sœur...

Je tente de tourner la poignée, mais ma main refuse tout simplement de bouger. Je ne peux toujours pas entrer, pas même aujourd'hui, alors que j'en aurais tant besoin. Furieuse d'être si faible, j'abats ma main sur la porte. Merde, merde !

— Tout va bien là-haut ? appelle Derreck depuis la salle à manger.

J'aspire une grande goulée d'air.

— Oui, j'arrive !

Et c'est ce que je fais, après m'être essuyé les yeux avec ma manche. Je retrouve ma place à la table, je reprends ma fourchette, j'avale une nouvelle bouchée de purée arrosée de jus. Mais je suis incapable de toucher au poulet qui me rappelle la dinde de Thanksgiving quand j'étais petite.

Je sens plutôt que je ne vois ma mère m'interroger du regard. Elle ne me pose toujours aucune question. Elle sait où je viens d'aller, elle sait ce que j'ai essayé de faire, tout comme elle sait que j'ai à nouveau échoué. Nous n'en parlerons pas ce soir. Nous n'en parlerons jamais.

Elle se lève et Derreck l'imite.

— Je vais débarrasser, annonce-t-il en lui faisant un baisemain comme un chevalier d'antan. Merci pour ce merveilleux dîner.

Elle lui adresse un pâle sourire et, en passant, me caresse la joue et les cheveux. Je ferme les yeux pour mieux l'apprécier. Une larme roule sur ma joue. Puis ma mère monte l'escalier, avec difficulté. Dès que nous entendons la porte se refermer, Derreck me demande :

— Bon alors, qu'est-ce qui t'arrive ?

Il tire sa chaise pour se rapprocher de moi – les pieds crissent sur le sol, un bruit qui me semble si lointain que j'aurais aussi bien pu l'imaginer.

— Anne ? insiste-t-il en essuyant une larme de son pouce, tendrement. Que s'est-il passé ?

Je ne sais même pas par où commencer.

— J'ai perdu un patient aujourd'hui. J'ai... C'était...

Je m'étouffe, incapable de poursuivre. Derreck me prend les deux mains.

— Je suis désolé, murmure-t-il. J'imagine qu'on a déjà dû te le répéter mille fois, mais ça arrive, Anne. Les opérations à cœur ouvert présentent un risque, tu le sais bien…

Je secoue la tête faiblement. Si seulement il me laissait parler.

— Non, Derreck, tu ne comprends pas. Ce n'était pas un patient ordinaire. Cet homme… Je le connaissais.

— Comment ça ? demande-t-il en fronçant les sourcils. Tu veux dire que c'était un ami à toi ? Je croyais que les chirurgiens ne touchaient jamais à leurs connaissances ?

— Oui, c'est bien le cas, dis-je précipitamment en lui agrippant la manche comme pour le retenir. Je ne l'ai pas reconnu, en tout cas pas au début, et quand j'ai compris, c'était trop tard. Peut-être… Je ne sais pas…

Il me dévisage, clairement confus. Ce que je raconte n'a aucun sens – les mots se bousculent. Je voudrais tout lui dire, mais j'ai peur. Et si plus rien n'était comme avant entre nous ? Et s'il ne m'aimait plus ? Pourtant, il faut que j'avoue maintenant, plutôt qu'au moment où la police viendra tambouriner à la porte.

Après une gorgée de pinot, Derreck me regarde d'un air rassurant.

— On reprend du début. L'un de tes patients est mort sur la table d'opération, c'est ça ?

Je hoche la tête, la gorge complètement sèche, les mains si tremblantes que je n'ose pas saisir un verre.

— Tu t'es trompée quelque part ?

— Eh bien... Je...

Je secoue la tête, puis je baisse les yeux. Quelques mèches de cheveux me tombent devant le visage. C'est presque suppliante que je le regarde à nouveau.

— Je ne sais pas, Derreck. Son cœur est resté immobile après l'opération, même après de gros efforts de réanimation...

— Eh bien, on dirait que tu n'as rien fait de mal, déclare-t-il, soulagé. Peu importe qui c'était.

— J'ai déclaré sa mort trop tôt. Je me suis précipitée, je l'admets. Mais son cœur a refusé de battre, de toute façon. Mais j'ai laissé tomber... quand je l'ai reconnu.

Il se recule légèrement, et chaque centimètre de distance me glace les veines.

— Tu veux dire que tu aurais pu sauver cet homme et que tu ne l'as pas fait ?

Oui ! Je voudrais hurler ce mot. Je ne peux pas. Seul un sanglot amer s'échappe de ma bouche ouverte. Derreck m'attire contre lui et me laisse pleurer contre sa poitrine, en me serrant dans ses bras, en me caressant les cheveux. Je ne pleure pas pour Caleb Donaghy, mais pour Melanie, pour notre vie qui ne sera plus jamais la même.

Lorsque j'arrive enfin à reprendre mon souffle, je me libère. Je ne suis que trop consciente que je ne lui ai pas tout dit. Mais à la façon dont Derreck m'observe, je vois qu'il a déjà compris – forcément, sans quoi il me demanderait la raison de mon acte. Il est choqué, comme le trahissent ses yeux arrondis, le pli crispé de sa bouche. Savoir que je l'ai déçu me blesse plus que tout.

— Ça pourrait nous détruire tous les deux. Nos carrières, notre vie. Qui d'autre est au courant ?

Il parle d'une voix basse et froide, factuelle, clinique. Une voix d'avocat. Je frissonne jusqu'à la moelle.

— Personne, dis-je en secouant vigoureusement la tête.

— Et ton équipe ? Ce ne sont pas des idiots. Ils ne soupçonnent rien ?

Je songe au Dr Bolger, l'anesthésiste, à sa haine bouillonnante envers moi. Pitoyable, je balbutie :

— On m'interrogera peut-être, mais... J'ai... Je n'ai jamais perdu personne...

— Mais tu as dit que tu le connaissais ? Cet homme, ton patient ? On peut te lier à lui ?

Toujours ce ton dur, professionnel, comme s'il me préparait à une déposition. Je suis reconnaissante de le voir si lucide.

— Non...

— C'est déjà ça, lance-t-il en se levant pour faire les cent pas. Il ne faut pas que ça change. Pas d'épanchements. Pas de petits commentaires à la cafétéria. Tu ne réponds pas aux questions, sauf au tribunal avec un avocat.

Il continue à s'agiter une minute pendant que je retiens mon souffle, redoutant la suite. Puis il s'arrête derrière ma chaise et me masse les épaules. Je sens la chaleur irradier de ses doigts.

— Viens, mon amour, allons nous coucher.

8
Une ceinture en cuir

Derreck est de bon conseil. Bien sûr, ce qu'il m'a recommandé ne pourrait jamais marcher dans un hôpital, mais ça reste un bon conseil…

Au moins, je serai prête psychologiquement quand je retournerai travailler lundi. Comment pourrais-je refuser de discuter de l'affaire si on me pose des questions ? Un hôpital n'est pas un poste de police : pas de sinistres petites pièces malodorantes aux murs griffonnés, aux meubles tachés et branlants, où l'on peut se réfugier pour garder le silence en exigeant un avocat.

Bon, d'accord, je n'ai jamais vu de poste de police ailleurs qu'à la télé. J'espère que cela ne changera pas. Assise sur le sofa, je sens mon esprit s'emparer de mes angoisses pour tricoter des monstres, des cauchemars. Je regarde mourir les dernières flammes dans l'âtre pendant que Derreck achève de remplir le lave-vaisselle.

Le bruit des assiettes qui s'entrechoquent m'insupporte, mais je serais bien en peine de me plaindre. Je ne ressens que de la reconnaissance envers mon mari pour son amour et sa compréhension. Tout de même, s'il pouvait se dépêcher, ou au moins me laisser faire...

Je me lève et je passe dans la cuisine, dont le carrelage glace mes pieds nus.

— Tu veux bien me laisser faire ? S'il te plaît.

Je ne croise son regard que brièvement, toujours anxieuse. Il m'embrasse sur le front :

— Mais non, j'ai presque fini. Tu n'as qu'à aller prendre ta douche. Tu pourrais même te faire couler un bain pendant que je termine de ranger la cuisine. Qu'est-ce que tu en dis ?

Il reste un fond de vin dans mon verre, abandonné sur la table. Lorsque je l'avale, il me paraît glacé, amer, aigre. Qui boirait cette eau de vaisselle ? Pourtant, j'ai toujours aimé le pinot gris. Peut-être qu'il y avait un problème avec cette bouteille.

— Non, vas-y d'abord, dis-je dans un murmure.

J'espère qu'il n'insistera pas, car je sais que je ne pourrais pas résister. Il n'en fait rien. Après un moment de silence troublé par le vacarme des couverts fourrés sans soin dans le lave-vaisselle, je relâche ma respiration et je retourne vers le canapé.

Toujours gelée, je m'arrête devant la cheminée dans l'espoir de me réchauffer. Le feu s'est éteint en ne laissant dans l'âtre que quelques braises rougeoyantes qui allument des reflets orangés sur le sol, les murs blancs, et mes mains que j'offre à leur chaleur.

Plus de bûches en réserve. Il y en a encore dans le garage, mais je ne me sens pas la force d'aller les chercher, et je ne veux pas le demander à Derreck. Je ne veux pas qu'il fasse quoi que ce soit pour moi aujourd'hui. J'attrape un tisonnier pour remuer les cendres jusqu'à ce qu'une petite flamme reparte, puis je m'assois sur le sofa, les genoux relevés, et je pousse un soupir satisfait en entendant le lave-vaisselle se remplir d'eau.

Bientôt reviendra le silence.

— Ne tarde pas trop, d'accord ? me lance Derreck en partant vers la chambre.

Il m'adresse un sourire aimant, mais la tension demeure dans sa mâchoire, dans ses épaules, dans les rides verticales qui encadrent son nez. J'espère que la douche nettoiera un peu de ce stress. Un temps de réflexion devrait aussi y contribuer.

Pourquoi fallait-il que je lui avoue tout ? L'espace d'une minute, cela m'a soulagée – pouvoir me reposer sur lui, sentir son soutien, son amour –, mais à quel prix ?

Je le rassure d'un hochement de tête, puis je reviens à ma timide flambée. Comme c'est étrange de voir ces petites flammes persister malgré leur fragilité. Elles s'accrochent, en crépitant, en sifflant, en me réchauffant encore. Peut-être l'espoir et l'endurance ne sont-ils pas des inventions humaines : peut-être le feu les avait-il découverts longtemps avant nous.

Je n'ai pas été digne de ma famille, de mon équipe, de mes patients – ceux que je devais opérer aujourd'hui et demain au lieu de rester chez moi, comme me l'a expressément ordonné M.

Ceux que j'ai opérés hier et avant-hier, et dont je devais prendre soin pendant leur convalescence. Que vont-ils se dire ? Que je les ai abandonnés alors qu'ils étaient au plus bas. Pourtant, mieux vaut qu'ils pensent cela de moi, qu'ils me détestent, plutôt qu'on leur rappelle qu'il est possible de mourir au bloc, sous mon scalpel. Moi-même, je n'arrive toujours pas à accepter cette idée dévastatrice. Le Dr Seldon avait dit que cela viendrait, après dix ou quinze ans de métier. Comment m'imaginer accoutumée à la mort ? Aux mauvaises nouvelles livrées à des familles éplorées ? Aux espoirs qui s'effondrent en un mot ? Je ne veux pas que cela finisse par devenir plus facile. Je ne veux pas que la mort devienne une statistique, pas dans ma salle d'opération.

J'entends la porte de la salle de bains s'ouvrir dans la chambre d'ami, puis le bruissement des draps. Derreck a laissé la porte ouverte : une chaude lumière en sort, une promesse de réconfort, de sérénité.

Mais je ne suis pas prête. Agitée, tendue, la mâchoire serrée à faire mal, je traverse la chambre sans un mot, direction la salle de bains. Au passage, j'aperçois Derreck – torse nu sous la couette, ses lunettes de lecture perchées au bout du nez. Assis contre les oreillers, il grimace en lisant son magazine. Je ne m'arrête pas pour lui demander quel journaliste l'a agacé cette fois-ci : je m'enferme dans la salle de bains embuée et je me colle dos à la porte pour respirer un moment.

Les yeux me brûlent à nouveau. Les sanglots reprennent. Afin que Derreck ne m'entende pas, je me couvre la bouche et j'ouvre le robinet de l'autre main. J'ôte mes vêtements avant d'entrer dans la douche. Sous le jet, nul ne peut différencier la douceur et l'amertume, l'eau et les larmes.

La douche est brûlante, et j'espère qu'elle lavera mon esprit en même temps que mon corps – en vain. Sur l'écran de mes paupières, je vois Melanie qui me tire la langue, son visage, son sourire. Son corps maigre convulsé par la terreur, ce jour-là au parc. Ses hématomes, ses coupures à peine refermées. Sa honte, sa peur, son chagrin.

Me laver est un énorme effort, mais je m'y contrains avant que mon énergie ne m'abandonne entièrement. En sortant de la douche, je tremble encore.

Le corps nu dans la glace embuée ne semble pas être le mien : il m'apparaît distant, étranger, engourdi. Je l'entoure d'une large serviette sans cesser de l'observer, puis je me sèche les cheveux.

Lorsque j'émerge de la salle de bains quelques minutes plus tard, je me suis brossé les dents, mes cheveux sont rassemblés en une tresse lâche pour la nuit, et je ne porte plus qu'une nuisette de soie blanche. La chaleur de la douche s'évanouit déjà.

Je m'arrête au pied du lit pour fixer Derreck, qui me regarde à peine, la couette toujours remontée sur son ventre plat, les jambes croisées dessous. Il tient toujours le magazine – le *Time* du mois, dont le contenu semble persister à lui déplaire.

— Je me demande bien avec qui il faut coucher pour se retrouver en couverture de ce torchon, marmonne-t-il en lançant une pichenette à la photo encadrée de rouge.

Heureusement qu'il est passé à autre chose, contrairement à moi. Je repousse la bretelle de ma nuisette sur mon épaule.

Probablement intrigué par mon silence, Derreck me regarde enfin. Quelque chose d'indéchiffrable traverse son expression. Puis il laisse glisser le magazine au sol et pose ses lunettes sur la table de nuit.

Je repousse l'autre bretelle en fixant mon mari dans les yeux, prête à m'interrompre s'il ne veut pas de moi. Mais sans marquer aucune hésitation, il se contente de m'observer, le regard brûlant. La nuisette tombe au sol et je reste là, nue, immobile, sans un mot. J'en ai tellement besoin. J'ai besoin de me sentir vivante, absorbée dans l'instant, arrachée à mes idées noires.

Il penche la tête sur le côté et ouvre les draps pour m'inviter à le rejoindre. Je secoue la tête en fixant le sol, mes pieds, le petit tas de soie blanche.

Mes yeux trouvent la chaise où il a abandonné ses vêtements et s'attardent sur la ceinture encore passée dans son jean, l'élégante boucle d'argent qui pend sur le côté. Comment puis-je lui demander – à lui, l'homme le plus gentil que je connaisse – de me donner ce dont j'ai besoin ? Comment puis-je lui avouer que quand je lui ai acheté cette ceinture, c'était dans l'idée qu'elle me déchire la chair, qu'elle me blesse les cuisses ? C'est ce qu'il me faut, ce sentiment d'être à la merci d'un autre, pour ne jamais oublier à quoi cela pourrait ressembler.

J'avale ma salive avec difficulté, puis, hésitante, je fais glisser la ceinture des passants et je la plie dans ma main. Après l'avoir posée près de lui, je repars à reculons vers le bout du lit. J'attends sa réaction, tendue à en mourir.

Son regard s'assombrit. Il ne me demande jamais pourquoi, et même si je sais qu'il n'aime pas cela, il s'exécute tout de même. Lorsqu'il prend la ceinture, j'inspire profondément et je me rapproche, à la fois craintive et impatiente.

— Combien de coups ? me demande-t-il dans un murmure.

— Six.

9
Une visite

Cela fait déjà trois jours que les choses sont revenues à la normale. Dès le lundi matin, j'ai repris le travail, au rythme implacable de l'hôpital. Je n'ai guère le temps de m'attarder sur mes pensées, et c'est tant mieux.

Mais les cauchemars persistent, et je tressaille encore chaque fois que j'aperçois une voiture de police. Au début, je n'arrivais pas à garder les idées claires, obsédée par la mort de Caleb Donaghy. Pendant cette période, M, la directrice de l'hôpital, m'a demandé de seconder d'autres chirurgiens « le temps de se remettre dans le bain », selon ses mots. Elle m'a adjointe au Dr Seldon pour quelques pontages, et au Dr Fitzpatrick, chef du service de chirurgie cardio-thoracique, pour une réparation de la valve mitrale.

Étrangement, tous deux ont accepté que je les remplace au moment crucial, sans réticence aucune. Je suppose qu'ils souhaitaient eux-mêmes me superviser et vérifier que j'étais à même de retrouver mes patients après l'incident Donaghy.

L'incident... C'est ainsi que tout le monde en parle. Laissez-moi rire. Un incident, c'est le courant qui se coupe en plein orage. Mais je ne les corrige pas, ce qui n'aurait guère de sens et représenterait une erreur stratégique. Je ne dois rien révéler.

Mes deux maîtres en chirurgie ont dû me déclarer bonne pour le service après *l'incident*, car aujourd'hui même, mercredi matin, 8 heures, Madison m'apporte mon planning du jour en plus d'une tasse de café. Et j'ai une opération au programme.

Je pose la tasse sur le chauffe-mug, qui reste toujours branché.

— Merci, Maddie...

Elle semble fatiguée, maquillée à la va-vite sans parvenir à dissimuler sa pâleur. Je ne lui pose pas de questions – je ne veux pas qu'elle se sente obligée de partager un problème qu'elle souhaite peut-être cacher – et je me contente de me concentrer sur le planning coloré qu'elle passe en revue avec moi, comme chaque matin.

— Comme nous n'avons pas vraiment eu le temps de nous préparer hier, vous n'avez qu'une seule procédure aujourd'hui, une endoprothèse coronarienne sur un homme de quarante ans, non fumeur. C'est le patient du Dr Seldon. Ce sera à 14 heures. Ce matin, dès 9 heures, trois consultations à la suite, puis une session de préparation avec l'équipe de bloc pour les opérations de demain.

Je fronce les sourcils en reconnaissant les noms de deux des patients sur le planning. Je les ai rencontrés hier, et l'un d'eux a besoin de la même intervention que Caleb Donaghy.

— Demain, ce sera Mme Heimbach, pour un remplacement de la valve mitrale, continue Madison sans faillir. Puis M. Molinari pour le triple A.

Là, je lève les yeux vers mon assistante, qui me répond d'un sourire gêné. Ce n'est plus *anévrisme de l'aorte ascendante*, mais *triple A* ? Mais je ne devrais pas m'en formaliser. Je suis trop sensible, à vif, prompte à m'offenser d'un rien. Je serais prête à parier gros que ce n'est pas la première fois qu'elle utilise cette abréviation, que nous l'avons tous déjà utilisée, même si je n'arrive pas à me le rappeler dans l'immédiat. C'est plus rapide, plus facile à dire.

— Il me faudra trente minutes de plus que d'habitude pour préparer le triple A avec l'équipe, vu ce qui s'est produit la dernière fois. Si certains nourrissent des inquiétudes, des angoisses, il faut qu'ils puissent les exprimer.

Je prends une gorgée de café, heureuse de le trouver aussi fort qu'amer, électrisant. Puis je demande, non sans crainte :

— Et... qui sera l'anesthésiste ?

— Le Dr Barrymore, me répond Madison après avoir fouillé dans ses papiers.

Le soulagement qui m'envahit est si fort que je pourrais la serrer dans mes bras. Elle m'offre un sourire timide, capable comme toujours de lire dans mes pensées. Mais il est vite remplacé par un pli d'inquiétude.

— Je devrais sans doute garder ça pour moi, mais il faut que je vous dise... Le Dr Bolger est allé voir M pour exiger de ne plus jamais travailler avec vous.

Tiens donc. Je n'attendais rien de moins de sa part. Et pourtant, la nouvelle me secoue ; mon angoisse s'enflamme à nouveau. Qui sait ce qu'il a pu raconter à M ?

— Désolée, Anne, murmure Madison avec un regard vers la porte ouverte. Vous savez bien qu'il n'a pas besoin de se forcer pour emmerder le monde.

— Ne t'en fais pas, dis-je avec un sourire nerveux. Ça ne me fait rien.

Je me mords la lèvre inférieure, en pleine réflexion. Si seulement j'avais plus de temps pour me décider. Je ne peux pas me permettre de faire le mauvais choix.

— Je pourrais appeler le Dr Seldon pour voir s'il veut bien prendre M. Molinari demain. C'est peut-être trop demander à l'équipe de reprendre un anévrisme de l'aorte si tôt après...

Je m'étrangle d'émotion. Madison m'effleure le bras et baisse la voix, consciente que nous ne sommes qu'à quelques pas du couloir.

— Ce serait gâcher une faveur. Je vais commencer par appeler son assistante pour voir si c'est faisable. Puis nous n'aurons qu'à refaire le planning ensemble, elle et moi.

Madison est vraiment merveilleuse, plus pondérée que je ne l'aurais cru possible à seulement trente-quatre ans.

— D'accord, vas-y.

Je jette un regard à l'horloge numérique. Encore près de quarante minutes avant ma première consultation.

— Où est… Caleb Donaghy ? On est venu chercher son corps ?

Mon assistante fronce les sourcils, sans doute incapable de comprendre mon obsession.

— Pas encore, répond-elle dans un douloureux soupir. Toujours à la morgue. J'ai entendu dire qu'ils allaient l'autopsier.

Je dois le revoir pour m'assurer que je ne me suis pas trompée. Une dernière fois…

— Si on me cherche, je suis au sous-sol.

— Anne…

Je file trop vite pour lui laisser le temps de faire un commentaire, car je sais déjà ce qu'elle voudrait dire – et pire encore, je sais qu'elle aurait raison sur toute la ligne.

L'ascenseur m'amène au sous-sol, non sans avoir embarqué plusieurs groupes de gens qui descendent tous à l'accueil. Je détourne les yeux au cas où quelqu'un me reconnaîtrait, mais il n'y a personne de ma connaissance. C'est déjà ça.

La morgue est enveloppée de silence et d'ombre. Je n'ai jamais compris pourquoi le sous-sol est si mal éclairé alors qu'il a davantage besoin de lumière. Sans doute une restriction budgétaire.

L'endroit est presque vide : je ne vois qu'un jeune assistant occupé à nettoyer des tubes à essai dans l'évier du fond. L'air est froid et sec, le ronronnement des cellules réfrigérantes si puissant que c'est à peine si j'entends l'eau couler. Pourtant, lorsque je passe les portes battantes, l'homme semble percevoir ma présence et se tourne vers moi.

Après avoir coupé le robinet et s'être rapidement séché les mains, il s'approche avec un sourire hésitant. Alors seulement, je me rends compte que je n'ai rien préparé. Que vais-je donc lui raconter ? Comment expliquer ce que je suis venue faire ?

— Ah, mais c'est vous, s'illumine-t-il soudain. La dame du cœur !

Son commentaire me désarçonne complètement.

— Quoi ?

Il sourit de plus belle, en exhibant des dents qui auraient bien besoin de bagues, puis sort son portable pour faire défiler des images. Il le brandit d'un peu trop près.

— Regardez ! Le panneau sur l'autoroute ! Vous ne l'avez pas vu ?

La dame de cœur, voilà ce qu'il veut dire. Bien sûr que je l'ai vu, ce panneau. Il fut un temps où j'en étais fière, même ravie. J'avais été choisie pour représenter le département cardiothoracique de notre prestigieux hôpital. J'étais à la fois flattée et troublée : le Dr Seldon l'aurait mérité davantage, voire le Dr Fitzpatrick, notre chef de service. Pourquoi moi ? *Peut-être parce que je suis une femme,* me disais-je à l'époque, *et que les temps changent.* Derreck avait commenté : *Que ce soit pour des donuts, des voitures ou de la chirurgie, le sexe fait vendre.* Je lui avais donné une tape moqueuse sur l'épaule en m'obstinant à croire que l'on m'avait sélectionnée pour mes capacités professionnelles. J'en avais même parlé à M – c'est dire à quel point j'étais sûre de moi. Elle m'avait regardée au-dessus de ses lunettes, en se demandant sans doute comment une idiote pareille pouvait se débrouiller avec un scalpel.

— Vos résultats impeccables contribuent sans aucun doute au succès de notre hôpital, oui. Quant à vos longs cheveux blonds, vos grands yeux bleus, vos pommettes remarquables et votre superbe silhouette, disons que ce n'est que du bonus.

Je ne sais plus comment j'ai réagi à ce commentaire. Je me rappelle avoir signé l'accord publicitaire le lendemain, étourdie. Derreck ne s'est pas privé de me répéter que c'était donc bien lui qui avait raison, mais il m'a aussi encouragée à y voir une bonne chose. On me reconnaîtrait, on m'associerait au prestige du lieu. C'était une chance.

Cela fait un an et demi que je suis placardée au-dessus des autoroutes, cinq immenses panneaux visibles de très loin. On y voit un patient souriant, les cheveux blancs, sous perfusion, allongé sur un lit d'hôpital. Je suis à son chevet en blouse blanche éclatante, tout aussi radieuse, faisant sur ma poitrine un cœur avec les doigts. Le slogan en grandes lettres bleues proclame : « LE SOIN, ÇA VIENT DU CŒUR. » Et en dessous : « Dr Anne Wiley, chirurgienne cardio-thoracique à l'hôpital Joseph Lister ».

Un an après le début de la campagne, après avoir passé les chiffres en revue, l'agence de publicité a décidé de laisser les panneaux en place au moins douze mois de plus. Apparemment, les gens répondaient favorablement à mon image, au message lui-même. J'avoue que cela m'a fait plaisir. Une vraie star ! Puis j'ai complètement cessé d'y penser.

Mais je n'avais encore jamais entendu quelqu'un m'appeler « la dame de cœur » en face.

Je souris à l'assistant tout en reculant d'un pas.

— Si, bien sûr. J'avais oublié.

— Je vais pouvoir dire à tout le monde que je vous ai rencontrée en personne ! s'enthousiasme-t-il. Alors, qu'est-ce que je peux faire pour vous ?

— La semaine dernière, l'un de mes patients est mort sur la table d'opération. J'espérais voir…

— Pas de souci ! lance-t-il, toujours avec beaucoup trop d'entrain. Caleb Donaghy, c'est ça ?

Il ouvre un tiroir sans hésitation, en plissant les yeux pour déchiffrer l'étiquette. J'imagine qu'il connaît l'emplacement de ses résidents par cœur… Ou alors, l'endroit est presque vide.

Je hoche la tête en m'approchant à pas lents tandis qu'il découvre la tête et le torse de Donaghy. La vue de son visage décoloré par la lividité cadavérique m'arrache un frisson. Sa tache de vin n'en ressort que davantage.

— Je vous laisse une minute, lance l'assistant en repartant à reculons vers l'évier. Mais ne vous en faites pas, vraiment, ce n'était pas votre faute ! Vous êtes notre dame de cœur, on vous adore !

Il se tapote la poitrine, paume ouverte, avec un petit rire gêné ; puis il retourne à son rinçage dans un nuage de vapeur brûlante. J'attends qu'il soit absorbé au point d'oublier ma présence, puis je sors mon téléphone pour prendre une photo du visage de Donaghy. La lumière n'est pas bonne, et ma main tremble, si bien que je dois m'y reprendre à deux fois. Il ne restera pas éternellement à la morgue : je dois préserver son image au cas où je viendrais à douter de ma santé mentale.

Après avoir rangé mon téléphone, je me rapproche pour étudier sa tache de naissance de plus près. Aucun doute possible. C'est l'homme du parc. Son visage devient celui d'un souvenir : j'avais quatorze ans, accompagnée de ma petite sœur de neuf ans. Nous traversions Lincoln Park pour aller au zoo. J'étais si fière d'elle. Si heureuse. Cela me semble désormais complètement surréaliste. J'observais les passants pour voir s'ils se retournaient sur Melanie, si jolie avec sa robe à froufrous rose, ses rubans bleus. Elle chantait faux, d'une voix d'enfant, quelque chose d'enjoué sur les animaux. Elle riait, toute excitée, elle qui n'avait encore jamais été au zoo. Moi, j'étais si fière qu'on me la confie, comme à une adulte.

Nous étions presque à l'entrée lorsque sa chanson s'est arrêtée, lorsqu'elle s'est cramponnée désespérément à ma main. En gémissant, elle s'est cachée derrière mes jambes en s'accrochant à mon jean. J'essayais de me retourner, de croiser son regard. *Melanie ? Melanie ? Qu'est-ce qui se passe ? Tu t'es tordu la cheville ?* Elle ne voulait pas que je la regarde, elle sanglotait. Elle qui la minute d'avant improvisait à tue-tête « Hello, on s'en va au zoo » me suppliait désormais de la ramener à la maison. Évidemment, j'ai protesté : avait-elle soudain peur des animaux qu'elle n'avait pas encore vus ? J'étais là, je la protégerais !

Je m'étais accroupie pour la serrer dans mes bras. Elle fixait un homme assis sur un banc, à dix ou douze mètres de là. Sur son front dégarni, luisant de sueur, se détachait une tache rouge – je ne savais pas à l'époque que c'était une marque de naissance – encore à demi cachée par ses cheveux à l'époque, d'une forme si inhabituelle qu'elle s'est gravée dans ma mémoire. Il devait avoir trente-cinq ans, vêtu d'un pantalon de travail, d'une chemise à carreaux au col ouvert sur les poils de son torse. Il lisait le journal sans nous remarquer.

— Je ne veux plus qu'il me fasse du mal ! a murmuré Melanie entre deux sanglots. Ne le laisse pas m'emmener !

Je lui ai promis que je ne laisserais pas cet inconnu l'approcher, et nous sommes rentrées en hâte – cela m'a coûté, car je brûlais d'aller voir cet homme, de le frapper de toutes mes forces, avec toute la folle audace de mes quatorze ans, et d'exiger de savoir ce qu'il avait fait à mon adorable petite sœur.

Mais je le savais déjà. J'avais vu les marques sur son corps le jour où elle était arrivée chez nous.

Je n'ai plus besoin de lui demander ce qu'il a fait à Melanie. J'ai besoin de le lui dire. Incapable de m'en empêcher, je me penche à son oreille pour murmurer entre mes dents :

— Tu l'as tuée, salopard. Tu n'as que ce que tu mérites. J'espère que tu brûles en enfer.

— Vous savez, moi aussi, je leur parle !

La voix de l'assistant me fait sursauter. Je m'éloigne du cadavre pour me retourner vers lui. Aussi jovial qu'avant, il est encore à quelques pas de moi : sans doute n'a-t-il pas entendu ce que j'ai dit.

— Enfin, pas tout le temps, mais parfois, quand je m'ennuie… Bref, il vous le faut encore longtemps ? On doit les garder au frais, vous savez.

Je secoue la tête. Je n'ai plus qu'une envie : quitter cet endroit.

10
Une question

Les trois consultations de la matinée durent plus longtemps que prévu. Deux d'entre elles concernent des patients âgés, paralysés par la peur en plus de leurs symptômes cardiaques. La troisième est un jeune homme dont le mal est plus sérieux. Dans un déni mêlé de cynisme, il m'assure qu'il a déjà vécu assez longtemps et s'amuse de sa mort prochaine. Pourtant, il a patienté plus d'une heure pour cette consultation dont il nie courageusement avoir besoin.

En regagnant mon bureau, j'y trouve une tasse de camomille sur le chauffe-mug, à côté du dossier que j'ai réclamé à Madison. Il est soigneusement rangé dans une chemise rouge, mais le post-it habituel est absent : pour ce patient-là, plus besoin de date d'opération ou de numéro de chambre.

Je lui ai demandé de compiler toutes les informations possibles sur Caleb Donaghy. Ses résultats, ses radios, ses examens, tout. J'en veux une copie afin d'y revenir quand les choses se seront tassées. En m'asseyant pour l'ouvrir, je note qu'il manque un détail. Je prends mon téléphone et j'envoie la plus réussie de mes photos à l'imprimante.

Madison l'atteint avant moi et semble déconcertée par ce qui sort de la machine. Je ne peux rien lui expliquer. Mieux vaut qu'elle s'imagine que je n'arrive pas à me remettre de la mort d'un patient.

Tandis que je retourne m'asseoir, elle place la photo dans le dossier ouvert. Puis elle se penche vers moi, les mains sur le bureau, pour me regarder dans les yeux.

— Anne, ça arrive à tout le monde. Pourquoi vous acharner ainsi ? Ce n'est pas sain.

Un frisson me parcourt le dos lorsque je lui rends son regard. *Donaghy est mort. Ce qui est fait est fait.* Je referme lentement la chemise rouge.

Madison tend la main pour la prendre : c'est son travail d'archiver les dossiers des patients qui ont quitté l'hôpital – ou qui y sont morts. Mais je ne peux pas me résoudre à m'en séparer. Pas encore.

— J'en aurai besoin pour la revue de cas.

Elle hausse un sourcil et je la devine à deux doigts de déclarer que je raconte n'importe quoi. Mais elle se contente de soupirer, les mains sur les hanches.

— Occupez-vous plutôt de vos patients en vie. Vous retournez en salle d'op à 14 heures et c'est à peine s'il vous reste le temps d'aller déjeuner avant de vous préparer. Alors, vraiment…

Elle jette un regard de dédain au dossier rouge. Je n'ai pas besoin de manger. Je suis prête. Un accès de rage accélère mon rythme cardiaque : je ne veux pas qu'on me traite comme une gamine, mais qu'on me laisse en paix.

Madison sent qu'elle a dépassé les bornes et quitte mon bureau. Soulagée, quoique toujours agacée d'être ainsi couvée, je rouvre la chemise pour laisser libre cours à mon obsession : dévisager Donaghy, avec tant d'attention que je n'entends plus le téléphone sonner.

Mon assistante revient quelques secondes plus tard, en s'annonçant d'un coup léger sur la paroi de verre qui sépare son bureau du mien.

— Oui, quoi ?

— M veut vous voir.

Évidemment. Même si je savais que cela devait arriver, je ne peux m'empêcher de serrer les dents.

— Quand ça ?

— Immédiatement. Elle vient d'appeler.

Elle repart sans un mot. Je jette un regard inquiet au dossier rouge : et si je le prenais avec moi ? Mais j'y renonce, et je sors en passant devant Madison, occupée comme d'habitude à taper au clavier sur un rythme de mitraillette.

À l'heure du déjeuner, l'hôpital grouille de vie. Rien à voir avec l'ouverture à 8 heures, quand des hordes de patients passent les portes à tambour, mais en général, les couloirs sont encore très encombrés aux alentours de midi. Je me fraie un chemin jusqu'à l'ascenseur qui m'emmène au premier étage, là où se trouve l'antre de M, à côté du service comptabilité.

Sa plaque indique simplement DIRECTION. Son bureau est bien plus grand que le mien mais agencé de façon similaire : je dois d'abord passer devant son assistante. Celle-ci me fait signe d'y aller, mais je m'arrête brièvement pour observer M au travers des persiennes baissées sur la paroi de verre.

Elle est debout, à faire les cent pas, en grande conversation avec le chef du service de chirurgie cardio-thoracique, le Dr Fitzpatrick. Mon patron, en substance – le responsable de l'équipe médicale. À en croire sa posture, il semble présenter des excuses à M, qui gesticule avec ardeur. Ses hauts talons, son tailleur-pantalon au premier bouton ouvert pour ne laisser voir qu'un parfait soupçon de décolleté, ses boucles brunes qui s'agitent sur ses épaules – tout participe au personnage.

Le verre est si épais que je n'entends rien de ce qui se dit. Consciente que l'assistante de M me fixe, je frappe deux coups avant d'entrer.

— Vous vouliez me voir ?

— Oui ! s'écrie-t-elle en se tournant aussitôt vers moi. Entrez donc, venez vous joindre à nous.

Elle me désigne la table basse et montre l'exemple en se laissant tomber sur l'une des chaises rembourrées, les jambes croisées.

Après un bref regard dans ma direction, le Dr Fitzpatrick s'installe à son tour. Je choisis de m'asseoir face à M, l'estomac noué.

— Il va y avoir une revue de cas pour Donaghy, m'annonce-t-elle.

Son ton est brusque, mais pas plus que d'ordinaire : elle parle toujours aussi vite qu'intensément.

— Vous vous y attendiez sans doute, docteur Wiley.

— En effet.

Je ne réponds que par quelques mots, comme toujours lorsque je suis nerveuse, comme me l'a enseigné Derreck.

— Ce n'est que de la routine, me rassure M.

Ce qui m'effraie bien davantage que si elle s'était mise à me hurler dessus. Je fronce les sourcils, toujours sur mes gardes face à cette femme. Son pied s'agite de plus belle.

— Allons, vous savez bien comment cela se passe… Ou peut-être pas, puisque vous n'aviez encore jamais perdu un patient.

À l'entendre, c'est une défaillance de ma part. J'attends patiemment la suite.

— Laissez-moi vous rafraîchir la mémoire, lance-t-elle. Ne parlez de l'affaire à personne. Les journalistes, les membres de la famille… Pas un mot, sauf à Fitzpatrick et moi ! Si quelqu'un vous interroge, vous les renvoyez vers le service juridique.

C'est bien la dernière chose dont j'ai besoin : que l'avocat de l'hôpital se penche sur mon cas. Mais je me contente d'acquiescer.

— Très bien, je vous libère, déclare-t-elle en se relevant brusquement.

Le Dr Fitzpatrick et moi faisons de même. Il me sourit faiblement : que lui aussi cherche à me rassurer ne fait que me terrifier davantage.

Ils me cachent quelque chose.

Qu'a bien pu leur raconter le Dr Bolger ? Madison m'a dit qu'il s'était entretenu avec M et a exigé de ne plus jamais travailler avec moi. Cela doit m'avoir porté préjudice, au moins un peu : qu'un anesthésiste réputé refuse d'épauler un de leurs chirurgiens n'est vraiment pas ce qu'un chef de service ou une directrice d'hôpital aiment entendre. Mais quelle est l'étendue des dommages ?

En une seconde, toutes mes angoisses reviennent. Moi qui ai passé le week-end à travailler ma confiance, en grande partie grâce à Derreck qui m'assurait que tout irait bien si je ne faisais pas d'erreur, si je continuais à me taire. Maintenant... je ne sais plus. Si M et Fitzpatrick m'ont mise au courant de la revue de cas, c'est peut-être afin d'endormir mes soupçons, de me renvoyer au travail le temps qu'ils décident de mon destin. Comment me faire arrêter sans porter atteinte à la réputation de l'hôpital.

Car c'est la seule chose qui importe à M : son hôpital. Elle-même l'a souvent affirmé. Les médecins vont et viennent, tout comme les patients, mais son hôpital doit rester le meilleur de tous, et quiconque entravera sa volonté regrettera amèrement de n'avoir pas fait carrière chez McDonald's.

— Docteur Wiley ? Vous avez des questions ? s'impatiente-t-elle.

Je ne m'étais pas rendu compte que j'étais restée figée sur place. Je parviens à articuler un *non* balbutiant et je quitte le bureau sans plus de cérémonie, en m'efforçant de garder la tête haute, un air calme, alors que tout s'effondre en moi.

En repassant devant l'assistante, je jette un dernier regard par-dessus mon épaule. Tous deux continuent leur conversation comme si je ne les avais jamais interrompus.

J'ai l'impression de mettre une éternité à regagner mon propre bureau. Lorsque j'arrive enfin à destination, mes jambes semblent prêtes à se dérober sous moi. Je ne veux qu'une chose : un peu de calme pour reprendre mes esprits.

Mais ce que je veux n'importe pas toujours. Une femme m'attend, assise dos au mur de verre sur l'une des deux chaises que Madison réserve aux visiteurs devant la porte. Elle doit avoir la quarantaine et porte un tailleur anthracite très chic, avec une chemise de soie blanche et des escarpins noirs en cuir d'agneau. Quand j'entre dans le bureau, elle se lève aussitôt, sa mallette à la main, et me suit sans que Madison ne puisse l'en empêcher.

Sa carte de visite se matérialise sur mon bureau.

— Paula Fuselier. Je travaille pour le procureur d'État.

Une avocate.

Une avocate de l'accusation.

Mon sang se fige dans mes veines. Ça y est. Ça commence. Et je ne suis pas prête.

Je me retourne pour lui faire face, les mains dans les poches de ma blouse blanche pour qu'elle ne les voie pas trembler.

— Que puis-je faire pour vous, maître Fuselier ?

Aucune faiblesse dans ma voix, juste la fermeté nécessaire pour lui faire comprendre que mon temps est précieux. En d'autres termes, je fais de mon mieux pour imiter M.

Sans attendre que je l'y invite, elle s'assoit devant mon bureau et place sa mallette sur ses genoux pour l'ouvrir. Elle n'en tire rien pour l'instant.

— Nous avons quelques questions sur l'un de vos patients, Caleb Donaghy.

Je reste debout en espérant qu'elle comprendra que je ne veux pas d'elle ici, et qu'elle finira par partir.

— C'est-à-dire ?

— Pouvez-vous me parler de son décès ?

Je plisse le front. Les conseils de Derreck me reviennent en mémoire, suivis de près par l'injonction de M : ne rien dire à personne.

Mais si je refuse de répondre, cela semblera suspect.

— En ce qui concerne la mort d'un patient pendant ou immédiatement après une opération, il existe un processus de revue de cas afin d'en comprendre les raisons et de déterminer si le décès aurait pu être anticipé ou évité.

J'ai tout récité d'une traite, calmement, heureuse d'avoir guidé tant d'internes ces dernières années. Cette information n'a rien à voir avec Caleb Donaghy : personne ne pourra s'en servir contre moi, au tribunal ou ailleurs. Car je n'ai toujours aucune envie d'avoir recours au service juridique de l'hôpital.

— Vous éludez la question, docteur, répond l'avocate avec un sourire en coin.

Je fais un pas vers la sortie.

— J'ai bien peur de ne pas avoir de temps à vous consacrer. On m'attend au bloc.

Je lui tiens la porte. Madison est de l'autre côté, prête à escorter l'indésirable. Ses sourcils froncés et le pli de sa bouche n'augurent rien de bon.

L'avocate referme sa mallette et se lève, avec lenteur. Une fois à la porte, elle se retourne vers moi.

— Aviez-vous déjà rencontré M. Donaghy avant jeudi dernier ?

Je manque de m'étrangler, mais lorsque je lui réponds, ma voix reste calme et décidée, comme par miracle.

— Oui. Deux fois. Il y a eu la consultation initiale, puis l'entretien précédant l'opération. Et maintenant, si vous voulez bien m'excuser, je suis en retard, dis-je avec un sourire impatient.

Ses yeux s'attardent sur mon visage, pendant un long moment de tension : elle guette le plus petit tressaillement, à l'affût de la moindre faille.

— J'ai encore des questions, docteur Wiley.

— Et vous pensez que je vais donner la priorité à quelqu'un qui ne sait pas prendre de rendez-vous alors qu'un patient m'attend dans un état critique ?

Je lui rends son regard, implacable, mais son expression m'effraie. J'y vois de la détermination. De la haine.

Elle se détourne enfin, non sans jeter par-dessus son épaule :

— Le bureau du procureur vous recontactera.

Je relâche la porte, qui se referme, mais la bulle de silence où je me retrouve ne peut m'isoler de mes propres pensées. Défaillante, je dois m'appuyer sur mon bureau pour tenir le coup.

Puis Madison revient, sans cesser de surveiller le couloir encombré où Paula Fuselier vient de disparaître.

— Mais enfin, d'où elle sort ?

11

Une bonne leçon

Je suis incapable de répondre à la question de Madison. Si je pouvais, je le ferais sans doute, mais je n'ai absolument aucune idée de ce qui peut bien pousser le bureau du procureur d'État à enquêter sur le décès d'un patient gravement malade. Ça n'a aucun sens. Toutes les opérations comportent un certain risque. Que la justice s'empare d'un cas pareil est sans précédent.

Je voudrais appeler Derreck pour voir s'il y comprend quelque chose, mais je me retiens. Maintenant que l'enquête est lancée, qui sait ? On pourrait avoir mis mon bureau sur écoute…

Non. Ça n'a rien de rationnel. Je m'attendais à ce que la police vienne m'interroger. Mais le bureau du procureur d'État ?

Puis je jette un regard à la pendule et je me pétrifie. Je devrais être en tenue de bloc, prête pour poser l'endoprothèse coronarienne au patient du Dr Seldon. Impossible que j'y parvienne dans mon état actuel. De mauvaise grâce, je relâche le bureau et j'examine ma main comme si je ne l'avais jamais vue. L'adrénaline me fait trembler les doigts – un tremblement léger, mais très net. Mes muscles affaiblis me crient de m'asseoir, mais je ne peux pas. Je n'ai pas le temps.

— Tu veux bien vérifier le planning du Dr Seldon et me dire où il est ? Envoie-moi ça par texto ! dis-je à Madison en sortant au pas de course.

Je vais d'abord essayer son bureau. Heureusement, il est au même étage que le mien.

Son assistant m'informe que le Dr Seldon est prêt à opérer dans la salle n° 5. Au même moment, Madison m'envoie la même information. Je cours le long de couloirs sans fin jusqu'au bloc cardio-thoracique et je le trouve encore en train de se laver les mains, en compagnie de deux infirmiers.

Essoufflée, en sueur, je ne sais pas quoi dire. C'est lui qui m'a demandé de m'occuper de cette procédure. Il avait besoin qu'on lui rende service, ce qui n'arrive que rarement, et j'ai accepté. Comment lui demander de me tirer à nouveau d'affaire ?

Ses mouvements ralentissent lorsqu'il me remarque. Je dois vraiment avoir une drôle d'allure, rouge et échevelée. Il me jette un regard désapprobateur, mais non dénué d'empathie ; puis il revient à ses ongles, qu'il nettoie avec énergie.

Il sait bien ce que je suis venue lui demander.

— Vraiment, Anne…

Il se rince les mains puis les essuie sur la serviette stérile que lui tend l'infirmier.

— D'accord, je prends l'endoprothèse ensuite. Sans doute vers 16 heures.

Mortifiée, incapable de croiser son regard, je baisse la tête pour lui dissimuler mes larmes, en le remerciant dans un murmure. Il part vers la salle d'opération, puis s'arrête et se retourne vers moi. Cette fois, je vois dans ses yeux de la tristesse, ce qui me blesse plus que tout.

— Vous êtes en train de laisser un cœur fatigué ruiner votre carrière. Nos patients doivent pouvoir compter sur nous lorsqu'il le faut. Nous nous devons de rester diligents, responsables, solides. C'est cela, être un bon chirurgien. Garder les mains fermes et la tête claire même dans les pires des circonstances. Et si vous opériez sous le feu de l'ennemi ? Ou pendant une catastrophe naturelle ?

Quelle honte. Tandis que je le regarde passer la porte, le remords m'envahit. Il a raison. J'aurais dû me reprendre et faire mon travail au lieu de courir demander l'aide de mon mentor. Car je suis précisément ce genre de chirurgienne – celle qui triomphe toujours, qui ne se laisse pas abattre, quoi qu'il advienne.

L'assistante du Dr Seldon me jette un regard teinté de mépris, puis revient à sa tablette.

— Bon, alors, on déplace votre opération de 14 heures à 16 heures avec le Dr Seldon, c'est ça ?

Son ton reste professionnel, mais glacé. Je fixe toujours le Dr Seldon par la porte vitrée. Il me tourne le dos, penché sur la poitrine de son patient. Mon comportement n'est pas digne de lui.

— Non, dis-je en vérifiant à nouveau l'heure. Je vais le faire. Si tu veux bien transmettre mes remerciements au Dr Seldon…

Elle sourit. Personne n'aime faire des heures supplémentaires, et personne n'aime les changements d'horaires imprévus en chirurgie.

— Pas de problème.

De retour, le pas pressé, j'envoie un message à Madison pour qu'elle donne l'ordre à mon équipe de se préparer pour l'opération. Elle accuse aussitôt réception. Mais lorsque je tourne à l'angle du couloir qui mène à mon bureau, je me pétrifie. Un officier de police m'attend, adossé au mur, plongé dans son portable. Il est en uniforme, arme de service incluse.

On dirait bien que je ne pourrai finalement pas poser cette endoprothèse. Mes actes m'ont rattrapée.

Je refuse de rester là, hypnotisée par cet homme, même si je me sens au bord du malaise. Je veux garder ma dignité.

D'un pas déterminé, je me rapproche de l'officier. Il ne lève les yeux qu'au dernier moment. C'est un homme bien bâti, épais, rasé de près, y compris le crâne. Le talkie-walkie accroché à son col crachote quelques mots noyés de parasites.

— Je suis le docteur Wiley, dis-je d'une voix étranglée. C'est moi que vous cherchez ?

Il fronce les sourcils.

— On m'a dit de patienter ici. J'attends des nouvelles de mon coéquipier. Deux blessures par balle à la poitrine ?

Je le fixe dans un état de confusion totale, incapable de me concentrer sur un autre crime que le mien. Des blessures par balle ? Puis je comprends enfin qu'il n'est pas là pour moi, et le soulagement me submerge. Je me racle la gorge.

— Ce... ce n'est pas moi qui l'opère, n'est-ce pas ?

Quelle question stupide. Ses sourcils levés semblent exprimer la même chose.

— Euh... non. C'est le docteur... Fitz... quelque chose comme ça...

— Le Dr Fitzpatrick. Mon assistante peut s'informer, si vous le souhaitez.

Il me suit dans le bureau de Madison avec un sourire reconnaissant. Une minute plus tard, il est parti dans la direction qu'elle lui a indiquée. Son coéquipier se bat pour survivre dans la salle n° 3.

La pose de l'endoprothèse est un succès et s'achève plus rapidement que prévu. J'ai honte d'admettre à quel point j'en suis soulagée, comme si j'étais encore une interne de première année.

Un peu plus d'une heure plus tard, je suis de retour dans mon bureau, une grande tasse de café sur mon chauffe-mug. Madison, toujours obsédée par le fait que j'aie sauté le déjeuner, est partie en mission ravitaillement à la cafétéria. Pendant son absence, je reçois un appel de M sur mon portable. En moins de trente secondes, elle me fait clairement comprendre qu'elle attend de moi que je me ressaisisse.

On dirait bien que quelqu'un dans l'équipe du Dr Seldon m'a dénoncée.

— Vous ne pouvez pas vous permettre ce genre d'hésitation, docteur Wiley ! Soit vous excellez comme vous nous y avez habitués, soit vous restez chez vous jusqu'à vous sentir prête ! Ces patients ne sont pas des pions ! Pas question de laisser votre place au dernier moment parce que la partie ne vous tente pas !

Tout cela délivré à cent à l'heure, comme à son habitude. Lorsqu'elle s'interrompt pour reprendre son souffle, je parviens à glisser :

— Je comprends...

— Si vous avez besoin de prolonger votre congé, vous le prolongez ! Mais si vous passez le seuil de l'hôpital, vous êtes à fond ! Vous êtes à cent pour cent ! C'est bien clair ? Parfait ! claironne-t-elle avant de raccrocher sans me laisser le temps de répondre.

J'ai entièrement mérité chaque instant de cette tirade.

Tout ce qui s'est produit depuis que mes yeux se sont posés sur la tache de vin de Caleb Donaghy ne cesse de me tourbillonner dans la tête. Je prends une gorgée de café qui gargouille, brûlante et amère, dans mon estomac vide. Mais c'est à peine si je m'en rends compte, hypnotisée par le dossier rouge.

Je le rouvre avec lenteur pour examiner une fois de plus ce visage livide. Je ne ressens toujours aucun regret, aucun remords. Donaghy était un monstre et méritait de mourir.

Madison m'apporte une petite salade César. Je la remercie sans détourner mes yeux du dossier. Le numéro de patient de Donaghy, indiqué sur l'un de ses résultats d'analyse, me permet de trouver l'enregistrement de l'opération sur nos serveurs.

Tout en mangeant machinalement la salade, je regarde la vidéo, disponible sous plusieurs angles et synchronisée avec les fonctions vitales du patient.

J'ai suivi le protocole, j'en suis certaine. J'ai fait tout ce qu'il fallait, avant de le reconnaître.

Aurait-il pu survivre ? Si quelqu'un d'autre l'avait opéré, Donaghy serait-il encore en vie ? Je repasse encore et encore un segment de la vidéo : celui qui débute quand je franchis le champ opératoire, et qui s'achève quand j'annonce l'heure de la mort. Je cherche des réponses, sans rien trouver de clair. Ou alors, la réponse est là et je ne veux pas l'admettre.

Peut-être aurait-il pu survivre. Quelqu'un d'autre lui aurait injecté de l'adrénaline droit dans le cœur, l'aurait fait repartir. Quelqu'un d'autre aurait continué le massage cardiaque et les chocs électriques.

Et ce monstre aurait continué à vivre.

Après avoir appris son identité, je ne pouvais pas lui laisser cette chance.

Mais ce qui m'obsède encore, la question à laquelle je ne cesse de revenir, c'est ce cœur qui a refusé de repartir. Sans cela, je n'aurais pas pu le laisser mourir. Tout s'est déroulé comme prévu, et pourtant, pas le moindre frémissement cardiaque – et cela *avant* que je franchisse le champ opératoire, *avant* que je m'aperçoive qu'il s'agissait du cœur d'un psychopathe, d'un pervers qui ne méritait plus de respirer.

Pourquoi ?

En entendant la voix de Madison, je reviens au réel. Elle m'amène Lee Chen et n'en semble pas ravie.

— Dis-lui ce que tu viens de me dire ! ordonne-t-elle sans lui lâcher le bras, à croire qu'elle l'a traîné jusqu'ici.

Lee hésite, le regard fuyant, le visage pâle. Je lui souris pour l'encourager à parler. Il s'humecte les lèvres et s'agite un instant.

— Je… euh… Je me disais juste qu'il faudrait que vous sachiez que… qu'il y a une avocate dans les couloirs qui pose des questions à tout le monde. Elle a l'air d'en savoir long. Mais je ne lui ai rien dit, je vous jure.

12
Une collation

— Oh, Monsieur le Maire, quelle bonne mémoire…, susurra Paula en tendant la main vers la coupe de pseudo-champagne qu'on lui offrait.

La bouteille, abandonnée sur le comptoir de marbre noir, portait son étiquette favorite : Martini Asti. Ils trinquèrent, puis elle leva la tête vers lui pour l'embrasser longuement.

— Je n'allais pas oublier, dit-il en riant. Le vin à bas prix, ça me connaît aussi, tu sais.

Elle se recula pour lui jeter un regard de surprise feinte.

— C'est à se demander si je sais vraiment qui vous êtes, Monsieur le Maire ! Je croyais que tu venais d'une famille riche ? *Très* riche.

Elle avait effectué de longues recherches sur lui et n'ignorait rien de son passé, mais il n'avait pas besoin de le savoir.

Nul n'aurait pu accuser son amant de pingrerie en ce qui concernait leurs après-midi ensemble. Ce jour-là, il avait réservé une chambre au dernier étage du LondonHouse, avec une vue époustouflante sur la rivière et ses nombreux ponts. Paula n'aimait rien tant que se tenir nue à la vitre, sans rien d'autre qu'un rideau de tulle blanc pour séparer son corps des centaines de fenêtres qui s'ouvraient dans les gratte-ciel sur l'autre rive. C'était ce qu'elle aurait choisi comme robe de mariée : quelque chose d'immaculé et de transparent, sans rien en dessous. Mais elle ne rêvait pas de mariage comme les autres femmes de son âge. Elle avait eu plusieurs prétendants, certains plus que respectables. Elle aurait aimé avoir une fille, mais n'aurait pu se résoudre à faire entrer une âme vulnérable en ce monde où il suffirait d'un accident du destin – un dérapage idiot, une maladie imprévue – pour que l'enfant se retrouve seule, à la merci d'inconnus. Impossible de courir ce risque.

Elle reprit une gorgée de son vin pétillant favori.

— Ne me dis pas que tu en avais déjà bu, tout de même... Je croyais que tu n'appréciais que les grandes cuvées de ce monde !

Il haussa les épaules avec un sourire gêné. Une ombre passa dans son regard.

— Si, j'ai déjà bu de l'Asti, et ce n'est pas si mauvais. Je ne suis pas aussi riche que je le souhaiterais.

Il vint la rejoindre près de la fenêtre, lui aussi indifférent à sa propre nudité, même devant la vitre qui montait du sol au plafond.

— Cette ville pourrait bientôt nous appartenir, murmura-t-il en prenant Paula dans ses bras.

— Ce sera le cas, Monsieur le Maire.

Prononcer ces paroles avec cet homme à ses côtés, la rivière à leurs pieds, les rendait parfaitement réalistes. Dans le domaine du possible. Un rêve à leur portée.

— Tu en veux encore ? chuchota-t-il en lui mordillant l'oreille.

Elle adorait leur petit jeu de sous-entendus et fit semblant de n'avoir pas compris, en lui tendant innocemment son verre.

— Bien sûr, j'en reprendrais bien…

— Tes désirs sont des ordres, fit-il en la saisissant à la taille pour l'emporter vers le lit.

Le verre vide de Paula tomba sans bruit sur le tapis épais. Étalée sur les draps de satin, elle regarda son amant de haut en bas et se lécha les lèvres.

— Appétissant…

Puis elle saisit l'autre flûte pour y verser le reste du vin pétillant.

— Mais j'ai encore soif.

— Tu vas me rendre fou, souffla-t-il, les yeux rivés sur son corps nu. Je n'en aurai jamais assez.

Après une gorgée de faux champagne, elle sourit en injectant ce qu'il fallait de regret dans son expression.

— Quel dommage que je doive bientôt y aller.

Elle lui proposa le verre, mais il secoua la tête, de nouveau assombri.

— Pourquoi ne pas quitter ta femme ? demanda soudain Paula.

Il fallait bien qu'elle finisse par le lui demander. Elle voulait qu'il la quitte. Non… Elle en avait *besoin*. Peut-être était-ce le bon moment, lorsqu'il était face à ce qu'il désirait et conscient qu'il allait rester sur sa faim.

En entendant la question, il se recula d'un bond.

— Tu sais bien que je ne peux pas ! Ça détruirait mes chances pour la campagne. Un divorce ou un scandale, et je peux dire adieu à ma carrière politique.

Il ne semblait guère convaincu par son propre argument. Il devait y avoir autre chose.

— Tu es bien sûr d'être totalement honnête avec moi, Derreck ? murmura-t-elle.

Il détourna les yeux.

— Quand j'aurai remporté l'élection, je serai à toi, Paula. Si tu veux de moi. Je pourrai faire tout ce que je veux.

Menteur.

Elle savait reconnaître le mensonge. Derreck ne valait pas mieux que les hordes d'accusés et de suspects qu'elle avait interrogés au tribunal. Tous les coupables mentent de la même façon.

Il releva le drap sur son corps, ce qui fit briller son alliance sous le soleil du crépuscule. Lorsque Paula l'effleura, il retira sa main.

Quand je pense qu'il porte cette saleté au lit avec moi...

— Je me suis toujours demandé comment tu t'étais retrouvé à vivre dans la maison d'enfance de ta femme, avec sa mère. Ça ne doit pas être facile.

— Tu t'es renseignée sur moi, on dirait, marmonna-t-il. Je ne peux pas t'en vouloir.

Il se retourna vers elle, une main sur sa cuisse.

— Crois-moi, ce n'était pas ce que j'aurais choisi. Si nous vivons là, c'est parce que Anne est très attachée à cette maison, à sa mère. C'est plus facile ainsi, voilà tout. Proche de l'hôpital, de mon bureau… Mais pourquoi on se retrouve à parler d'elle ?

Sa main descendit lentement le long de son ventre en y laissant une traînée de feu.

— Parce que j'en ai assez de dormir seule, répondit Paula froidement, avec une pointe de menace. Et toi, tu t'en moques.

Ses yeux revinrent à l'immense fenêtre, où le soir qui tombait sur la ville allumait une myriade d'étoiles. Elle se redressa pour s'asseoir au bord du lit, en lui tournant le dos.

— Il faut vraiment que j'y aille.

— Je peux rester un peu plus tard aujourd'hui ! s'écria-t-il précipitamment. Anne a eu des ennuis à l'hôpital, elle ne rentrera pas de sitôt.

Paula lui opposa quelques secondes d'un silence sévère, puis demanda :

— Pourquoi ? Que s'est-il passé ?

— Je te l'ai déjà dit, grogna-t-il, frustré. Elle a perdu un patient. Pendant une opération du cœur. Rien dont tu doives t'inquiéter.

— Et ce que ta femme traverse, ça n'aura pas d'impact sur ta carrière ? Si les médias…

— Non, non, promit-il, les yeux baissés sur ses mains. C'est difficile pour un chirurgien de perdre un patient, c'est tout. Mais ça arrive tous les jours.

En un éclair, Paula comprit soudain. Anne était riche, comme son père avant elle. Voilà pourquoi Derreck ne la quitterait jamais. Sa fortune était en fait celle de son épouse. C'était pour cela qu'il était habitué au vin médiocre, pour cela qu'il acceptait de vivre avec sa belle-mère.

— C'était qui, ce patient ? demanda Paula sur le ton de la conversation, même si elle savait déjà tout. Quelqu'un qu'elle connaissait, ou… ?

Il haussa une épaule, signe qu'il s'apprêtait de nouveau à mentir.

— Juste un patient, je n'en sais rien. Bref, l'important, c'est que je peux rester plus longtemps, si tu veux. La chambre est à nous jusqu'à demain.

Cette déclaration méritait un sourire. Paula se rapprocha de lui et fit courir son doigt sur sa poitrine.

— Tu peux rester jusqu'à l'aube ? s'assura-t-elle d'une voix lourde de promesses.

Il attrapa sa main avant qu'elle ne coure trop bas et la porta à ses lèvres.

— Jusqu'à ce soir. 11 heures au plus tard. J'ai une grosse journée demain.

— Ah.

Paula se leva, enveloppée de satin, et partit dans la salle de bains. Une fois la porte fermée, elle laissa glisser le drap sur les dalles noires en hexagone, son sourire glissant avec lui.

— Marre de cette emmerdeuse ! siffla-t-elle en se fixant dans le miroir.

Songer à l'épouse de Derreck la faisait bouillonner. Elle était toujours entre eux, même lorsqu'ils étaient au lit. Le pouvoir qu'avait cette femme sur son amant amplifiait la rage de Paula au point d'y englober Derreck lui-même.

— Eh bien, pas de deuxième service ce soir, Monsieur le Maire ! Pas tant que vous ne révisez pas vos priorités !

Elle s'éclaboussa le visage d'eau froide, puis but au robinet, un rafraîchissement bienvenu après tout cet alcool. Qu'elle veuille repartir au lit pour se jeter sur Derreck était déjà lamentable ; qu'elle en ait envie alors qu'il restait fidèle à sa femme – tout en retrouvant Paula à l'hôtel au moins une fois par semaine – était pire encore. *Si on peut appeler ça de la fidélité…* C'était bien un politicien.

En ressortant de la salle de bains, Paula avait repris le drap autour d'elle comme une traîne, et roulait des hanches d'un air joueur. Derreck était étendu sur le lit, les mains derrière la tête, prêt pour elle. Faisant mine de ne pas remarquer son érection, elle s'enveloppa dans le satin et s'assit dans le fauteuil près de la fenêtre pour admirer la vue.

— Tu veux bien nous commander quelques snacks ? Je vais devoir partir.

Derreck s'assit sur le bord du lit, clairement déçu, et appela la réception. En entendant qu'on lui répondait, Paula ajouta :

— Et encore une bouteille de champagne.

Elle l'écouta donner des instructions détaillées à ce sujet. Il raccrocha, le sourire aux lèvres.

— Ça te va, comme ça ?

— Pas mal…

Le Rooftop Lounge leur amènerait bientôt un choix de tapas : des coquilles Saint-Jacques rôties, du poulpe grillé en salade. Derreck appréciait un peu trop les fruits de mer pour un candidat à la mairie d'une ville en plein continent.

Il fit mine d'attraper son pantalon, mais Paula agita un doigt.

— Pas encore, sauf si tu veux que je me rhabille aussi.

— Mais le service de chambre arrive...

Elle haussa les épaules.

— Et alors ? Je parie que ce ne sera pas la première fois qu'ils voient des gens nus.

Il revint vers elle avec un petit rire. Elle se retourna vers la vue panoramique et murmura lentement, d'une voix faite pour attirer son attention :

— Moi aussi, j'ai des problèmes au travail.

— Que s'est-il passé ?

Il s'assit à ses pieds, sur l'ourlet du drap chiffonné, et appuya son menton sur ses cuisses. L'espace d'un instant, elle le détesta. Comme s'ils avaient un futur ensemble, le confort d'un foyer. Comme s'il l'aimait vraiment. Comme s'il ne comptait pas retrouver sa femme ce soir.

Paula repoussa l'idée du Dr Anne Wiley. Se retrouver dans la même pièce que cette femme magnifique, plus tôt dans la journée, avait suffi pour qu'elle se sente minable, insignifiante, laide, sans conséquence. La chirurgienne avait tout : la beauté, la richesse, le mari, le pouvoir. *Marre, marre de cette emmerdeuse...*

Puis Paula se demanda soudain pourquoi Anne Wiley n'avait pas pris le nom de son mari, Bourke. Certainement parce que le nom « Wiley » avait encore un certain poids dans le milieu médical. Hors de question d'abandonner l'héritage de son cher papa.

— J'ai un choix très difficile à faire, dit-elle enfin. Un enfant de onze ans a assisté à un meurtre à l'arme à feu en pleine ville. J'ai besoin qu'il témoigne. Mais son père refuse.

Elle s'interrompit, le temps de caresser les cheveux de son amant.

— C'est un père célibataire, terrifié pour son enfant. Je le comprends.

— Alors, tu vas lâcher l'affaire ?

— Et laisser le meurtrier s'en tirer ? Hors de question. Pourtant, j'aimerais bien. Protéger les défavorisés, c'est ce qui a toujours compté le plus pour moi. C'est pour ça que je me sens déchirée.

— Je le sais bien, répondit Derreck en levant les yeux. Tu es toujours impliquée dans des programmes de sensibilisation ou d'aide juridique… D'ailleurs, je me demandais pourquoi ça t'importe autant.

Il sourit comme un chat devant un geai prêt à toucher le sol.

— Ça n'aurait pas quelque chose à voir avec ta préférence pour le faux champagne ?

Il posait trop de questions. Et il en savait déjà long.

Un coup sur la porte, et une voix d'homme :

— Service de chambre ?

— Oh, merde, marmonna Derreck.

Il bondit sur ses pieds et tenta de trouver quelque chose pour se couvrir, mais la couette était trop épaisse. Paula rit de le voir si troublé.

— Dans la salle de bains ! lança-t-elle.

Il y disparut un instant et ressortit vêtu d'un des peignoirs ocre brodés au nom de l'hôtel. Puis il ouvrit la porte, signa le reçu et vint poser la nourriture sur le bureau, ayant tout oublié de son importune question.

Paula prit le temps de savourer le goût et la texture d'une des saint-jacques rôties. Derreck ouvrait la bouteille pour remplir les deux nouvelles flûtes.

— Bref, voilà mon dilemme, fit-elle en revenant au sujet comme si de rien n'était. Je n'insiste pas, même si ça revient à laisser courir un tueur ? Je force le gamin à témoigner malgré ce qu'il risque ? Qu'en pensez-vous, Monsieur le Maire ? Qu'est-ce qui servirait au mieux l'intérêt de vos électeurs ?

Il versa le champagne en prenant soin de ne pas en perdre une goutte.

— La loi est claire dans ce genre de situation. Le témoin doit comparaître. Si tu t'inquiètes pour lui, tu peux le faire protéger. Comme il est mineur, son père partirait avec lui. Tu n'as pas vraiment le choix, de toute façon. Si tu refuses de le faire, on confiera l'affaire à quelqu'un d'autre.

Paula embrocha un morceau de poulpe. Il était étonnamment délicieux, surtout grâce à la mayonnaise aux herbes et aux épices qui composait avec lui une véritable symphonie gustative.

— J'imagine que tu as raison. C'est très désagréable d'être aussi partagée alors que je ne contrôle pas vraiment la situation. Et je me demande... ajouta-t-elle en lui jetant un bref regard. Ce ne serait pas avec ce genre de choses qu'Anne se débat, elle aussi ?

Derreck sembla confus et clairement mécontent qu'elle mentionne à nouveau sa femme.

— Tu sais, insista Paula. Ce patient qu'elle a perdu...

13

Un sentiment de sécurité

La maison est calme, plongée dans la pénombre. En général, c'est ainsi que je la préfère, quand je suis la proie de sombres pensées que je ne souhaite pas dissiper. Mais aujourd'hui, les choses sont différentes, comme si j'invitais moi-même les ténèbres à m'envahir, une lente et terrifiante invasion. Au bureau, j'ai gardé les stores baissés, même si Madison s'en étonnait. De retour chez moi, maintenant qu'il fait nuit, il me suffit de rendre les armes face à cette noirceur qui l'emporte toujours.

Nous sommes mercredi, le jour où ma mère va jouer au bridge toute la soirée chez sa meilleure amie. Elle aurait voulu annuler pour passer du temps avec moi, mais je l'ai rassurée en disant que je travaillerais tard.

C'était faux.

Je voulais avoir la maison pour moi toute seule. Derreck rentre rarement avant 19 heures. Aujourd'hui, il m'a fait savoir qu'il devait assister à une réunion extraordinaire de la commission électorale, ce qui dure souvent jusqu'à

9 heures du soir, voire plus s'ils n'arrivent pas à s'entendre et se retrouvent à débattre même du plus simple de leurs objectifs. Vraiment, je me demande comment il peut supporter ce genre de choses.

Je déambule dans le salon en songeant vaguement au dîner. Mon estomac n'est pas en phase avec mon humeur et réclame qu'on le remplisse après avoir été ignoré toute la journée. Mais me préparer un vrai dîner demanderait un effort que je ne suis pas prête à fournir, pas pour une chose si futile. Se nourrir, c'est faire le plein. Je n'ai besoin que de carburant.

Je me contente donc de deux ou trois biscuits salés recouverts de beurre de cacahuètes, que je mange debout dans la cuisine. Après quelques bouchées, ma faim dévorante se transforme en nausée. Je referme le pot, le replace dans le frigo et j'y prends l'une des bouteilles de vin dans la porte. Du pinot gris, ce que je préfère. Peut-être aura-t-il cette fois l'effet escompté et détendra-t-il ce nœud dans ma gorge. Je vide le reste de la bouteille dans mon verre, en fronçant les sourcils – à peine de quoi remplir le tiers.

La première gorgée me semble amère et bien trop froide. J'emporte néanmoins le verre en partant dans la « tanière », cette petite pièce à la décoration austère – un bureau de bois sombre et quelques étagères de la même essence, chargées de livres. Ces meubles appartenaient à mon père. Il a tout choisi, tout effleuré dans cette pièce. Seul l'ordinateur portable m'appartient, ainsi que le châle blanc jeté sur le fauteuil hollandais XXe clouté de cuir.

Je laisse courir ma main sur la surface du bureau, consciente qu'il l'a touchée tant de fois. Il fut un temps où il s'asseyait ici tous les soirs pour travailler, feuilleter les dossiers de ses patients, apprendre, enseigner. Sa présence encore palpable me remplit d'humilité comme de réconfort. Comme j'aurais voulu prendre le temps de lui demander tout ce que je voulais lorsqu'il était encore parmi nous.

On croit toujours avoir le temps.

Mais ce n'est qu'une illusion. Chaque jour de notre vie est une victoire sur l'imprévu.

Toutes ces questions sans réponse. Sur Melanie. Sur le jour où nous l'avons ramenée chez nous. Il saurait quoi me dire. Même déchirants, ses mots me raccommoderaient le cœur. Il me pardonnerait sans doute, même si je n'arrive pas à me pardonner moi-même.

Je vais à la fenêtre et pose mon verre sur le rebord. Notre rue est en cul-de-sac, quasiment déserte en soirée. Au loin, la ville fourmille et prospère à toute heure du jour et de la nuit, mais de là où je suis, je ne vois que les nuages nocturnes qui reflètent les lumières des gratte-ciel.

La dernière gorgée de vin me semble meilleure, et me réchauffe un peu. J'abandonne le verre vide sur le rebord et je pars vers l'une des bibliothèques. Accroupie, j'attrape toute la rangée de livres du bas pour l'écarter d'un coup : c'est un trompe-l'œil monté sur rails qui dissimule mon coffre-fort personnel.

Je le fixe un long moment. Je sais très bien ce qu'il contient, mais j'ai tout de même besoin de le revoir. La combinaison correspond à la date de l'arrivée de Melanie dans la famille.

Lorsque la porte s'ouvre, une légère odeur d'humidité se répand dans la pièce. Certains coffres ne sont pas entièrement hermétiques, si bien que tout papier à conserver sur la durée doit être scellé dans une enveloppe translucide. Le coin d'une telle enveloppe dépasse justement sous l'acte de propriété de la maison et le peu de bijoux que je possède. Elle est bleu clair, lisse et humide au toucher. Je pousse mon ordinateur pour la poser sur le bureau.

Tandis que je m'assois dans le vieux fauteuil hollandais qui grince lorsque je l'avance d'un coup de hanches, les souvenirs m'envahissent. J'hésite à desceller l'enveloppe. Ce n'est que durant ma première année d'internat que j'ai enfin trouvé le courage de lancer des recherches sur le passé de Melanie. L'idée de trouver des réponses m'avait saisie dès le jour où j'avais eu accès au serveur de l'hôpital, mais quelque chose m'avait retenue pendant les premiers mois. Quoi que je découvre, cela ne changerait rien au sort de ma petite sœur, qui ne me reviendrait jamais. J'aurais presque l'impression de manquer de respect à sa mémoire, à celle de mon père, en laissant libre cours à ma curiosité. Mais il fallait que je sache...

Je n'avais pu que deviner ou spéculer sur son passé avant son arrivée dans notre famille.

J'avais besoin de certitudes, autant que j'ai besoin d'oxygène.

Après ces quelques mois écartelée entre ma conscience et cette impérieuse exigence, j'ai fini par me lancer. Je fouillais les archives de l'hôpital dès que j'avais une minute sur un ordinateur sans supervision. Cela ne m'avait pratiquement rien appris : quelques vaccins au nom de Melanie Wiley, rien d'autre. Pas étonnant, puisque notre père, médecin de son état, s'occupait de nous à la maison en cas de maladie.

Mais quel était son nom de famille avant qu'elle entre dans la nôtre ? Je ne l'ai jamais su. Je me rappelle encore le jour de son arrivée. J'étais surexcitée à l'idée d'avoir une petite sœur. Nous étions partis la chercher pour la ramener à la maison. L'endroit devait être un orphelinat, car il y avait d'autres enfants là-bas, en plus de Melanie. La bâtisse tombait en ruine et sentait la moisissure. La cour était boueuse et nue, avec quelques herbes folles. D'une fenêtre équipée d'un ventilateur s'exhalait une odeur nauséabonde d'huile rance et de nouilles au fromage.

Melanie avait été renvoyée là après s'être sauvée à deux reprises de sa famille d'accueil. C'était une petite fille nerveuse, le visage et les mains sales, ses longs cheveux bruns tout emmêlés. Ses grands yeux ronds m'avaient transpercée : j'avais compris d'instinct ses espoirs et ses craintes. J'avais discuté avec elle et nous avions joué un peu ensemble pendant que mes parents parlaient à d'autres adultes – j'imagine qu'ils finalisaient les démarches administratives.

Au moment de quitter cet endroit, lorsque mon père l'avait saisie par la main, Melanie avait éclaté en sanglots hystériques tout en tentant de se dégager, en le suppliant de la laisser partir. Je lui avais pris l'autre main et elle avait cessé de pleurer pour s'accrocher à moi de toutes ses forces. Tout de même, elle se retournait pour fixer la cour pleine d'enfants comme si elle avait voulu rester dans cet horrible endroit. Elle avait gémi pendant tout le trajet en voiture, assise à l'arrière avec moi, toujours cramponnée à ma main. De temps en temps, elle s'essuyait les yeux avec l'ourlet de sa jupe à pois. Cette jupe, sa chemise beige… Jamais je n'avais vu habits si laids, tachés de boue et de nourriture, usés et effilochés comme s'ils avaient déjà été portés par des hordes d'enfants. Mais je m'en moquais : je savais que mes parents lui donneraient bien vite tout ce dont elle avait besoin, et l'aimeraient autant qu'ils m'aimaient.

En arrivant, j'avais brièvement lâché sa main pour ouvrir la portière et elle s'était aussitôt remise à sangloter, à s'accrocher à mon bras, à implorer qu'on ne l'abandonne pas. Dans mon infinie naïveté, j'étais heureuse qu'elle se soit si vite attachée à moi. Je ne comprenais pas ce que tout cela cachait vraiment. Je lui avais repris la main, j'avais plongé mon regard dans ses grands yeux pleins de larmes, et je lui avais juré que jamais, jamais je ne la quitterais. Croix de bois, croix de fer.

Elle m'avait fait confiance.

Calme et contenue, elle m'avait suivie hors de la voiture, mais sa jupe, qui s'était prise dans la boucle de la ceinture de sécurité, s'était retroussée en découvrant brièvement ses jambes. Après les avoir fixées un instant, j'avais regardé ma mère. Celle-ci avait cessé de sourire, pâle comme un linge. Mon père avait marmonné un juron, lui toujours si poli. Puis ma mère avait gentiment dégagé la main de Melanie de la mienne et s'était accroupie à ses côtés pour l'accueillir dans notre famille et notre foyer avec quelques mots vibrants de sincérité. Elle aussi avait promis à cette petite fille qu'elle serait toujours en sécurité et que rien de mal ne lui arriverait. Puis elle l'avait emportée, ma nouvelle petite sœur, pour lui donner un bain.

J'avais d'abord cru que les jambes de Melanie étaient toutes sales, mais j'ai appris plus tard qu'elles étaient couvertes d'hématomes. On l'avait battue là où les coups ne se verraient pas.

Ce soir-là, nous avions montré sa nouvelle chambre à Melanie. D'abord ravie, elle touchait tout – les draps lisses, les animaux en peluche que j'avais placés un peu partout, les rideaux joyeusement colorés à la fenêtre. Elle avait plongé son visage dans la couette en disant qu'elle sentait aussi bon que celle d'une princesse.

Puis, en apprenant qu'elle dormirait seule dans cette chambre, elle s'était remise à pleurer. À l'époque, je n'avais pas compris pourquoi. Mais d'instinct, je savais quoi faire : je lui avais montré ma chambre à côté de la sienne et je lui avais proposé de dormir avec sa grande sœur les premiers temps. Elle semblait toujours apeurée mais avait vigoureusement hoché la tête.

Cette nuit-là, nous avions donc dormi côte à côte. Melanie voulait éviter aussi longtemps que possible de toucher à son joli nouveau lit. Quelle drôle d'attitude : elle refusait toujours d'approcher les belles choses, comme pour éviter de les salir ou de les dégrader irréparablement, comme si elle ne les méritait pas.

Un trait apparemment commun chez les enfants ayant subi de graves abus.

Elle s'était endormie, roulée en boule contre moi. De l'autre côté du mur, ma mère s'était mise à sangloter.

C'était terrifiant : je n'avais encore jamais entendu ma mère pleurer, sauf à la mort de ma grand-mère. Quel que fût le sujet de cette conversation à voix basse entre mes parents, il lui brisait le cœur. Pourtant, ce n'était pas une dispute : leurs voix semblaient tendues, mais pas par la colère. Il s'était passé quelque chose de terrible, sans que je puisse deviner quoi.

Dans mon ignorance de petite fille, j'avais craint que ma mère n'aime pas Melanie et veuille la renvoyer dans cet horrible endroit. Au lieu de leur en parler, je m'étais renfermée et j'avais vécu quelque temps hantée par cette angoisse ridicule. Quand j'y repense, je n'étais vraiment pas dégourdie pour mon âge. Parce que mes parents avaient fait de leur mieux pour m'épargner les horreurs du monde, je n'étais pas armée pour comprendre cette situation.

Maintenant, j'en sais bien davantage, mais toujours trop peu et, surtout, trop tard.

Je descelle l'enveloppe bleue pour en sortir la première page d'un dossier intitulé RAPPORT D'AUTOPSIE.

Durant ma première année d'internat, lorsque j'ai enfin osé fouiller les serveurs de l'hôpital pour en exhumer le dossier médical de Melanie, celui-ci ne m'a pas appris grand-chose – mais j'ai poursuivi mes recherches. À l'époque, elle avait déjà disparu, ainsi que mon père, et je ne pouvais pas me résoudre à interroger ma mère : ç'aurait été remuer le couteau dans la plaie.

Le dossier d'adoption lui-même ne représentait qu'une impasse de plus, car je n'avais aucun moyen d'y accéder. J'avais cherché ailleurs. C'était en deuxième année d'internat, en chirurgie générale, que j'avais enfin trouvé une piste. Un inspecteur de la police de Chicago avait atterri aux urgences, le bras lacéré à la suite de l'arrestation d'un fou armé d'une machette. Tout en lui raccommodant la peau, je m'étais informée : était-il possible d'accéder au rapport d'autopsie d'un membre de sa famille ? Il m'avait appris que ces rapports étaient techniquement à la disposition du public, mais que les démarches administratives pour les obtenir pouvaient s'éterniser. Il m'avait proposé d'appeler le légiste du comté pour appuyer ma requête, et comme je me répandais en remerciements, il avait passé ce fameux coup de fil dans l'instant, tandis que je terminais mes sutures.

Quelques jours plus tard, un coursier m'avait déposé une copie du rapport d'autopsie.

Je n'avais pas pu le consulter immédiatement, de peur de bouleverser ma mère. Je ne l'avais ouvert qu'une fois seule à la maison. Mes mains tremblaient, comme elles tremblent encore aujourd'hui lorsque je tourne les pages. Chaque mot de ce rapport est gravé dans ma mémoire, mais il m'arrive d'y revenir, comme je reviendrais sur sa tombe, le souffle coupé, les yeux brûlants.

Fracture ancienne des côtes. Ancienne fracture en spirale du poignet. Ossification post-traumatique des deux cuisses – c'est-à-dire un tissu osseux s'étant développé dans le muscle en raison de blessures répétées. De petites cicatrices étoilées sur les cuisses et le ventre. D'anciennes traces de lacérations vaginales. Tout cela en quelques paragraphes serrés ensemble sur la page : le récit de ce qu'a subi une petite fille aux mains de cet homme que j'ai envoyé à la morgue.

Là encore, c'était trop peu, c'était trop tard. J'aurais voulu qu'il souffre davantage.

Une larme s'écrase sur la dernière page. Je l'essuie aussitôt, mais ce n'est pas la première que j'y ai versée : à peine si les mots sont encore lisibles. Combien de temps ai-je passé penchée sur ce rapport, comme dans l'espoir de le trouver un jour changé ?

Lorsque les phares de la voiture de ma mère traversent la fenêtre, je replace les papiers en hâte dans l'enveloppe en plastique, que je glisse dans le coffre. Il se verrouille en silence sur simple pression d'un bouton. Le temps que je remette le trompe-l'œil en place, ma mère a traversé la buanderie et entre dans la cuisine. Je cours l'accueillir.

Cela fait longtemps que j'ai compris ce dont elle avait discuté avec mon père, cette nuit-là. Je n'ai pu que le deviner, car elle ne m'en a jamais parlé, et je ne lui ai jamais posé de questions. En la voyant, je la serre fort dans mes bras. Si seulement je pouvais lui avouer ce que j'ai fait.

Tout en murmurant quelques mots de bienvenue, j'enfouis mon visage dans ses cheveux, j'inspire son parfum, la tiédeur de son affection, le sentiment d'être à ma place. Elle finit par se reculer pour me regarder avec inquiétude.

— Tout va bien, ma chérie ?

Je suis incapable de répondre même à cette simple question. Melanie n'était qu'une enfant lorsqu'elle est devenue ma petite sœur. Cinq ans plus tard, elle nous avait quittés.

14
Un problème

Alors que je commence mes visites de la matinée, une pensée me hante : j'ai laissé mon verre vide sur l'appui de la fenêtre hier. Un fait sans conséquence, mais qui me reste à l'esprit avec autant d'insistance que le plus grave des sujets. Cela doit être un signe du stress, de la fatigue qui m'habitent. Mes nerfs sont tendus à se rompre.

J'ai mal dormi, incapable de trouver le sommeil avant le retour de Derreck, bien après minuit. Il est entré sur la pointe des pieds pour déposer un baiser sur ma joue avant de me couvrir de la couette comme on borderait un enfant. J'adore ce geste, et je m'y attendais, si bien que j'ai fait semblant de dormir pour le laisser faire. Ce n'est que lorsqu'il s'est déshabillé que j'ai allumé la lampe de chevet pour lui dire bonjour, ce qui m'a valu un autre baiser. Sans surprise, son haleine était imperceptiblement avinée – ces interminables réunions électorales comportent souvent des dîners bien arrosés. Mais il sentait encore merveilleusement bon malgré sa longue journée. Comment fait-il ? Il faudra que je pense à lui poser la question.

Je suis sûre que c'est un truc tout simple, comme un stick de déodorant Old Spice dans sa mallette, sa marque favorite. C'est ce qu'il sentait en arrivant, le vin et l'Old Spice. Je n'ai pas cherché à penser à autre chose : autant être obsédée par la fraîcheur de mon mari plutôt que par le cœur putride de Caleb Donaghy.

Cela fait précisément une semaine que j'ai laissé mourir ce monstre, et ce n'est qu'aujourd'hui que je retrouve un planning normal. Ma matinée reste peu chargée, puisque j'ai confié tant de mes patients à d'autres, ces derniers temps. L'endoprothèse d'hier pour le Dr Seldon était mon unique procédure ce jour-là, et aujourd'hui, j'ai réservé l'essentiel de mon après-midi pour le remplacement d'une valve mitrale.

Après m'être livrée à cette première visite, je pars au chevet du patient que j'ai opéré hier, et j'y trouve le Dr Seldon. Il écoute ses battements de cœur au stéthoscope numérique, en vérifiant la visualisation du rythme cardiaque sur son téléphone. Je m'arrête sur le pas de la porte, incertaine, avant de me décider pour un ton enjoué.

— Bonjour, docteur Seldon !

Je me trouve horriblement artificielle. Pas étonnant que mon mentor soit venu vérifier l'état du patient qu'il m'avait confié. Moi non plus, je ne me ferais pas confiance.

— Ah, docteur Wiley, dit-il en rangeant le stéthoscope dans sa poche. Nous parlions justement de vous. Vous avez fait de l'excellent travail : ce jeune homme nous enterrera tous.

Le patient hoche la tête avec un grand sourire. Le Dr Seldon sait s'y prendre pour encourager les gens. Il en fait un peu trop, comme toujours, mais après tout, quel mal y a-t-il à leur faire croire qu'ils vivront vieux ?

Je discute quelques minutes avec le patient en sortant moi aussi mon stéthoscope. Son souffle au cœur a disparu, sa respiration est redevenue régulière. Je lui serre la main et je me dirige vers la chambre de Mme Heimbach, mais le Dr Seldon me rattrape dans le couloir et m'entraîne vers la fenêtre, à l'écart.

— Rien d'officiel, Anne, mais écoutez-moi. J'ai perdu plus de patients que je n'aimerais l'avouer. Ces décès ont toujours donné lieu à une revue de cas, jamais à une enquête. Pas par l'hôpital, et certainement pas par le bureau du procureur.

Ses mots me glacent ; je me sens soudain au bord du malaise. Comment expliquer l'attention dont je suis l'objet s'il ne s'agit pas d'une investigation de routine ? Bouche bée, je ne peux que fixer mon mentor.

— Tenez bon. Cela finira par passer. Mais faites très attention. Même si je ne sais pas de quoi il retourne, je pourrais jurer que quelqu'un vous prend pour cible.

Il regarde des deux côtés du couloir pour s'assurer que personne ne nous épie, puis baisse la voix.

— Quelqu'un de puissant et de très motivé. Faites votre travail, et faites-le bien. Ne prêtez pas le flanc à ces attaques.

Il m'étreint la main pour m'encourager.

— Par exemple, cette requête hier, au sujet de la pose d'endoprothèse...

Un signe de tête vers la chambre du patient, comme si je pouvais ignorer à quoi il fait référence.

— D'ailleurs, je suis heureux que vous vous soyez ravisée. Ce qu'il vous faut plus que tout, ce sont quelques succès pour vous reconstruire, vous revitaliser. D'accord ?

Je hoche la tête, toujours muette, horrifiée à l'idée d'être l'objet des ragots de tout l'hôpital à cause de cette enquête menée par le bureau du procureur. Tout cela par la faute de Caleb Donaghy. Moi qui croyais que seule mon équipe était au courant de la visite de l'avocate d'hier... Je me trompais.

Le Dr Seldon me tapote l'épaule, puis repart vers le bloc, le dos courbé, le pas un peu chancelant. On l'attend déjà en salle d'opération, je l'ai vu sur son planning.

Il me faut quelques minutes pour retrouver mon calme avant d'aller voir Mme Heimbach. Une fois dans sa chambre, j'y passe plus de temps que prévu. Ce n'est que maintenant, deux heures avant son opération, qu'elle songe à prendre officiellement ses dispositions en cas d'incident, et elle m'a réservé toutes ses questions sur le sujet. Le fait est que j'encourage vivement ce genre de mesures, seule façon pour le patient de contrôler ce qui lui arrive dans notre système de santé gouverné par le profit.

Madison arrive à la rescousse avec un formulaire à remplir et sert de témoin au moment de la signature, quelques minutes à peine avant que l'on vienne chercher Mme Heimbach pour ses dernières radios avant l'opération.

En quittant la chambre, je me retrouve nez à nez avec M. Son tailleur-pantalon est si serré à la taille que c'est à se demander comment elle se déplace si vite. Comme à son habitude, elle va droit au but, un poing sur la hanche :

— Comment vous sentez-vous ? Vous avez pleinement repris le travail ?

De l'autre main, elle serre une liasse de dossiers de patients en cardiologie, aisément reconnaissables à leur couleur.

— Oui, je suis prête, dis-je en espérant que cela sera bientôt la vérité.

— Autre chose dont vous souhaiteriez me parler ?

— Non.

Une réponse calme et concise, comme me l'a conseillé Derreck.

— Parfait ! réplique M avant de repartir à fond de train dans les longs couloirs bondés.

Ce n'est que lorsqu'elle est à dix mètres de moi que je recommence à respirer – et encore, je l'ai déjà vue se raviser et revenir à la charge sur de plus grandes distances. Elle semble tout ignorer de la curiosité du bureau du procureur d'État envers mon patient décédé : quel soulagement. Ce doit bien être la seule dans tout l'hôpital…

Tout de même, c'est inexplicable : d'où vient l'intérêt si vif de cette avocate pour mon patient ? Saurait-elle quelque chose que j'ignore ? Y aurait-il donc une raison de plus de m'inquiéter ?

Trois virages dans les couloirs et une minute dans l'ascenseur me ramènent à mon étage. Après avoir vérifié l'heure, j'accélère le rythme : il faudra bientôt que j'enfile ma tenue de bloc.

Madison m'attend dans le couloir et, en me voyant, court aussitôt à ma rencontre. Elle semble confuse, voire paniquée, et ne cesse de se retourner vers mon bureau, les yeux arrondis par l'inquiétude.

— Je suis désolée, Anne, je n'ai rien pu faire pour la retenir, murmure-t-elle en m'emboîtant le pas.

Pas le temps de lui demander de quoi elle parle : nous arrivons en vue de la baie vitrée, et la réponse me saute aux yeux. Cette même avocate est de retour, confortablement installée à mon bureau, plongée dans un traité de chirurgie. Sous le livre de six cents pages se trouve le dossier rouge que j'ai consacré à Caleb Donaghy dans les moindres détails.

J'étouffe une exclamation. Et si elle l'avait ouvert ? Quel culot !

Flanquée de Madison, je fais irruption dans mon bureau, en me retenant à grand-peine de hausser la voix.

— De quel droit êtes-vous entrée ici ?

L'avocate referme le livre, se lève, et contourne le bureau jusqu'à me faire face. Sous son tailleur noir, sa blouse de soie blanche met en valeur une généreuse poitrine. Ses talons en cuir sont assortis à sa mallette posée sur mon bureau, grande ouverte. On croirait voir M, en plus jeune et plus attirante. Leur ressemblance ne s'arrête peut-être pas au physique – une idée qui me donne des frissons.

Un sourire méprisant lui vient aux lèvres.

— Vous pensez donc qu'il s'agit d'un espace privé, docteur Wiley ? L'hôpital ne devait pas être de cet avis, puisque les murs sont en verre.

— Quel rapport ? s'indigne Madison, les mains sur les hanches. Si vous aviez des manières, comme tout le monde ici…

— C'est bon, dis-je dans un murmure.

Mon assistante a parfaitement raison, mais ce n'est pas la question. Derreck m'a toujours répété que la justice n'avait pas sa place dans le juridique. Ce qui compte, c'est la loi, et le talent de l'avocat qui la manie comme une arme.

— Que puis-je faire pour vous, maître… ?

Je fais mine d'avoir oublié son nom alors que c'est loin d'être le cas – il ne cesse de me hanter depuis notre rencontre.

— Fuselier, répond-elle calmement, un sourire en coin.

Ses pupilles lui dévorent l'iris. Peut-être fait-il trop sombre dans mon bureau ? Ou alors, une forte émotion a provoqué chez elle une décharge d'adrénaline. Certainement pas de la peur… De la colère, peut-être ? Mais pourquoi ?

— Maître Fuselier, dis-je poliment en allumant la lumière.

La différence n'est pas criante. Elle cligne des yeux, mais ses prunelles restent dilatées, comme celles d'un prédateur chargé de venin. Je me répète :

— Que puis-je faire pour vous ?

Le mépris revient lui tordre la bouche.

— Vous avez toujours eu une haute opinion de vous-même, n'est-ce pas, docteur Wiley ? Oui, évidemment. Née riche, un père chirurgien... Pas une raison de douter de vous.

L'exclamation outragée de Madison la fait sourire. Elle secoue la tête comme si je devrais avoir honte de tout cela et m'en excuser platement.

— J'imagine que vous vous moquez même complètement de vos patients.

Je ne comprends rien à cette femme. À l'évidence, elle cherche à me provoquer : si elle avait du concret, elle ne perdrait pas son temps avec ce petit numéro. Je serais arrêtée, menottée et traînée hors d'ici en un clin d'œil. À la place, elle attend un faux pas de ma part. *Eh bien, nous serons deux à nous livrer à ce petit jeu.* D'ailleurs, je n'ai même pas à feindre la curiosité :

— Vous connaissiez personnellement Caleb Donaghy, c'est cela ?

Elle s'avance si près que je sens son souffle sur mon visage, et je lève aussitôt les deux mains, prête à faire un pas en arrière.

— Gardez vos distances ou mettez un masque, je vous prie. C'est un hôpital, ici !

L'avocate m'ignore royalement.

— Je vous retourne la question, murmure-t-elle. Et je voudrais savoir pourquoi vous l'avez laissé mourir. Voilà le sujet, docteur Wiley.

— J'appelle la sécurité, lance Madison.

Je lui attrape la manche avant qu'elle ne quitte le bureau.

— Maître Fuselier n'est pas une menace, Maddie. C'est une fonctionnaire qui représente la justice de notre pays.

Je soutiens le regard de Fuselier durant mon petit discours, en refusant de cligner des yeux.

— Elle n'oserait jamais dépasser les limites définies par son devoir. Ce serait torpiller sa carrière.

Un éclat de rage brille dans les yeux de l'avocate. Voilà donc ce qu'elle est venue chercher ici : une affaire d'envergure qui la propulsera dans les hautes sphères du bureau du procureur, ou qui contribuera à sa renommée d'une autre façon. Un tel scandale deviendrait viral. Je vois déjà les gros titres.

— Puis-je vous offrir un masque, maître Fuselier ?

Madison disparaît un moment puis revient avec un masque en papier. Fuselier ne le prend pas. Elle recule sans cesser de me foudroyer du regard. On dirait bien que j'ai remporté la première manche. Espérons que cela ne me coûtera pas trop.

— Comment expliquez-vous la mort de Caleb Donaghy ? demande-t-elle, glaciale. Était-ce une simple erreur ? Nous en faisons tous. Personne ne pourrait vous le reprocher.

Elle doit me prendre pour la dernière des idiotes.

— En effet, je qualifierais d'erreur le fait d'avoir harcelé mon équipe avec vos questions, dis-je.

— Je ne faisais que mon travail. J'ose espérer que vous comprenez ce concept. Car vous avez hérité de votre métier, n'est-ce pas ? Pour marcher dans les traces de votre père, ou je ne sais quelles fadaises. C'est ainsi qu'on excuse les raccourcis professionnels qui permettent d'obtenir un poste sans vraies qualifications. Vous voyez bien de quoi je veux parler…

Je ne me sens pas insultée – je n'en suis plus là : maintenant, cette femme m'effraie, tout simplement. Pour me parler ainsi devant témoins, elle doit disposer d'un atout dans sa manche. Quelqu'un de puissant lui a donné carte blanche.

Le Dr Seldon avait raison : on m'en veut personnellement. Ce n'est plus une chasse aux sorcières, mais presque une exécution.

Un coup d'œil à l'horloge me fait froncer les sourcils. Je devrais être en train de me préparer pour le bloc, et l'avocate en a sans doute conscience.

— Si vous avez une question légitime à me poser, je ferai de mon mieux pour y répondre. Vous avez trente secondes. On m'attend au bloc.

Je m'écarte pour l'inviter à sortir.

— Comment expliquez-vous la mort de votre patient ? Que s'est-il passé ? demande-t-elle, menaçante.

Madison recule, l'air inquiet. Je récite exactement la même chose que la veille :

— En ce qui concerne la mort d'un patient pendant ou immédiatement après une opération, il existe un processus de revue de cas afin d'en comprendre les raisons et de déterminer si le décès aurait pu être anticipé ou évité.

Je lui ouvre la porte.

— Il y aura un rapport. Je vous suggère de contacter le service juridique de l'hôpital pour en demander une copie. Et maintenant, si vous voulez bien m'excuser, j'ai du travail.

— Vous ne vous en tirerez pas comme ça, siffle-t-elle en récupérant sa mallette sur mon bureau.

— Et je vous saurais gré d'arrêter d'interroger mon équipe en l'absence du conseiller juridique de l'hôpital. Il me semble que c'est illégal. Je peux lui passer un coup de fil pour vérifier, si vous voulez.

Cette seconde menace fait effet. L'avocate quitte mon bureau sans un mot de plus, avec un dernier regard noir. Madison soupire bruyamment.

— Elle n'est pas croyable, cette femme ! Bon débarras !

— Nous sommes loin d'en être débarrassés, Maddie, dis-je sévèrement. Elle ne fait que commencer.

— Mais commencer quoi ? Rien ne clochait dans l'opération de Donaghy ! D'accord, il est mort, mais nous n'y étions pour rien !

La voilà qui fait les cent pas dans mon bureau, toute agitée. Exactement l'inverse de ce dont j'ai besoin avant une opération de valve mitrale. Mon propre état ne vaut guère mieux. Je me sens tout autant angoissée, traquée, piégée, même si j'arrive à le cacher – du moins, je l'espère.

Après un long moment à peser le pour et le contre, je décroche mon téléphone pour appeler M, qui répond aussitôt.

— Que se passe-t-il ? demande-t-elle au lieu d'un salut normal.

Je prends une grande inspiration.

— Je crois bien que nous avons un sérieux problème.

15
Un témoignage

Le trajet jusqu'à l'immeuble de bureaux du procureur d'État était court, trop court pour que Paula cesse de fulminer. À quelques rues de sa destination, elle s'arrêta sur le bas-côté. Il lui fallait quelques minutes pour retrouver le calme qu'elle avait perdu sitôt après avoir quitté l'hôpital.

Pourquoi certains étaient-ils favorisés à ce point par l'existence ? Anne Wiley était si implacablement confiante, forte par nature, courageuse sans effort. Comme l'étaient tous ceux qui avaient grandi dans une bonne famille, entourés d'amour, d'argent et de possibilités pour l'avenir. Ils ignoraient la peur. Ils n'avaient jamais lutté par manque de moyens. Ils n'avaient aucune idée de ce que ressentaient ceux qui étaient seuls au monde, vulnérables, fauchés, désespérés. Comme ce gamin, Kestner, dont Paula avait discuté avec son patron lors de ce fameux déjeuner une semaine plus tôt. Ce gamin qui, parce qu'on lui avait volé sa voiture, avait failli sauter d'un pont.

Lorsqu'une Paula Fuselier tournait autour d'une Anne Wiley, celle-ci n'avait qu'à passer un coup de fil pour ne plus être embêtée par toutes ses questions. Paula aurait parié un bon dîner que, quelques instants à peine après son départ, l'arrogante chirurgienne avait décroché son téléphone.

Qu'elle crame en enfer ! La vie n'était qu'une vaste injustice. Anne Wiley avait tout. Un bon travail, une excellente réputation, son visage placardé partout en ville… et Derreck. N'aurait-elle pas pu au moins épouser un ivrogne ? Non, il fallait qu'elle mette le grappin sur un jeune avocat aussi intelligent qu'ambitieux, promis à de grandes choses, aussi poli que s'il avait été élevé en Europe par une nourrice française alors qu'il avait grandi dans les bas quartiers, près de la prison désaffectée.

Songer à Anne Wiley – grande, mince, belle et calme – donnait à Paula l'envie de fracasser quelque chose. Elle fouilla sa voiture, sans rien trouver qu'elle puisse réduire en pièces. Frustrée, elle laissa échapper un long soupir, entrecoupé de jurons.

Qu'importe ce qu'elle promettait à Derreck, qu'importe à quel point elle favorisait sa carrière, il ne quitterait jamais son épouse. Paula serait à jamais la maîtresse, l'amante, celle qui doit se débrouiller seule, comme toujours, sans attaches légitimes, sans personne à appeler en cas de problème.

Comme elle haïssait Anne Wiley, cette femme qui lui rappelait tout ce qui clochait dans sa propre existence ! Toutes ces dures années à travailler d'arrache-pied à la fac de droit, à flatter ceux qui pouvaient favoriser son parcours sans jamais s'élever contre leurs opinions, tout cela pour se frayer un chemin dans la vie.

Mais voilà que la célèbre Dr Anne Wiley avait enfin commis une erreur. Un patient mort sur sa table d'opération. Des mois que Paula guettait l'occasion ! Désormais, la saison de la chasse était ouverte, avec pour gibier de choix les chirurgiennes arrogantes et fortunées. Quand Paula en aurait fini avec elle, Derreck la lâcherait comme un charbon ardent, soulagé qu'elle n'ait jamais pris son nom de famille, impatient d'expédier son divorce.

Paula ralluma le moteur et s'inséra dans le trafic, en se posant d'absurdes questions sur la performance d'Anne Wiley au lit. Apprenait-on en médecine des secrets sur le corps humain que l'on n'avait aucune raison d'aborder en cours de droit ? *Mais non...* Anne Wiley devait être aussi glaciale sous les draps qu'elle l'était au travail. Mesurée, précise, procédurière. Rien à voir avec la passion qui brûlait dans les veines de Paula.

Oui, Derreck finirait par se rendre compte qu'il méritait mieux que le Docteur Glaçon. Paula éclata de rire. Quel dommage qu'elle ne puisse utiliser ce surnom à voix haute ! Cela collait si bien au personnage. En se garant dans le parking, elle en était à imaginer Anne Wiley en statue de glace qu'elle pourrait briser en mille morceaux.

Son bureau était encombré de cartons, même si sept semaines la séparaient encore de son déménagement au cinquième. Elle avait emballé la moitié de ses affaires, tout ce dont elle ne se servait pas au quotidien – des livres de droit et de vieux dossiers qu'elle conservait pour ses archives personnelles. Vider son bureau rendait la chose plus réelle. Elle était prête à changer d'étage, de travail, de vie.

Adam Costilla, son enquêteur, n'était pas à son bureau, mais Paula savait où le chercher. Elle avait repéré sa voiture dans le parking. Lorsqu'il n'était pas en chasse ou occupé à taper un rapport, il ne bougeait pas de la cafétéria du rez-de-chaussée. Et de fait, elle l'y trouva à sa table habituelle, occupé à souffler sur une grande tasse de café.

Elle s'assit face à lui, les mains posées sur la surface mélaminée, fronçant les sourcils pour afficher son inquiétude.

— Adam…

Il était en surpoids, au point d'avoir du mal à respirer la plupart du temps, toujours rougeaud – signe d'hypertension –, mais enchaînait les tasses de café comme s'il vivait son dernier jour sur terre, ce qui, à ce rythme, finirait par se vérifier.

— C'est ta première de la journée, au moins ?

— Plutôt la cinquième, boss, rigola-t-il en faisant trembler ses bajoues de bouledogue. C'est que vous me laissez pas respirer ! Faut que je reste alerte !

Paula aurait voulu lui dire de ralentir mais savait qu'elle ne ferait que perdre son temps.

— J'ai une affaire à te confier, déclara-t-elle à la place.

Il sortit de sa poche un petit carnet typique d'un vieux flic, en ouvrant son stylo d'une pression du pouce.

— Dites-moi.

— Il y a à l'hôpital Joseph Lister une certaine Anne Wiley, chirurgienne cardio-thoracique…

— Mais oui, je la connais, dit-il joyeusement. La blonde qui nous vend son cœur sur les panneaux de pub, pas vrai ? Une bombe !

Paula ferma un instant les yeux pour qu'il n'y voie pas briller la colère.

— C'est bien ça. Je veux tout savoir sur elle, tout ce que tu pourras trouver. A-t-elle été poursuivie par certains de ses patients ? A-t-elle fait l'objet de plaintes ? De combien de morts est-elle responsable ? Quel est son parcours personnel ? Tout ce genre de choses. Ne néglige aucun détail, si tu vois ce que je veux dire.

— Qu'est-ce qui lui vaut tant d'attention ? s'enquit-il, le sourcil levé.

— L'un de ses patients est décédé dans d'étranges circonstances la semaine dernière.

— Qui est sur le coup ? Le commissariat de Streeterville ?

— Personne n'est sur le coup à part nous. Ça te pose un problème ?

Il lui adressa un salut militaire ironique, avec un grand sourire révélant ses dents jaunies par le tabac.

— Pas du tout, boss ! Moi, je fais ce qu'on me dit !

— Tu iras loin, conclut Paula en repoussant sa chaise dans un crissement de métal sur le béton. Merci beaucoup... Et franchement, calme-toi un peu sur le café, Adam. Tu as déjà entendu parler de ce concept appelé « modération » ? Cherche-le dans le dictionnaire, ça pourrait te sauver la vie.

— J'ai pas l'intention de vivre pour toujours, vous savez, grogna-t-il en levant les yeux au ciel.

Il prit une gorgée précipitée, comme si Paula risquait de lui arracher la tasse des mains, et poursuivit :

— Ne partez pas encore. Moses Degnan est là pour vous voir, avec son fils. Je les ai fait patienter dans la petite salle de conf au troisième.

— Merde, marmonna-t-elle.

— Vous avez pris une décision à leur sujet ? Ce n'est qu'un gosse, Paula...

Elle secoua lentement la tête, plongée dans ses réflexions. Pas question de faire un faux pas dans cette affaire. Mieux valait demander conseil à son patron.

— Hobbs est là ?

— Ouais, à l'étage. Il sort d'une sale réunion. Paraît qu'il est de méchante humeur.

— Très bien, soupira-t-elle. Voyons ce que je peux faire.

L'objet du dilemme de Paula était Simon Degnan, onze ans, témoin d'un meurtre à l'arme à feu dans un HLM. Son voisin, Vicente Espinoza, enragé par l'alcool, avait abattu sa femme enceinte en l'accusant d'infidélité. Tout le quartier avait entendu ses vociférations, les insultes, les menaces. Mais seul Simon avait assisté au crime, depuis son balcon, à quelques mètres à peine. Il avait appelé la police, en les attendant au rez-de-chaussée pour leur dire ce qu'il avait vu. Le père du garçon, un ouvrier veuf nommé Moses, avait ensuite refusé de laisser témoigner son fils, en arguant que cela le mettrait en danger.

Paula pouvait lui forcer la main, ce qui lui assurerait une victoire facile. Ou alors, elle pouvait le laisser en paix et monter son dossier en s'appuyant sur les preuves médico-légales et le casier du tueur.

Ce n'était pas une décision à prendre à la légère. Contrairement aux Anne Wiley de ce monde, les Degnan n'avaient personne à appeler pour les tirer d'embarras. Qui se soucierait d'un garçon noir de onze ans, sorti des cités, même si on le retrouvait abattu au fond d'une ruelle ? Personne, sauf elle. Pour elle, il comptait tellement…

Mais comptait-il davantage que sa carrière ? Pouvait-elle protéger l'un sans mettre l'autre en danger ?

Elle prit l'ascenseur jusqu'au cinquième étage et marcha en hâte jusqu'au bureau de Mitchell Hobbs. Son assistante la fit attendre quelques minutes, le temps qu'il termine un appel, puis lui ouvrit la porte.

— Ah, mon avocate favorite, l'accueillit Hobbs, alangui dans son fauteuil, les mains croisées derrière la tête.

Il avait ôté sa veste et défait sa cravate, les manches de sa chemise blanche roulées jusqu'aux coudes. Sa posture rappelait Derreck et sa position favorite au lit. L'espace d'une seconde, Paula s'imagina en train de chevaucher son patron. *Non merci...*

Elle sourit en repoussant cette dérangeante pensée.

— Je voudrais avoir votre avis sur l'affaire Espinoza. Le témoin de onze ans. Nous n'avons pas vraiment besoin de lui pour l'emporter, n'est-ce pas ?

— Vous hésitez ? demanda Hobbs en la fixant intensément sous ses paupières lourdes.

— Non, ce n'est pas cela...

Elle déplaça son poids d'un pied sur l'autre, en notant qu'il ne l'avait pas invitée à s'asseoir.

— Je crains pour la vie du garçon. Beaucoup de gens l'ont vu parler à la police. Cela a dû arriver aux oreilles d'Espinoza.

— Mais vous savez comme moi qui est cet Espinoza.

Il lui parlait comme à une écolière accusée devant la classe de n'avoir pas fait ses devoirs.

— C'était notre principal suspect l'an dernier dans l'affaire Kravitz, je m'en souviens, dit Paula. Ce vieil homme mort d'une commotion cérébrale pendant un cambriolage. Même immeuble, autre étage. Mais nous n'avions pas assez de preuves pour monter un dossier.

Les mains toujours derrière la tête, Hobbs se laissa aller plus loin encore contre le dossier de son fauteuil en cuir, qui grinça sous son poids.

— Très bien. Alors, dites-moi : êtes-vous certaine d'y parvenir sans le témoignage de Degnan ?

Paula se mordit la lèvre. Elle ne voyait que trop où il voulait en venir, mais elle se devait d'être honnête dans ses réponses, sans trop s'avancer.

— Disons certaine à quatre-vingt-dix pour cent.

Hobbs se leva soudain et partit à la fenêtre, sans plus la regarder.

— Quatre-vingt-dix, ce n'est pas cent.

— En effet, monsieur. Avec les seules preuves médico-légales, nous courons le risque que le jury se désintéresse de l'affaire ou n'arrive pas à suivre...

— Savez-vous ce que nous avons tous en commun ici au cinquième étage, Paula ?

Elle tressaillit et se tut. Mais la suite ne venait pas : la question n'était pas rhétorique.

— Vous êtes les meilleurs du métier ?

— Perdu. Je vous laisse une seconde chance ?

Elle sentit ses joues s'enflammer.

— Non, monsieur, je préfère écouter la leçon.

— Tout le monde ici vise les cent pour cent. Tout le monde se décarcasse pour que l'ensemble des criminels que nous accusons soient reconnus coupables. Personne n'hésite, personne ne va au tribunal sans s'être préparé à fond, et personne ne prie pour un miracle. Nous faisons tous notre travail. Si nous avons des raisons légitimes de craindre pour la sécurité de nos témoins, nous les faisons protéger. Mais nous gagnons toujours.

Il se retourna pour poser sur elle son regard froid, déterminé.

— Suis-je bien clair ?

— Parfaitement clair, monsieur.

Elle fit deux pas en arrière, prête à battre en retraite. L'expression de son patron se radoucit.

— Envoyez-les donc au Wyoming aux frais de la princesse, vos témoins, dit-il avec un geste négligent de la main. Ce n'est pas comme s'ils avaient une carrière à sauver ici. McDonald's embauche partout en Amérique.

Paula serra les dents, mais garda ses opinions pour elle-même, au prix d'un gros effort.

— C'est compris, monsieur.

— Alors allez-y.

L'entrevue était terminée. Elle quitta le bureau et fila droit vers la salle de conférence du troisième étage, bien décidée à ne pas laisser ce problème ruiner ses espoirs. Hobbs avait raison, même s'il lui en coûtait de l'admettre. Les Degnan n'avaient pas grand-chose à perdre en déménageant.

Lorsqu'elle fit son entrée dans la petite salle, Moses Degnan sauta sur ses pieds.

— Enfin !

Il se plaça aussitôt derrière la chaise de son fils, en posant ses mains sur les épaules du garçon, protecteur.

— Je travaille, vous savez, protesta-t-il. Je n'ai pas les moyens de vous attendre à rien faire.

— Je comprends, et je vous présente mes excuses. J'étais au tribunal toute la matinée.

Elle tira une chaise et s'assit en croisant les jambes. L'endroit sentait le renfermé, la sueur et l'huile de friture rance. La table était jonchée d'emballages : on leur avait apparemment apporté à manger pendant l'attente.

— Vous vouliez me parler ?

— En effet, dit Moses Degnan, les lèvres pincées comme pour s'empêcher de déverser d'un coup tout ce qu'il avait à dire. Ma décision est prise. Je ne laisserai pas mon fils témoigner.

Paula soupira, le front plissé. Elle aurait préféré ne pas le mettre au pied du mur, mais Hobbs avait été sans équivoque.

— J'ai bien peur que vous n'ayez pas le choix. Le procureur d'État du comté l'a assigné à comparaître. Si nous estimons que la menace qui pèse sur sa vie est sérieuse, vous serez tous deux pris en charge par notre programme de protection des témoins.

Moses Degnan se mit à faire les cent pas entre la table et le mur du fond, furieux :

— Et démissionner ? Vous êtes folle ! Vous savez à quel point j'ai eu du mal à trouver ce travail ? Qu'est-ce que je vais faire, hein ? Reprendre un boulot qui paie huit dollars de l'heure ? On crèvera de faim !

— Je suis vraiment désolée, monsieur Degnan. Je n'ai pas le choix.

Elle pesait chacun de ses mots.

Degnan s'arrêta devant elle pour la dévisager, les poings appuyés sur la table, les jointures blanches.

— J'ai trouvé un avocat, vous savez. Il m'avait averti que vous feriez pile ce que vous êtes en train de faire là. D'après lui, les procureurs ne pensent qu'à une chose : jeter les gens en prison. Mais il m'a aussi appris que je peux exiger qu'on évalue mon fils pour juger de sa capacité à témoigner. Laissons un tribunal en décider. Ce n'est qu'un enfant ! Il ne sait pas ce qu'il dit !

Il leva les poings et les rabattit fermement sur la table.

— À partir de maintenant, si vous voulez me parler, vous passez par mon avocat. C'est clair ?

— D'accord.

Il fit glisser une carte de visite vers elle.

— Voilà ses coordonnées. Et je vous jure que s'il arrive quoi que ce soit à mon fils, vous serez la suivante, car je n'aurai plus rien à perdre. Vous m'entendez ?

16
Un article

Assise pour le dîner, épuisée, je laisse pour une fois les autres s'occuper de tout. Ma mère est en train de mettre la table et Derreck débouche une bouteille de bordeaux. Je suis heureuse qu'il soit là pour manger avec nous, ce qui n'arrive que rarement ces temps-ci. Heureuse qu'il soit près de moi.

Puis mes souvenirs m'emportent loin du moment présent. Je ne me suis toujours pas remise de la visite de Paula Fuselier. L'opération de Mme Heimbach s'est bien passée, mais j'ai senti mes mains trembler tout du long, sans pouvoir entièrement les contrôler. *Et si elle mourait, elle aussi ? Et si je perdais un autre patient quelques jours à peine après Caleb Donaghy ?* L'avocate serait de retour, aux aguets, comme une araignée terrée dans l'ombre, prête à se jeter sur sa proie.

Par bonheur, il n'y a pas eu d'incident lors du remplacement de la valve mitrale. Paula Fuselier me rend paranoïaque.

Je me demande bien comment elle a pu entendre parler de Caleb Donaghy. Ce n'est pas comme si les hôpitaux publiaient un bulletin de décès... D'ailleurs, les lois sur la vie privée nous défendent de révéler le moindre détail sur nos patients.

Et Caleb Donaghy n'avait aucun proche. Moi qui sais quel genre d'homme c'était, je n'en suis pas surprise : il n'aurait pas pu infliger ces horribles sévices à Melanie, et sans doute à nombre d'autres petites filles, pendant que sa femme et ses enfants regardaient la télé dans l'autre pièce...

Ou alors, peut-être que si – qui sait, de nos jours ? Mais ce qui est certain, c'est que personne n'a appelé l'hôpital à son sujet. J'ai vérifié avant de partir aujourd'hui. Aux dernières nouvelles, son corps est toujours à la morgue.

Alors pourquoi cette avocate est-elle au courant ? Pourquoi me poursuit-elle ainsi ?

En repensant au venin qu'elle m'a craché au visage, je frémis de colère. Moi, arrogante ! Je ne l'ai jamais été. J'ai travaillé dur toute ma vie pour mériter ma position. Oui, j'ai eu le privilège d'avoir de bons parents, et j'en serai toujours reconnaissante. Après Melanie, je ne sais que trop que tous n'ont pas cette chance ; pas besoin des rappels de cette femme.

Quand me suis-je estimée supérieure aux autres ? J'ai beau fouiller ma mémoire, pas un seul cas de figure ne me vient à l'esprit. Peut-être que je me trompe. Le fait est que je n'arrive pas à retrouver ma sérénité après de telles accusations. Oui, j'ai marché dans les traces de mon père, mais pas comme l'entendait cette avocate.

J'ai pris d'innombrables internes sous mon aile, j'ai fait du bénévolat chaque semaine au dispensaire. Je ne me précipitais jamais chez moi après le travail pour partir en soirée ou aller chez le coiffeur. Et jamais, au grand jamais, je n'ai été favorisée par ma hiérarchie ! Bon sang, je commençais mes études quand mon père est mort. Il n'était plus là pour appeler ses contacts du milieu à longueur de journée afin d'avancer ma carrière !

Le problème, c'est que d'autres croiront à ce que raconte Paula Fuselier. Même moi, je l'ai crue : j'en suis encore à me disputer mentalement avec elle. Sa haine m'a mise sur la défensive, ce qui est impardonnable. Comment puis-je douter ainsi de moi-même dès l'instant où l'on questionne mon intégrité ? Quelle idiote je fais.

Peut-être que c'est là toute sa stratégie : semer le doute en moi pour que je commette une erreur stupide qui confirmerait ses soupçons, qui scellerait mon destin. Mais pourquoi voudrait-elle…

— Un peu de vin ?

La voix de Derreck me ramène brusquement sur terre. La bouteille est suspendue au-dessus de mon verre. Je hoche la tête avec un faible sourire.

Ma mère nous sert une lasagne recouverte d'une couche épaisse de fromage fondu. Sans doute un millier de calories par bouchée, mais j'en ai l'eau à la bouche.

— C'est une lasagne végétarienne ! clarifie-t-elle en hâte. En gros, c'est de la pasta primavera, je n'ai fait qu'ajouter du fromage et la mettre au four.

Elle sourit aux assiettes, heureuse du résultat. Cela fait une semaine qu'elle ne nous sert plus de viande, depuis que j'ai refusé de manger du poulet après la mort de Caleb Donaghy. Je prends une petite bouchée de lasagne : c'est délicieux.

— Merci beaucoup, maman. Mais tu n'es pas obligée de cuisiner végétarien, tu sais...

— Je sais, ma chérie, rit-elle. Ton père était pareil. La viande le dégoûtait parfois après une longue journée au bloc.

Après une gorgée de vin, elle se tamponne les lèvres avec sa serviette et reprend :

— Et tu sais quoi d'autre ? Il a refait la salle de bains avec des carreaux bleu foncé parce qu'il ne supportait plus le carrelage blanc. Il le voyait taché de rouge ! À son époque, les salles d'opération étaient carrelées en blanc et les compresses gorgées de sang glissaient toujours de la table...

Je fronce les sourcils, mais Derreck s'esclaffe.

— Je n'arrive pas à croire que je me suis habitué à ce genre de conversations au repas ! N'importe quel autre avocat de ma connaissance renoncerait à son dîner et le remplacerait par un whisky bien tassé.

Je tends la main pour lui serrer l'avant-bras. C'est bon de l'entendre rire, après le silence qui a pesé sur notre maison cette semaine. En regardant son beau visage, je n'arrive pas à croire à ma chance. Ma vie, ma famille, ma carrière...

Je pourrais tout perdre en un clin d'œil.

Cette pensée m'assombrit comme un nuage d'orage. Si quelqu'un découvrait l'identité de Caleb Donaghy et comprenait ce que j'ai fait… La revue de cas n'a pas encore eu lieu. Ce ne sera que la semaine prochaine. Les choses pourraient déraper, surtout si le Dr Bolger témoigne, et je suis certaine qu'il en a bien l'intention. Et si je ne rentrais jamais chez moi après cette réunion ?

Comment sait-on que l'on vit nos dernières fois ? La dernière fois que l'on fait l'amour, la dernière fois que l'on quitte la maison, la dernière fois que l'on entend la voix d'un être aimé au téléphone ?

— Quelque chose ne va pas, ma chérie ? demande ma mère en me prenant la main.

C'est en secouant la tête que je me rends compte que des larmes coulent sur mon visage.

— Non, ce n'est rien… Longue journée, c'est tout…

En reniflant, je sèche mes larmes du bout de ma serviette. Tous deux me fixent avec inquiétude, en attendant que je développe.

— Quelqu'un a ouvert une enquête sur la mort de mon patient de la semaine dernière.

Ma mère pousse un cri et se couvre la bouche d'une main qui tremble légèrement. Je m'en veux atrocement de la rendre si inquiète.

— Si tôt ? Je ne pensais pas…, murmure-t-elle.

— Quelle enquête ? demande Derreck d'un ton professionnel. De quoi parles-tu exactement ? La famille a engagé des poursuites ?

— Non, il n'a pas de famille. Personne ne m'attaque en justice. Mais une avocate s'intéresse à l'affaire... Elle travaille au bureau du procureur d'État.

Jamais je n'avais vu Derreck si furieux : ses pupilles se dilatent, son front se plisse, sa mâchoire se crispe. Lorsqu'il reprend la parole, sa voix est aussi calme que l'œil d'un ouragan.

— Quelle avocate ?

— Paula Fuselier. Tu la connais ?

Je le vois déglutir, je l'entends grincer des dents, je sens son bras se tendre encore davantage sous ma main.

— J'ai entendu parler d'elle, oui. Tous les politiciens se connaissent, à Chicago. Ce doit être lié à ma campagne. On essaie de me mettre des bâtons dans les roues.

Je n'y avais même pas pensé. Pourtant, c'est logique : cela expliquerait pourquoi on me prend pour cible.

— Tu crois vraiment que Boyd Lambert pourrait s'abaisser à ce genre de choses ? dis-je, les sourcils levés.

Franchement, je n'y crois pas. Le maire sortant de Chicago qui manigance pour détruire ma réputation dans le seul but que Derreck abandonne la course...

— Je ne sais pas, marmonne Derreck qui fait furieusement tourner son verre de vin. Peut-être bien. Nous nous opposons si souvent.

— Mon Dieu, c'est terrible, gémit ma mère en repoussant son assiette.

— Mais vous savez qui je connais d'autre ? demande Derreck avec un étrange éclat dans le regard. Mitchell Hobbs, le procureur d'État. Le patron de cette femme – non, le patron de son patron. Laissez-moi lui passer un coup de fil.

— Non ! m'écrié-je en lui attrapant la main. Ça ne fera qu'empirer les choses ! L'hôpital est déjà prévenu, le conseiller juridique aussi. Tout est déjà si confus… Si tu interviens par-dessus le marché…

— À peine croyable, siffle-t-il en se passant une main dans les cheveux, au désespoir. Bordel de merde !

— N'appelle pas Hobbs ! Je t'en prie, promets-le-moi.

Je le dévisage avec insistance, jusqu'à ce qu'il baisse les yeux.

— D'accord, Anne, c'est promis. Pour le moment.

Il vide son verre en deux gorgées, puis se ressert largement.

— Mais surveille tes arrières. Ne dis rien à personne. N'hésite pas à exiger ton propre avocat.

Je hoche la tête à chaque conseil, sans pouvoir m'empêcher d'ajouter :

— Mais tu sais bien que ce patient était…

— Un patient comme les autres, Anne, dit-il en posant un doigt sur mes lèvres. Quelqu'un qui avait besoin d'une opération à cœur ouvert et qui n'y a pas survécu. C'est malheureux, mais c'est comme ça. D'accord ?

Il attend mon acquiescement, puis relâche sa respiration dans un douloureux soupir.

— Très bien.

— La directrice de l'hôpital a avancé la date de ma revue de cas – tu sais, l'examen de toutes les procédures ayant précédé la mort d'un patient. Histoire que le dossier soit prêt si le bureau du procureur vient à le réclamer. Ça pourrait très mal finir. Et si…

Derreck porte ma main à ses lèvres.

— Je suis désolé qu'on te prenne pour cible, Anne. C'est parfaitement injuste. Mais la politique est un sale métier, tu n'imagines pas à quel point. Il faut l'endurer, voilà tout.

Il hésite, regarde ma mère.

— Sauf si vous exigez toutes les deux que je me retire de la course.

Une autre larme m'échappe. Je ne peux pas lui demander une chose pareille. Il n'a jamais eu d'autre ambition. S'il faut que j'affronte ce genre d'attaques jusqu'en novembre, je le ferai. Cela ne change rien à ce que j'ai fait durant l'opération, mais cela change ma réaction.

— Non, mon amour, certainement pas.

— Hors de question ! s'indigne ma mère au même moment. Derreck, tu es comme un fils pour moi, et je suis on ne peut plus fière ! Dois-je te rappeler que les Wiley n'élèvent que des femmes fortes ? Des femmes fortes et déterminées sur qui tu pourras toujours compter !

Elle lâche un petit rire et détourne les yeux.

— Ne laisse pas ces salopards t'intimider, dis-je en songeant à Paula Fuselier assise à mon bureau. Bats-toi. Tu seras maire en novembre.

Il lève son verre et me sourit, sa colère presque entièrement dissipée. Voilà l'homme charismatique et positif dont je suis tombée amoureuse.

— Alors, un toast à l'avenir, mesdames.

Nous l'imitons. S'ensuit un moment de silence, chacun plongé dans ses pensées. Ma mère s'agite sur sa chaise, puis jette sa serviette sur la table et se lève.

— J'imagine que je ferais mieux de vous parler de ce que j'ai lu ce matin dans le journal.

En entendant sa voix trembler, l'angoisse revient. J'ai beau savoir que ce ne sont que des hormones de stress relâchées dans mon flux sanguin, cela ne change rien à la sensation physique qui me serre l'estomac. Ma mère s'en va avec raideur chercher son sac et nous rapporte un journal qu'elle pose sur la table.

— Regardez, dit-elle en tapotant un article. Le moins qu'on puisse dire, c'est qu'ils ne perdent pas de temps.

Derreck s'empare du journal avant moi.

— Mais qu'est-ce que c'est que ça ? « Une enquête ouverte sur la mort suspecte d'un patient opéré du cœur »...

Sa voix baisse à chaque mot du titre, jusqu'à s'étioler entièrement. Il parcourt le reste de l'article en marmonnant dans sa barbe. Puis il lâche le journal lorsque je tente de m'en emparer.

— C'est complètement fou.

Je dévore l'article sans respirer, paralysée dès le premier des mots qui dansent devant mes yeux. Le propos est impitoyable. La « chirurgienne miracle » du département cardio-thoracique de l'hôpital Joseph Lister perdant son premier patient dans des circonstances apparemment suspectes. L'enquête qui va suivre. Aucune référence à la campagne municipale de Derreck, ce qui semble curieux si c'est bien lui qu'on prend pour cible. La fin de l'entrefilet fait référence à des sources proches du bureau du procureur d'État.

Paula Fuselier.

Jeu, set et match. Elle m'a anéantie.

17
Un coup de fouet

Cela ne ressemblait pas à Derreck, de lui donner un rendez-vous si tôt le matin, et de surcroît dans un lieu public. Ses messages étaient aussi autoritaires qu'expéditifs, sans aucune explication quant à l'urgence de sa requête, mais Paula n'en avait pas besoin. Elle s'attendait bien à ce que la pauvre Anne Wiley aille pleurer à chaudes larmes sur l'épaule de son mari en apprenant que le bureau du procureur d'État enquêtait sur son patient. Toute l'affaire n'était qu'une bombe à retardement, et l'explosion venait de se produire. Il ne restait plus qu'à prier pour qu'elle fasse un maximum de dégâts.

À 7 heures du matin, le parking du Starbucks était quasiment vide, alors que la queue du drive s'enroulait jusqu'à l'angle de la rue. Cela arrangeait bien Paula : la conversation à venir risquait d'être tendue, et elle préférait limiter le nombre de témoins. Tout finirait par éclater au grand jour, mais ce n'était pas encore le moment.

Derreck était garé pile devant la porte. Elle se rangea à deux places de là puis entra d'un pas vif. L'endroit sentait le café fraîchement moulu, le caramel, les rouleaux à la cannelle.

Paula repéra Derreck attablé au fond devant un grand café à emporter. Souriante, comme si de rien n'était, elle s'avança vers lui dans un claquement de talons hauts, en accentuant légèrement le roulement de ses hanches. Arrivée à sa hauteur, elle posa sa mallette sur l'une des chaises vides.

— Bonjour ! lança-t-elle en défaisant son foulard de soie blanche. Je reviens, je vais prendre un...

Derreck lui attrapa le poignet et la tira si fort qu'elle s'effondra à moitié sur sa chaise.

— Reste assise et ferme-la, cracha-t-il. Bordel de merde, à quoi tu joues, Paula ?

Aussi furieux que prévu. Toujours souriante, Paula battit des cils face à son regard noir.

— Mais voyons, Monsieur le Maire, qu'est-ce que c'est que ces manières ? Lâchez-moi et patientez jusqu'à ce que j'aille me chercher un café.

Il la relâcha et abattit son propre gobelet devant elle, si fort que quelques gouttes de café jaillirent par l'opercule en plastique, en mouchetant sa veste bleue.

— Regarde-moi ce travail, dit-elle, d'un ton réprobateur. Je dirai au teinturier de t'envoyer la facture.

Elle huma le café et en prit une gorgée. Brûlant, noir, tout simple, pas même noisette. Elle allait se relever lorsqu'il la reprit par le bras pour la retenir de force sur sa chaise.

— J'ai dit reste assise, merde. Tu n'iras nulle part tant que tu ne m'auras pas expliqué ce que tu fabriques !

Paula n'aimait pas du tout l'éclat dans son regard. Peut-être était-elle allée trop loin. Son sourire s'effaça, mais elle garda son calme et repoussa le café vers lui.

— Je n'aime pas ce truc. Je veux un macchiato.

— Eh bien, tant pis pour toi ! gronda-t-il. Harceler Anne après la mort de son patient ? Mais qu'est-ce qui te prend ?

Comme il était direct, Monsieur le Maire... Si cet aspect de sa personnalité était plaisant au lit, il l'était beaucoup moins à 7 heures du matin, dans un Starbucks sur le point de se remplir.

— Tu as raison, dit Paula. Je ferais mieux de lui parler de toi et moi. Interrompre l'enquête pour raisons personnelles. Avouer que nous nous voyons depuis plusieurs mois...

— Mais tu plaisantes ? s'écria-t-il, les deux mains prises dans ses cheveux. Et nos projets ? Pourquoi tu saccages tout comme ça ?

Paula retrouva son sourire. Ce qu'elle lui avait fait miroiter gardait donc tout son attrait. Finalement, peut-être finirait-il par lâcher sa petite femme.

— Je n'y suis pour rien, dit-elle. C'est toi qui t'interposes. J'ai promis de soutenir ton ascension politique, pas de négliger mon propre devoir. Mon bureau enquête sur Anne Wiley, et je me suis dit que vu notre accord, mieux valait que je m'en charge pour contrôler les retombées.

Il la fixa, bouche bée, pas encore convaincu.

— Les contrôler comment ? À coups d'articles de journaux ? Comment veux-tu que ça contribue à ma campagne ?

Elle pencha la tête sur le côté, le sourire en coin, comme pour lui intimer de réfléchir un peu. Il crispa la mâchoire.

— Il faut bien que je fasse mon travail, Derreck. Ce n'était qu'un vulgaire entrefilet dans un journal parmi d'autres, suffisamment discret pour n'avoir aucun impact sur ta carrière. Tu n'étais pas nommé, n'est-ce pas ?

— Non, admit-il à contrecœur.

— Et par chance, ta femme n'a pas pris ton nom malgré votre mariage. Le public ne fera pas le rapprochement… pour cette fois.

Paula considéra un instant son amant. Avait-elle fait claquer son fouet assez fort ? Était-il revenu à la raison ? Non, il en était encore loin. Il se tordait les mains, la tête baissée, les lèvres pincées. Un lourd silence s'attarda quelques instants entre eux.

— Comment as-tu entendu parler de ce patient ? C'est moi qui te l'ai appris ? demanda-t-il.

Elle ne répondit pas tout de suite, occupée à envisager ses options.

— Tu vas me répondre, oui ? hurla-t-il si fort que deux employés tournèrent la tête vers lui. Sois honnête, pour changer ! Quelle que soit la réponse, je peux l'entendre !

Paula tortilla une mèche de cheveux avec un petit rire.

— Quel narcissique… Comme si tout tournait toujours autour de toi…

Elle fit durer le plaisir encore quelques secondes, tandis qu'il retenait clairement sa respiration.

— Non, Derreck, ce n'était pas toi. Un employé de l'hôpital a contacté mon bureau pour déposer une plainte. C'est à la suite de cet appel qu'une enquête a été ouverte, et j'ai demandé qu'on me la confie.

La colère de son amant se changea en une stupéfaction qu'il peinait à masquer.

— Quelqu'un de l'hôpital ? Mais qui ?

— Tu sais bien que je ne peux pas te le dire.

— Bon sang, Paula, ça fait longtemps que toi et moi avons dépassé ce genre de limites ! Oublie un peu les règles et donne-moi un indice !

Nous y revoilà, songea-t-elle. *Il fait passer sa femme avant tout le reste*.

— Inutile de vous en préoccuper, cher Monsieur le Maire. Concentre-toi plutôt sur notre marché. Lorsque le moment viendra où je me présenterai comme procureur d'État, je sais que je pourrai compter sur ton soutien… Et en attendant, je ferai en sorte que tu sois présent devant les caméras pour chaque arrestation d'envergure. Tu rayonneras, Derreck. D'ailleurs, tu as préparé un discours ?

Il la fixa comme s'il ne l'avait encore jamais vue, avec une pointe de mépris qui lui déplut profondément.

— Si je ne peux pas te faire confiance, Paula, notre accord n'existe plus.

— Tu ne peux pas me faire confiance ? répéta-t-elle d'une voix chargée de menace.

— Bien sûr que non !

Il prit une grande gorgée du café qu'elle avait refusé, puis posa sur elle un regard sévère.

— Si tu m'avais parlé de l'enquête avant qu'Anne ne le fasse, avant que le journal ne me l'apprenne, alors oui, peut-être. Mais maintenant, je ne sais plus à quoi tu joues, et franchement, je ne veux plus y être mêlé.

Il se leva en boutonnant sa veste.

— Adieu, Paula.

Elle attendit qu'il s'éloigne de quelques pas avant de lancer :

— Je peux encore torpiller ta carrière aussi facilement que je comptais l'avantager. À ta place, je reviendrais m'asseoir.

Il se figea un instant. Puis il reprit sa place, les lèvres tordues par un sourire incrédule.

— Me torpiller, Paula ? Tu veux jouer le rôle de la maîtresse aux illusions perdues ? Tout révéler à ma femme ? Je ne te croyais pas si banale.

Il se pencha vers elle, les mains posées sur les genoux.

— Moi, je te vois plutôt en mauvaise avocate qui ruine son propre avancement en harcelant l'épouse de son amant. Qu'est-ce que tu en penses ?

Paula, stupéfaite, sentit son sang bouillir. Jamais elle ne l'aurait imaginé capable de la défier ainsi, en la poussant presque à perdre son calme. Tout son plan minutieux se désintégrait à vue d'œil...

Elle ne pouvait pas le laisser partir. Sa première pensée fut pour l'arme qu'elle gardait dans sa mallette, un petit Glock toujours chargé. Puis elle se maîtrisa. À quoi bon le tuer ? Cela ne servirait à personne. À rien.

Elle prit une profonde inspiration qu'elle relâcha lentement pour calmer ses nerfs. Laisser libre cours à sa rage ne ferait que l'éloigner de ses objectifs. Elle reprit la parole d'une voix glacée.

— Je préfère l'alternative. « Mise en examen d'un candidat aux élections municipales trouvé avec vingt grammes de cocaïne. » Que diriez-vous de cet article-là, Monsieur le Maire ?

Derreck s'en décrocha la mâchoire.

— Tu n'oserais pas… Paula, tu n'es pas sérieuse.

Elle se leva, rassembla ses affaires, noua son foulard avec un soin élaboré.

— On m'attend au tribunal, Derreck. Oh, rien de bien important… Possession de drogue. Tu savais qu'au-delà de quinze grammes, ça compte automatiquement comme du trafic ? J'espère obtenir la peine maximale, mais comme l'accusé n'a pas de casier… Enfin, il en prendra au moins pour cinq ans, facile.

Elle lui fit un clin d'œil et partit lentement vers la sortie, en guettant son reflet qui s'effaçait dans la vitre : il était toujours assis, les yeux fixés sur elle, une main sur la bouche.

Cette fois, le coup de fouet avait été suffisant pour le rappeler à l'ordre. Il ferait tout ce qu'elle voudrait.

18
Un lundi

Nous avons passé le reste de la semaine dans un silence de mort. La tension dans la maison est devenue insoutenable. Nous avions tous des angoisses, des questionnements, mais personne n'osait en parler. Nous faisions semblant d'aller bien. Ce n'était certainement pas le cas pour Derreck, qui s'est entièrement absorbé dans son travail, ni pour ma mère, qui a passé tout son dimanche à regarder par la fenêtre, le journal et un stylo à la main, sans jamais finir ses mots croisés. Moi-même, j'étais rongée par l'angoisse à l'idée de ce qui m'attend aujourd'hui.

Sur les coups de 14 heures commencera la revue de cas de Caleb Donaghy. Les membres du comité auront déjà regardé l'enregistrement de l'opération et consulté son dossier médical. Ils seront prêts à entendre des témoignages et poser des questions. Dans la balance : mon existence, mon droit d'exercer, ma liberté.

Heureusement, j'ai eu le week-end pour réfléchir, loin de l'hôpital. Je suis restée chez moi en faisant mine de m'occuper, alors que je préparais mon témoignage. Ce que je comptais dire, ce que je comptais omettre. Ce que je citerais comme raisons médicales pour avoir si vite arrêté la réanimation – des mensonges, naturellement. Et plusieurs points sur lesquels il me faudrait consulter Derreck.

Le dimanche soir, avant le dîner que j'étais de toute façon incapable d'avaler, il m'a aidée à me préparer en me rappelant de ne pas m'étendre dans mes déclarations, de rester claire et simple, même devant un jury composé d'autres médecins. Il m'a aussi rappelé que mon témoignage pourrait être retenu contre moi au tribunal, comme après une arrestation.

Ce dernier conseil m'a tenue éveillée toute la nuit.

Mais aujourd'hui, je me sens prête à tout. Très chic dans mon tailleur-pantalon bleu nuit, avec talons assortis et chemisier en soie d'un bleu plus profond encore, j'ai même pris le temps de me maquiller. Une idée de Derreck, là encore : si quelque chose me perturbe, si je me décompose, mon fond de teint masquera un peu ma réaction. J'ai pris un bêtabloquant hier soir, un autre ce matin. J'en prendrai un troisième au déjeuner. Cela m'évitera de trahir trop facilement mon stress. Je ne m'étranglerai pas, je ne laisserai pas mes mains trembler. Au lieu de me fermer ou d'être sur la défensive, je serai calme, campée sur mes positions, capable de répondre à tout, comme une professionnelle qui n'a rien fait de mal.

Mais d'abord, j'ai des patients à voir.

Madison m'a présenté le planning du jour et les perspectives de la semaine, sans trop insister sur les consultations à venir – je ne l'aurais pas laissée faire. Je veux en finir avec cette journée pour savoir ce qu'il adviendra de moi avant de planifier la suite.

Je n'ai que quelques visites à faire. Mme Orlowski est arrivée ce matin : une femme de soixante-trois ans qui doit subir un pontage demain à la première heure. Elle passe une journée à l'hôpital pour de nouveaux tests sanguins et quelques radios préalables. Mon second patient est arrivé aux urgences la nuit dernière, un routier de quarante-trois ans qui se plaint de douleurs à la poitrine. Ses radios révèlent une végétation de la valve mitrale, très peu avancée, mais tout de même suffisante pour que j'y jette un œil.

Leurs dossiers sont sur mon bureau, posés sur la chemise rouge qui n'a pas bougé depuis jeudi dernier. Je m'en empare, prête à sortir, et je prends une dernière gorgée de camomille. Pas de caféine pour moi aujourd'hui, alors que j'en aurais tellement besoin.

— Vous avez parlé à cette femme sans la présence de votre avocat ?

La voix de M me fait sursauter. Je me retourne d'un coup : la porte vitrée se referme avec lenteur après son entrée fracassante. Elle a les mains sur les hanches et fronce si fort les sourcils qu'ils se rejoignent presque au-dessus de son nez.

— Mais vous êtes tombée sur la tête ? Ou alors, vous êtes tout simplement idiote !

Elle tape du pied, puis se masse furieusement la nuque.

— Si vous mettez encore une fois la réputation de cet hôpital en danger, je vous expulse en moins de temps qu'il n'en faut pour dire « virée ».

J'avais beau m'être préparée à cet éclat, j'ai la gorge sèche.

— Tout ce que je lui ai dit, c'est de contacter le département juridique pour obtenir une copie de la revue de cas, c'est tout. Je n'ai fait que suivre vos instructions.

— Ce n'est pas ce que je vous avais dit de faire !

Elle regarde autour d'elle, comme à la recherche de quelque chose qu'elle n'arrive pas à trouver.

— Quand vous m'avez appelée la semaine dernière pour me signaler sa présence, vous n'avez pas estimé nécessaire de me dire que vous lui aviez déjà parlé ? Deux fois ? Et pourquoi la mettre au courant de la revue de cas, hein ?

Elle attrape la poignée mais reste sur place, sans achever son mouvement, vibrante de pression comme une locomotive en surchauffe.

— Je vous avais expressément ordonné de garder le silence ! s'écrie-t-elle en me pointant du doigt. Pas un mot ! C'était si compliqué à comprendre ?

Quelqu'un l'a mise au courant. Impossible de garder un secret dans cet endroit, j'aurais dû m'en souvenir. Surtout dans ce bureau tout en verre.

— Je vous assure que je n'ai rien dit. Il n'y avait rien à dire. Et je n'ai pas...

— Gardez vos efforts pour le comité, docteur Wiley !

Elle ressort sans un regard de plus. Je n'ai jamais ressenti une telle honte, une telle frayeur.

Moi qui comptais aller voir M avant la réunion pour consulter le rapport d'autopsie, afin de me préparer... C'est désormais hors de question. Elle me mettrait à la porte avant que je puisse ouvrir la bouche.

Lorsque je me sens au bord de l'effondrement, songer à Melanie me fait du bien. Ce que j'ai fait, c'était pour elle, rien que pour elle. Je ne songeais à rien d'autre qu'à sa terreur ce jour-là dans le parc, lorsqu'elle a repéré Donaghy assis sur un banc. Les bleus sur ses jambes, les années d'abus révélées par son autopsie...

Oui, c'est pour cela que j'ai envoyé mon patient à la morgue. Je dois le garder à l'esprit. Si rendre justice ainsi doit signer la fin de ma carrière, je pourrai au moins me dire que j'ai vengé les souffrances et la mort de ma sœur.

Et pourtant, voilà que revient encore cette agaçante question, comme un moustique qui me tourne autour. Pourquoi son cœur n'a-t-il pas voulu repartir ?

Madison me rappelle qu'il est temps d'y aller : je suis déjà en retard pour ma journée.

Le temps que j'entame mes visites, le routier a finalement été confié au Dr Fitzpatrick sur une requête de M. *Voilà qu'elle m'enlève des patients*... J'ai les larmes aux yeux en quittant sa chambre pour aller voir Mme Orlowski afin de la préparer à son pontage. Je suis presque sûre qu'on me l'a retirée, elle aussi.

Mais non. Elle m'attend, pâle et muette. Virginia est occupée à prendre sa tension. Certains gardent le silence lorsqu'ils ont peur, comme si parler de leurs angoisses risquait de les déshonorer. Malheureusement, intérioriser ainsi son stress réduit les chances de succès de l'opération. Je note de revenir la voir après la revue de cas dans l'espoir de l'égayer un peu. Mais pour le moment, je n'ai pas le temps, et surtout, je ne peux me concentrer que sur une chose.

— 145/97, docteur, annonce Virginia.

J'ouvre le dossier de la patiente pour consulter ses médicaments. Elle suit déjà deux traitements contre l'hypertension.

— Eh bien, c'est un peu haut pour quelqu'un au repos. Mais nous allons arranger ça, dis-je avec un sourire encourageant.

Je griffonne quelque chose dans le dossier que je tends à Virginia. Celle-ci doit avoir remarqué que je n'ai pas consulté les résultats d'analyse, car elle me le rappelle en me le rendant aussitôt. Je le feuillette jusqu'à tomber sur les papiers soigneusement organisés. Les résultats anormaux sont cités en premier et en gras afin d'être clairement visibles. Taux de cholestérol : un peu haut, mais rien d'alarmant. Idem pour les triglycérides, évidemment. Tout le reste semble normal, surtout ce que je vérifie tout particulièrement avant une opération – les facteurs de coagulation, la glycémie, le taux d'hémoglobine. Ce ne sont pas ses premiers résultats et ils coïncident avec les précédents.

J'aime bien les patients sans surprise.

— Je reviendrai dans quelques heures pour discuter un peu plus avec vous, dis-je en refermant le dossier avec un sourire. Je crois bien que cette tension artérielle obstinée pourrait être en rapport avec votre stress...

Elle me fixe sans dire un mot.

— Peut-être que si nous bavardons un peu, elle finira par baisser.

J'attends un peu. Toujours rien. Un coup d'œil à ma montre me confirme que je ne peux plus m'attarder. Après un signe de tête, je quitte la chambre en refermant la porte avec douceur, et je reprends le chemin de mon bureau.

Je sursaute lorsque mon téléphone se met à sonner. Merde, je suis si tendue que je ne sais pas comment je vais survivre à cette revue de cas. Mais c'est Derreck qui m'appelle, et j'ai besoin de sa voix, de son soutien. Je vais à la fenêtre de mon bureau pour un peu d'intimité.

— Salut, dit-il d'un ton trop dégagé pour être honnête. Tu as mangé ?

Je lâche un rire, tout en me rappelant que je n'ai pas pris mon troisième bêtabloquant.

— D'habitude, on ordonne aux patients de ne rien manger avant l'opération...

Ma plaisanterie est aussi forcée que médiocre. Après un moment de silence, il me demande :

— Cette avocate, là, elle n'est pas revenue te voir ?

Songer à Paula Fuselier me fait l'effet d'un coup de couteau.

— Heureusement, non. C'est bien la dernière chose dont j'aurais besoin aujourd'hui. Pourquoi ? Tu as découvert quelque chose ?

— Pas du tout, répond-il un peu trop vite.

Bon sang, il doit avoir tout de même appelé le bureau du procureur d'État. Ces hommes qui ne peuvent pas s'empêcher de jouer les chevaliers blancs… Si M l'apprend, je suis cuite.

— Je voulais juste voir comment tu vas. Je sais que tu traverses des moments difficiles…

Aussitôt, je m'en veux pour mon amertume, et je pousse un profond soupir.

— Merci. C'est le moment de croiser les doigts, la revue de cas commence dans dix minutes.

— Les doigts et les orteils, promet-il. Appelle-moi dès que tu sauras quelque chose, d'accord ? J'ai libéré mon après-midi.

Il raccroche et un terrible silence emplit le bureau. Je me souviens de prendre le bêtabloquant, puis je sors avec mes papiers, y compris le dossier rouge.

Quelques minutes plus tard, j'entre dans la salle de réunion et j'y cherche des visages connus. Les membres du comité sont tous des chirurgiens d'expérience, des chefs de service, des gens dont l'opinion professionnelle pèsera beaucoup dans la balance. Certains seront mes alliés, comme le Dr Seldon, d'autres mes ennemis : en me voyant, le Dr Bolger affiche un sourire féroce. Il sera sans doute le premier à témoigner.

Mais c'est surtout un autre homme dont la présence me glace. Assis près de M, le corps épais dans son costume anthracite, il porte une cravate rouge sang qui se détache nettement sur la blancheur de sa chemise. Son visage semble chiffonné par la préoccupation. Il me dévisage avec curiosité, puis m'adresse un signe de tête avant de détourner les yeux.

Je ne l'avais jusqu'ici rencontré qu'une poignée de fois. Aaron Timmer, le conseiller juridique de l'hôpital.

Il ne s'agit donc pas d'une revue de cas ordinaire. La situation est bien pire que ce que j'imaginais.

19
Une preuve

Durant les derniers mois, sans s'en apercevoir, Paula s'était liée trop étroitement à Derreck.

Elle avait d'abord cru pouvoir se servir de son corps comme d'une arme, surtout après avoir rencontré Derreck – il n'était pas désagréable à regarder, loin de là. Quelque chose chez lui l'avait convaincue qu'il pourrait bel et bien devenir maire de Chicago, pourvu que les circonstances s'y prêtent. Était-ce sa force tranquille, ses larges épaules, l'intelligence de son front ? Ou peut-être ses yeux d'un bleu profond qui semblaient toujours fouiller l'horizon comme pour y déceler le futur. Futé, éloquent, capable de débattre sans agressivité, même face à des gens qui ne lui rendaient pas cette politesse. Il l'ignorait peut-être, mais un potentiel pareil pourrait bien l'emmener jusqu'à la Maison Blanche.

Se déconnecter émotionnellement, garder la tête froide, se comporter en professionnelle en quête de résultats : cela faisait des mois que Paula s'en pensait capable. Prendre un amant pour arriver à ses fins ne lui posait aucun problème de conscience. Ce n'était que trop répandu, et les gens s'en moquaient, tant que les médias ne leur mettaient pas l'histoire sous le nez. Même la plus extrême des carriéristes serait toujours soupçonnée d'avoir couché pour réussir. Tel était le sort des femmes, un préjugé qui resterait sans doute encore inchangé pendant des générations.

Mais des années de solitude avaient nourri en Paula une vulnérabilité qui lui avait valu de s'attacher à Derreck. Il n'était plus seulement un énième nom sur son agenda : elle attendait avec impatience chacun de ses messages. C'était pour lui qu'elle fréquentait plus souvent les magasins de lingerie de luxe.

Était-elle en train de tomber amoureuse de Derreck ? L'était-elle déjà ?

Elle aurait pu se mettre des gifles. Un plan parfait exigeait d'être parfaitement réalisé. Où était donc passée sa force de caractère ? Si elle ne pouvait pas se faire confiance, comment s'attendre à ce que d'autres se reposent sur elle ? La faible femme qui s'éprend d'un homme inaccessible... Quel cliché décevant.

Paula avait guetté tout le week-end un signe de Derreck, agitée, incapable de se concentrer. Après l'épisode du Starbucks le vendredi matin, pas besoin d'être une lumière pour comprendre qu'il ne voulait plus rien avoir à faire avec elle. Leur tendre après-midi au LondonHouse resterait le dernier.

À l'idée d'avoir perdu son amour, Paula fut envahie d'une douleur à couper le souffle. Depuis quand y attachait-elle pareille importance ? Probablement depuis le jour où elle s'était mise à grincer des dents en l'entendant prononcer le nom d'Anne Wiley.

Elle se faisait des illusions si elle s'imaginait que Derreck l'avait jamais aimée. Il avait été très clair au Starbucks : son épouse était sa priorité absolue. Paula n'avait été qu'une passade. Quelques soirées furtives dans des chambres de luxe, du champagne, des canapés, du sexe passionné.

Son plan s'effondrait. Elle lui avait elle-même porté le coup fatal ce fameux vendredi matin, toute à son fantasme de fouet imaginaire qu'il suffisait de claquer pour qu'on lui obéisse. Sur le moment, elle pensait avoir remporté la victoire. Alors pourquoi cette souffrance ?

Au moins, elle savait toujours comment le manipuler. Contrairement à elle, Derreck n'avait jamais perdu l'objectif de vue. Se présenter aux municipales en novembre, remporter les élections. Paula pouvait encore lui être utile et peut-être, ainsi, le retrouver…

Mais à quoi bon ? Il ne se détacherait jamais de son épouse.

Un sourire froid passa enfin sur les lèvres de Paula. Il existait plus d'une façon de se débarrasser de quelqu'un. Et pour une femme intelligente et motivée, il n'était pas impossible de faire changer un homme d'avis.

Cette conclusion la fit sourire de plus belle. La semaine serait excellente. On l'attendait au tribunal d'ici quelques heures, mais elle était prête et n'anticipait aucun obstacle à une autre victoire.

Un coup bref au battant fut son seul avertissement avant l'entrée en trombe d'Adam Costilla, son enquêteur. Il débarquait toujours comme une équipe du GIGN enfonçant la porte d'un suspect, et Paula frôlait chaque fois la crise cardiaque. Il était à bout de souffle et la sueur perlait à son front : il devait avoir pris les escaliers.

— Salut, boss, lança-t-il en restant accroché au battant comme s'il avait décidé de rester dans le couloir. Qu'est-ce qu'on fait, du coup, pour le témoignage du fils de Degnan ?

— Bonjour, Adam, répondit Paula en feuilletant un dossier. Nous avons obtenu une assignation à comparaître.

Elle lui tendit le papier. Il entra lourdement dans le bureau, en faisant grincer le sol, et ferma derrière lui.

— Vous savez, je vous comprends pas, fit-il, toujours hors d'haleine. Je vous reconnais plus. Il fut un temps où ces gamins comptaient pour vous.

— Hobbs a été très clair. Il ne tolérera pas l'échec, donc pas question d'y aller sans preuves. Tout ce que nous avons construit…

Il lâcha un soupir amer, les poings sur les hanches.

— Si cet enfoiré s'en tire après avoir tué sa femme, malgré la solidité de notre dossier, on se jettera sur lui comme la misère sur le pauvre monde dès qu'il traversera hors des clous, voilà tout ! Pas la peine de mettre la vie de ce gosse en danger, Paula.

Il avait raison, même si elle refusait de l'admettre. Le système ne justifiait pas qu'on impose à des enfants de onze ans d'identifier des tueurs au poste, ou de comparaître au tribunal.

— Nous n'avons pas le choix, s'entêta-t-elle. Hobbs a tranché. Si je refuse, il me retirera l'affaire et la confiera à quelqu'un capable d'obéir. Je ne peux pas courir ce risque. Ce serait ruiner ma carrière pour rien ! Le fils de Degnan témoignerait quand même !

Adam grimaça comme devant une saleté retrouvée collée sous sa chaussure. Il avait quelque chose d'incroyablement direct, d'intransigeant. Ses principes brûlaient avec tant d'intensité qu'il ne pouvait jamais perdre de vue le droit chemin. Et si quelque chose venait à contredire son sens moral, il n'hésitait pas à se manifester, même face à Paula.

— Degnan exige qu'on évalue la capacité à témoigner de son fils.

— Tiens donc, se marra Adam. Je me demande bien qui leur a soufflé l'idée.

— Franchement, Adam… C'est à se demander de quel côté tu es.

Il cessa aussitôt de rire.

— Vous l'avez toujours su, Paula. La justice, c'est tout ce qui m'importe. Et il fut un temps où vous étiez pareille.

Elle renâcla de colère, une grimace au visage, sans cesser d'arpenter son bureau.

— Assigner un témoin à comparaître dans une affaire de meurtre est parfaitement légal !

— Ce n'est pas de la loi que je vous parle. Avant, vous saviez faire la différence. On dirait bien que l'oxygène se fait plus rare avec l'altitude, dans ce bâtiment... Ça trouble le raisonnement.

Ils se dévisagèrent un instant, puis elle détourna les yeux. Il avait raison. Lorsqu'elle serait procureur d'État, elle interdirait que l'on se serve ainsi d'enfants. Mais en attendant ce jour, elle devait suivre la loi, ou plutôt les ordres de son patron.

— Fais en sorte qu'il soit au tribunal lundi prochain, prêt à témoigner, Adam. À condition que le juge l'en estime capable, bien sûr.

Il fallait le reconnaître, son enquêteur ne manquait pas de ressources. Elle referma le dossier, toujours debout. Puis elle demanda :

— Et l'affaire Caleb Donaghy, ça avance ?

Il plissa les lèvres un long moment, puis parcourut ses notes.

— Je n'ai pas eu beaucoup de temps, mais de toute façon, il n'y a rien à dire. J'ai fouillé tout ce que j'ai pu trouver, aucun lien entre la chirurgienne et le mort. C'était un ivrogne, ce mec, une ordure. Durant les dix dernières années, il a fait un peu de prison pour violences et voies de fait. Avant ça, rien de particulier.

Il referma son carnet avec un haussement d'épaules.

— Tu n'as pas parlé à sa famille, ses amis, ses voisins ?

— Pas de famille, pas d'amis. Quand j'ai interrogé le barman du rade le plus proche, il m'a dit d'aller me faire voir. Quand je lui ai demandé pourquoi, il m'a répondu qu'il aurait dit la même chose à Donaghy. Quand je lui ai dit que Donaghy était mort, le barman a craché par terre en disant : « Bon débarras, et qu'il crame en enfer. » Voilà tout ce que j'ai pu recueillir sur le personnage.

Merveilleux.

— Et la chirurgienne ?

— Quoi, la chirurgienne ? s'étonna-t-il, le front plissé.

— Pas de problèmes d'argent ?

Il lâcha un rire incertain.

— On est d'accord que je n'avais que quelques jours, hein ?

— Vraiment rien ? demanda-t-elle avec un sourire d'excuse.

— Rien que du travail de surface. A priori, aucun problème. Cette femme est blindée.

— L'argent de son mari ?

— Non, carrément l'inverse. C'est surtout grâce aux investissements de sa famille, mais découper les gens lui rapporte un paquet d'argent en bonus. C'est sa mère qui a financé la campagne de son mari. Lui n'avait pas un rond quand il a épousé votre chirurgienne.

Cela ne faisait que prouver ce qu'elle savait déjà, la raison principale qui attachait Derreck à sa femme.

— D'accord. Et ses appels téléphoniques ?

— Je n'avais pas de mandat de perquisition, lui rappela-t-il. Ce n'est pas une junkie dont je peux piétiner les droits, cette docteure Wiley. Je ne voudrais pas jouer avec le feu.

— Alors, laisse tomber. Nous n'avons pas assez pour décrocher un mandat.

— C'est bien ce que je me disais. Pourquoi on s'intéresse à ce truc ? Quelqu'un s'est plaint ?

Paula prit le temps de réfléchir soigneusement à sa réponse. Les plaintes officielles étaient sur le serveur, un serveur auquel Adam avait accès. Lui mentir – comme elle avait menti à Derreck – n'aurait aucun sens.

— Non, personne n'a rien dit.

— Alors quoi ? fit-il en haussant les épaules.

— J'ai entendu une rumeur, d'accord ? J'étais à l'hôpital pour raisons personnelles, et j'ai entendu des bruits de couloir. C'est comme si une plainte avait été déposée... par moi.

Il lâcha un sifflement pour marquer son incrédulité.

— Mais ça, c'est rien du tout, Paula. Si on commence à se fier aux ragots...

— Je te dis que je veux creuser l'affaire, trancha-t-elle, glaciale. C'est ma prérogative, un point c'est tout. S'il faut que je confie l'enquête à quelqu'un d'autre, n'hésite pas à me le dire.

— Non, boss, pas besoin d'en arriver là. Je le ferai pour vous, comme je l'ai toujours fait.

— Alors trouve-moi la raison de la mort de Donaghy, d'accord ? Il s'est passé quelque chose et je veux savoir quoi.

— Bien reçu, fit-il avec plus de prudence. En parlant de ça... J'y étais, aujourd'hui, à l'hosto. Des ballons à la main, un mouchoir dans l'autre, assis sur un banc devant le bureau de votre chirurgienne, là, pour voir un peu ce qui se tramait. Il y a une revue de cas aujourd'hui à 14 heures. Ils analysent la mort de Donaghy en interne.

— Aujourd'hui ? Je croyais que c'était mercredi ! s'écria Paula, frustrée. Merde !

Elle qui avait prévu de se montrer au bureau d'Anne juste avant la revue de cas pour la déstabiliser !

— Mais quelle importance, enfin ? s'étonna Adam, les yeux ronds. On s'en fiche, de la date exacte d'une revue de cas. C'est une procédure de routine en cas de mort d'un patient, non ?

Paula s'imposa le calme. Adam était un vieil ami, mais cela ne suffirait pas pour qu'il ferme les yeux sur tout ce qu'elle préparait.

— Je voulais lui parler avant, c'est tout. J'espérais obtenir une copie du rapport d'autopsie de Donaghy...

Adam la dévisagea avec curiosité.

— Paula, nous aussi, on a des procédures pour ce qui est d'enquêter. Et ce dont vous parlez là, ça n'y ressemble pas. On demande des mandats de perquisition, on dépose des requêtes officielles pour certains documents... D'accord, j'y suis allé avec mes ballons pour laisser traîner une oreille, mais ce n'était que parce que vous m'aviez demandé de fouiner un peu. Et je vous fais confiance.

Après avoir un instant détourné les yeux, elle les reposa sur Adam avec un peu plus de reconnaissance.

— Merci, Adam, vraiment. Il n'y en a pas deux comme toi.

Elle tapa dans ses mains, puis alla s'asseoir à son bureau afin de reprendre un peu de distance.

— Continue donc à me faire confiance. Si tu n'as rien trouvé d'ici quelques jours, nous oublierons toute l'affaire.

— D'accord, on fait comme ça, dit-il, clairement prêt à quitter le bureau. Alors qu'est-ce que vous voulez, au juste ?

— L'idéal serait la liste de ses appels téléphoniques. Enfin, si tu y arrives sans mandat... Sinon, fouille ses finances en profondeur. Regarde si elle n'a pas des comptes à l'étranger, des problèmes avec le fisc, des investissements en cryptomonnaie... Peut-être qu'elle deale du fentanyl pour se faire de l'argent de poche, qui sait ?

— Je vais jeter un coup d'œil, dit-il en se frottant le menton. Mais franchement, ça m'étonnerait.

— Pourquoi donc ?

— Parce qu'elle donne un gros pourcentage de son salaire chaque mois à Médecins sans frontières, entre autres. Pas le genre à refourguer des cachets.

Paula ignora son regard appuyé.

— D'accord, oublie le fentanyl. Mais je t'assure qu'il y a quelque chose qui cloche chez cette femme. Ne néglige rien, Adam. Réseaux sociaux, voisins, amis, tout ce que les gens ont à dire sur elle... Tu finiras par trouver une piste à suivre.

Et en tirant sur le fil, tout se détricotera, songea-t-elle. Du moins pouvait-on l'espérer.

— C'est compris, boss, dit Adam malgré ses sourcils levés. Je fouille tout sur les vingt dernières années. Si elle a traversé au feu rouge ou raté la poubelle en jetant son mouchoir, je saurai le découvrir.

Paula le regarda dans les yeux.

— Je sais qu'elle a tué Caleb Donaghy. De sang-froid. J'en suis certaine. Trouve-moi des preuves.

20
Une revue de cas

En m'asseyant dans la grande salle de réunion, je ne reçois pas un regard d'encouragement, pas un sourire.

Le jury d'une revue de cas est officiellement constitué de mes « pairs », mais je ne les appellerais pas ainsi. Ce sont mes supérieurs et leurs supérieurs, des gens assez puissants pour propulser une carrière au firmament ou l'enterrer d'un claquement de doigts, que ce soit dans cet hôpital ou dans le reste du pays. La plupart d'entre eux sont en costume avec une blouse blanche en guise de veste.

Les stores à demi ouverts laissent entrer un flot de lumière. Sur la table du jury s'étalent des dossiers disposés en éventail, certains devant des sièges encore vides : on dirait bien que tout le monde n'est pas encore arrivé. Près d'une pile de gobelets en plastique, trois thermos sont à disposition – café, décaféiné, thé – en plus de deux carafes d'eau et de thé glacé. Il me resterait un peu de temps pour me servir, mais j'ai peur de devoir demander une pause pour aller aux toilettes. Même dans un hôpital, ce serait horriblement embarrassant.

Le dossier qu'on m'a fourni porte le nom de mon patient décédé. L'assistante de M a fait du bon travail, toutes les sections soigneusement définies par des intercalaires, avec autant de rigueur que pour une réunion en haut lieu.

On y trouve dans l'ordre le récapitulatif de l'affaire, les résultats médicaux de Donaghy et ses radios. Puis une déclaration du Dr Bolger qui me tire presque des larmes de rage. Il me traite d'incompétente et exige qu'on me retire ma licence pour faute grave. Je pourrais me lever pour aller le gifler devant tout le monde.

En dernier lieu se trouve le rapport d'autopsie. J'en ai le souffle coupé. M a fait venir le légiste du comté au lieu de se référer à l'un de nos cardiologues, comme on l'aurait fait d'ordinaire. Voir le nom de cet homme sur la première page me confirme que ce n'est pas une revue de cas ordinaire. J'ai l'impression d'être accusée de meurtre...

Ce n'est sans doute pas qu'une impression.

En parcourant le rapport, je constate que le légiste a jugé l'opération parfaitement conforme, de la greffe aux sutures. Il a rédigé deux pages sur l'état général de Donaghy – un foie hypertrophié comportant plusieurs kystes, quelques calculs rénaux et une petite tumeur surrénale – et un paragraphe de conclusion qui m'exonère de toute culpabilité.

Le soulagement m'envahit, mêlé de reconnaissance. Après avoir un instant fermé les yeux, je reviens sur un détail qui avait attiré mon attention à la page précédente.

Présence de potassium dans les cavités du cœur, sans doute des traces de la solution utilisée pour provoquer l'arrêt cardiaque durant la procédure. Concentration élevée mais pas anormale. Présence de sérum physiologique.

Je fais un tel effort de mémoire que la pièce semble s'éloigner. J'ai rincé les cavités du cœur avec grand soin, pendant quasiment deux minutes. Il n'aurait pas dû rester une goutte de potassium pour l'empêcher de battre. Après tant d'années en chirurgie cardiaque, la réanimation devient une affaire de routine : impossible d'oublier soudain comment faire. Je procède toujours de la même façon, et j'ai regardé l'enregistrement encore et encore sans rien repérer d'anormal.

J'ai presque envie d'attirer l'attention de M sur ce détail, mais je songe à ce qu'en penserait Derreck. Il me traiterait d'idiote, et il aurait raison. D'autant plus qu'elle s'est assise juste à côté d'Aaron Timmer, le conseiller juridique, comme pour s'assurer d'être couverte quoi qu'on vienne lui dire. Non, mieux vaut garder mes doutes pour moi et m'en tirer indemne.

— Merci à tous d'être présents aujourd'hui, lance M.

Le bourdonnement des conversations s'évanouit, remplacé par un silence tendu. Je regarde droit devant, heureuse que le siège en face du mien, à la table du jury, soit encore vide.

— Vous avez tous eu le temps de lire le dossier et de visionner les enregistrements de la procédure. N'est-ce pas ? s'enquiert-elle en interrogeant les autres du regard. Très bien. Nous entendrons d'abord les déclarations préliminaires, puis nous demanderons au Dr Wiley de répondre aux questions du jury.

Un autre silence. Mes collègues font de leur mieux pour éviter de croiser mon regard. Seul le Dr Bolger affiche un sourire.

Merde.

Je me demande soudain à quel point cette avocate a déjà ruiné ma réputation. Et si elle avait croisé le Dr Bolger ? Peut-être est-ce même lui qui a porté plainte. S'il lui a communiqué sa déclaration sur mon cas, pas étonnant que cette femme veuille m'envoyer en prison pour meurtre. Soudain, j'ai la gorge sèche, et je regrette de ne pas m'être versé un verre d'eau lorsque je le pouvais encore.

— Docteur Bolger, la parole est à vous, déclare M.

Il se lève en me fusillant du regard et prend le temps d'ajuster sa cravate avant de s'éclaircir la gorge.

— Avant le cas Donaghy, j'avais déjà souvent travaillé avec le Dr Wiley et son équipe. Peut-être trop souvent. Cela fait plusieurs années que je tente d'alerter la direction quant aux compétences du Dr Wiley. Je les avais avertis que cela finirait par arriver. Son comportement nonchalant n'a pas sa place dans une salle d'opération. Sa soi-disant équipe se perd en bavardages et écoute de la musique en plein travail : comment voulez-vous que règne la concentration nécessaire pour faire la différence entre la vie et la mort ? Cela se joue parfois à d'infimes détails... Le Dr Wiley n'est tout simplement pas apte à garder la tête froide, comme beaucoup d'autres femmes en chirurgie. Elle manque de jugeote.

Il serre le poing.

— Elle a tout bonnement abandonné Caleb Donaghy après seulement vingt-trois minutes de réanimation. Pourquoi ? Voilà ce que vous devez vous demander ! Oui, l'opération s'est bien passée. Oui, ses sutures étaient parfaites, sa technique impeccable. Rien d'étonnant à cela : les travaux d'aiguille ont toujours été l'apanage des femmes, grâce à leurs doigts plus fins. Mais pour ce qui est de la volonté, de la détermination nécessaires pour persister dans l'effort, assez longtemps pour sauver une vie... Le Dr Wiley n'est pas à la hauteur. Loin de là.

Il reprend son souffle et regarde les autres.

— Donaghy n'est que le premier d'une longue liste à venir.

Après un rapide hochement de tête, il se rassoit. M le dévisage un peu plus longtemps qu'à son habitude.

— Merci, docteur Bolger, finit-elle par dire avant de se tourner vers la gauche. Docteur Seldon ?

Mon mentor se lève, lisse sa cravate et boutonne sa blouse sans croiser mon regard, ne serait-ce qu'un instant.

— Merci, docteur Meriwether. Je serai bref.

Merveilleux. Bolger se complaît à me haranguer, mais mon seul allié dans l'affaire a un train à prendre.

Je m'aperçois soudain que le dossier de M est de la même couleur que les autres, mais plus épais d'un centimètre. De quoi dispose-t-elle donc qu'on ne m'a pas laissée voir ? Je pourrais me passer d'une surprise supplémentaire.

— Quinze pour cent, commence Seldon. Voilà le taux moyen de mortalité opératoire pour notre département de chirurgie cardio-thoracique. Et nous sommes dans le top cinq du pays.

Il se tourne vers Fitzpatrick.

— Mes chiffres et les vôtres tombent à peu près dans cette moyenne. Tout le monde perd des patients, cela arrive. Mais pas le Dr Wiley, dit-il en tapotant le dossier. Caleb Donaghy a été le premier à mourir sur sa table d'opération.

Un moment de silence.

— Je ne sais pas ce que vous en pensez, mais personnellement, je donnerais cher pour ce genre de statistiques.

Un léger rire parcourt le jury.

— Je lui ai souvent demandé comment elle s'y prenait, poursuit-il en me regardant enfin, souriant. Elle m'a dit qu'elle tenait la mort à distance en travaillant dur, mais aussi en maintenant un bon esprit d'équipe grâce à de la musique, des plaisanteries, un environnement détendu où chacun peut s'exprimer sans inquiétude. Elle n'avait pas d'autre explication à fournir.

Un autre silence, si complet que j'entends Bolger grincer des dents.

— Cet incroyable taux de succès n'est-il dû qu'à la chance ? Peut-être. Moi-même, son mentor, je n'en suis pas certain. Mais comment douter d'un chirurgien avec des résultats pareils lorsqu'il s'agit de déclarer la mort d'un patient ? Je ne conteste pas la décision du Dr Wiley.

Son regard doux et fatigué se durcit soudain en se posant sur Bolger.

— Même si ce n'est qu'une femme.

Il se rassoit en murmurant un remerciement envers M, puis m'adresse un signe de tête encourageant. Je lui souris, pleine de gratitude.

— Quelqu'un d'autre souhaite-t-il faire une déclaration ? demande M. Non ? Très bien. Docteur Wiley, après la consultation du dossier de l'affaire et de l'enregistrement de la procédure, notre comité a quelques questions à vous poser.

Je me lève, la gorge serrée. Je me suis préparée autant que possible : il ne reste plus qu'à faire face.

— Docteur Wiley, en consultant vos statistiques, nous avons remarqué que, dans trois autres cas similaires, vous avez passé en moyenne quarante-trois minutes à ranimer vos patients. Il vous est arrivé d'y consacrer presque deux heures. Vous confirmez ?

— Oui.

En vérité, je ne m'en souviens pas aussi précisément, mais ce n'est pas le moment de pinailler : M n'a aucune raison de mentir.

— Je vous pose donc la question : pourquoi avoir abandonné si vite dans le cas de Caleb Donaghy ? En quoi était-il différent ?

Je réprime à grand-peine mon amertume. J'aurais beaucoup à dire sur la différence entre Donaghy et mes autres patients.

— Son cœur, dis-je avec un calme qu'applaudirait Derreck. Dans la plupart des cas, rincer au sérum tiède et laisser les cavités se remplir de sang suffit à ce que le cœur reparte. En cas de fibrillation, ce qui peut tout à fait se produire, quelques chocs électriques permettent de rétablir un rythme cardiaque normal. Le cas Donaghy n'avait rien à voir.

— Comment cela ?

— J'ai rincé les cavités du cœur pendant presque... deux minutes, dis-je en relisant mes notes. Vous pouvez le vérifier sur l'enregistrement, si vous le souhaitez. Puis j'ai ôté le clamp pour laisser circuler le sang. Le cœur n'est pas reparti. Rien du tout, pas même le plus léger frémissement.

En regardant les membres du comité, je ne vois que de la curiosité et une certaine sympathie, sauf chez Bolger, ouvertement haineux. L'avocat murmure quelque chose à l'oreille de M. Celle-ci lui répond sur le même ton, puis me demande :

— Aviez-vous déjà rencontré pareil cas ?

— Jamais. Si vous me passez l'expression, son cœur était déjà mort.

Dès l'instant où ces mots m'échappent, je me retiens de lever les yeux au ciel. Quelle idiote ! Derreck se jetterait sur l'occasion. *Déjà mort ? Qui aurait pu le tuer, sinon vous ?* Heureusement, M n'en fait rien.

— Mais vous avez tout de même tenté de le réanimer, dit-elle.

— Bien sûr. Que ce soit durant le massage cardiaque ou avec les palettes, toujours aucun signe de vie. C'est pour cela que j'ai fini par déclarer la mort du patient.

— Il était branché à la machine cœur-poumons, n'est-ce pas ? insiste-t-elle. Vous auriez pu continuer des heures. Pourquoi vous être arrêtée après seulement vingt-trois minutes ?

J'espère trouver une bonne réponse à cette question, puisque je ne peux me permettre la vérité.

— Docteur Wiley ? s'impatiente M.

Les larmes me sont montées aux yeux. Je les chasse d'une grande inspiration et je retrouve ma concentration.

— La réponse est en lien avec la température du cœur, dis-je, d'abord hésitante, puis plus assurée. La cardioplégie protège les tissus cardiaques en abaissant leur température. Sans cela, plus rien ne les préserve. Oui, nous aurions pu continuer nos efforts encore longtemps grâce à la pompe, mais en réalité, un cœur endommagé au point de ne pas frémir malgré vingt-trois minutes de réanimation et plusieurs injections d'adrénaline n'aurait fait que se détériorer davantage.

M interroge le jury du regard, mais personne ne lève la main. Le Dr Seldon hoche lentement la tête. Le Dr Fitzpatrick pince les lèvres, mais semble plutôt honteux qu'autoritaire, même si je ne peux deviner pourquoi. Bolger a croisé les bras, fulminant.

— Une dernière question avant le verdict, lance M. Comment le bureau du procureur d'État en est-il venu à enquêter sur ce patient ? Sauriez-vous nous le dire ?

— Je suis désolée, je n'en ai aucune idée.

Quel soulagement de ne plus mentir. J'imagine que c'est à la suite d'une plainte déposée par le Dr Bolger, mais ce n'est que de la spéculation. Je ne veux pas l'accuser sans preuves.

— Très bien, docteur Wiley, nous avons de quoi rendre notre verdict.

Les autres membres du jury se mettent à lui faire passer des papiers qui ressemblent à des QCM. Beaucoup ont griffonné des notes supplémentaires sous les réponses proposées. M les parcourt rapidement et en tend certains au conseiller juridique. L'une des feuilles donne lieu à deux bonnes minutes de furieux murmures entre eux. Mon cœur bat plus violemment que lors de mon jogging matinal.

M finit par rassembler les papiers en une pile bien nette et y pose ses mains jointes.

— Ce comité n'a décelé aucune faute dans la gestion du cas Donaghy par le Dr Anne Wiley.

Au bord de l'asphyxie, je reprends enfin mon souffle. Les membres du jury repoussent déjà leurs chaises, mais M lève la voix :

— J'ai une autre conclusion à partager.

Le silence revient aussitôt, plus épais que jamais.

— Ce comité s'accorde à reconnaître que le Dr Bolger s'est conduit d'une façon aussi méprisable qu'inappropriée, non seulement pendant la procédure enregistrée mais aussi dans sa déclaration devant le jury.

— Quoi ? s'écrie Bolger en se levant aussitôt. Vous n'êtes pas sérieuse ! C'est du grand n'importe quoi !

Le Dr Fitzpatrick lui tire la manche pour l'inciter à se rasseoir. M poursuit, imperturbable :

— En conséquence, en raison d'une même demande exprimée par plusieurs membres du comité, le Dr Bolger est placé en congé administratif le temps qu'une enquête soit menée sur son comportement au travail.

Elle s'interrompt un instant pour fixer Bolger jusqu'à ce qu'il se taise.

— Ce comité vous remercie tous pour votre présence. Voilà qui met fin à notre revue de cas.

Dans le brouhaha causé par ce retournement de situation, je remercie également les participants et je sors la première, en sentant les regards me suivre hors de la pièce. Le Dr Bolger est livide de rage. Dans le couloir, il fait plus frais et je respire mieux. Je file vers mon bureau, en quête de quelques minutes de calme.

Je m'en suis tirée.

Pas d'officiers de police prêts à m'arrêter. Pas de Paula Fuselier. Seule Madison m'attend, l'air tendue et déterminée. Elle me lance un regard interrogatif, puis me serre dans ses bras.

— Tout va bien, Maddie, dis-je en réprimant mes larmes. Nous sommes innocentés. Si tu veux bien le dire à l'équipe…

Elle disparaît en promettant de me rapporter du thé, mais je lui demande plutôt du café. Puis je m'assois à mon bureau, épuisée. Mon regard erre jusqu'à la photo de Melanie. Elle ne date pas d'hier, prise seulement quelques jours après que mes parents ont adopté ma petite sœur. Nous jouions ensemble dans le jardin et elle riait, la tête renversée, tournant sur elle-même sous le soleil, aussi insouciante que s'il ne lui était jamais rien arrivé. Puis, à court d'énergie, elle avait atterri à mes côtés sur le banc, en m'attrapant la main. C'est à ce moment que la photo a été prise, par ma mère, il me semble.

Près du cadre se trouve une pomme de pin vernie qu'elle m'a offerte pour mon anniversaire cette année-là. Elle l'avait trouvée dans le jardin et mon père l'avait aidée à en faire un cadeau. Ils l'avaient vernie ensemble à l'aide de pinceaux assez fins pour s'insérer entre les écailles. Puis elle l'avait entourée d'un ruban vert pour me la donner, en chantant « Joyeux anniversaire », très faux mais en souriant si largement que je n'aurais pu rêver mieux.

J'effleure la pomme de pin, puis le visage de Melanie sur la photo. Mais je ne sens que le verre froid et les larmes qui coulent sur mon visage. Au moins, ses yeux semblent me parler, comme si elle était encore vivante, toujours avec moi.

Caleb Donaghy méritait de mourir pour ce qu'il lui a fait.

J'assume mon acte.

21
Un communiqué

Je n'ai guère le temps de me laisser aller à mon soulagement, car toute mon équipe débarque dans mon bureau. C'est à peine si je peux trouver une seconde pour mettre ma mère et Derreck au courant des conclusions du comité avant que le Dr Seldon vienne me féliciter. Lee Chen, d'habitude si taciturne, est étonnamment joyeux, et Virginia n'arrête pas de me serrer dans ses bras. Leur affection me touche. Après quelques minutes, je lève la main pour réclamer leur attention.

— Oui, nous avons été exonérés pour le décès d'un patient aujourd'hui. Enfin, surtout moi, car déclarer l'heure de la mort était ma responsabilité, tout comme l'opération en général. Mais tout de même, nous l'avons perdu. Je vous promets de continuer mes recherches jusqu'à découvrir pourquoi son cœur n'est pas reparti.

— Je n'en attendais pas moins de vous, rit Madison en m'enlaçant d'un bras. Alors j'imagine que le moment n'est pas encore venu de se débarrasser du dossier rouge…

— En effet, pas encore.

— De nobles paroles, approuve le Dr Seldon en me serrant vigoureusement la main. Mais ne laissez pas cela tourner à l'obsession. Parfois, ces mystères-là ne sont jamais résolus. La biologie n'est pas une science exacte ! On ne saura jamais vraiment pourquoi certaines ampoules refusent de se rallumer.

Des rires s'élèvent. C'est le soulagement après la tempête.

— Songeons maintenant aux patients dont le traitement a été retardé par toute cette affaire. Ce département a besoin de vous, docteur Wiley, conclut Seldon.

— Merci, dis-je en souriant malgré ma voix un peu étranglée. Merci pour tout.

Il part peu après, en s'excusant – on l'attend au bloc, pour un triple pontage, sauf erreur de ma part. Madison propose aux autres de revenir partager un gâteau dans quelques heures, après le travail. Alors que tous se dispersent, je suis convoquée dans le bureau de M.

En arrivant, je jette un coup d'œil à la paroi de verre avant de frapper. Dans la pièce se trouvent Aaron Timmer et un autre homme qui me rappelle quelque chose. Je crois l'avoir vu la semaine dernière, une gerbe de ballons à la main. Ce doit être un proche d'un de mes patients.

L'angoisse me saisit. Pourvu que personne d'autre ne soit mort ! Ce ne serait vraiment pas le moment. J'annonce ma présence et M m'invite à entrer d'un geste impatient de la main.

— Docteur Wiley, merci d'être venue si vite. Je vous présente Adam Costilla, enquêteur au bureau du procureur d'État.

Je me sens pâlir. L'enquêteur me tend une main, que j'ignore.

— Docteur Wiley, nous avons quelques questions sur la mort de votre patient, Caleb Donaghy.

Je jette un bref regard à M, mais elle n'a pas le temps d'intervenir : Aaron Timmer est déjà lancé.

— Et puis-je savoir pourquoi le bureau du procureur d'État s'intéresse de si près à ce décès ? demande-t-il calmement.

Il s'approche de l'enquêteur en me poussant de côté. Sa question semble perturber Costilla, qui recule d'un pas en fourrant ses mains dans les poches de son grand trench-coat noir. C'est un homme épais, solidement bâti et, à en croire les taches pourpres qui s'étalent sur son visage, un futur patient en cardiologie. C'est à peine si je me retiens de prendre sa tension. Je l'aurais proposé à n'importe qui d'autre.

— Je demanderai un communiqué au bureau, si l'hôpital l'exige, répond-il. Mais pour le moment, quelques questions toutes simples...

— Moi aussi, j'ai une question ! dis-je soudain.

— Docteur Wiley, gronde M. Ce n'est pas le moment.

Pour une fois, j'ignore son autorité, tout comme j'ignore la voix de la raison qui me hurle de me taire.

— Je voudrais savoir… Vous ne seriez pas déjà venu la semaine dernière ? Vous étiez assis dans le couloir, devant mon bureau, des ballons à la main ! À vous faire passer pour ce que vous n'êtes pas !

— Quoi ? bondit M, qui vient aussitôt se placer devant lui, les mains sur les hanches. C'est vrai ?

Costilla affiche un sourire nerveux.

— C'est pas illégal. Je mène l'enquête. C'était ce qu'on appelle une couverture. Vous en avez peut-être déjà entendu parler ?

Mais à sa façon de se gratter le front, je le devine gêné. Il ne s'attendait pas à ce que je le remarque. *Il était venu me surveiller ? Mais qu'est-ce qui se passe, à la fin ?* Mes genoux faiblissent. Et s'ils avaient posé des micros dans mon bureau ? Si mon portable était sur écoute ? Qui sait ce qu'ils ont pu faire d'autre ? S'ils ont entendu ma conversation avec Derreck, s'ils savent que je connaissais Donaghy… *Oh, non, pitié, faites que ce ne soit pas vrai.*

M murmure quelque chose à l'oreille de Timmer, qui lui répond en quelques mots. Puis il se retourne vers l'enquêteur.

— Monsieur Costilla, nous exigeons bel et bien un communiqué officiel de la part du bureau du procureur au sujet de votre prétendue enquête. Et histoire de ne laisser planer aucun doute, je souhaiterais qu'il comporte le numéro d'identification de l'affaire et qu'il soit signé de la main du procureur d'État.

Le menton de Costilla tremble de rage. Il fusille Timmer du regard, sans rien dire. Celui-ci s'avance d'un pas.

— Ne m'obligez pas à appeler Mitch Hobbs. Nous avons fait nos études ensemble. Si vous avez l'autorisation d'être ici, prouvez-le moi.

Lorsque l'enquêteur se tourne pour partir, son grand manteau noir prend des allures de cape. Pas celle d'un héros, mais d'un porteur de mauvaises nouvelles.

22

Une scène de crime

Après quelques jours de plus, toujours aucun signe de Derreck. Paula vérifia son portable pour la cinquième fois ce matin-là. Eux qui se retrouvaient toujours à l'hôtel le mercredi pour faire l'amour tout l'après-midi et parler de leurs ambitions ensemble...

Avaient-ils encore un avenir commun ? Paula lui avait écrit à deux reprises pendant le week-end, et il ne lui avait pas répondu. Elle avait horreur qu'on l'ignore. Il y avait de quoi devenir folle.

Mais comment lui en vouloir ? C'était elle qui l'avait menacé en s'attendant à ce qu'il lui cède. Comment attendre encore dc l'amour après cela ?

De l'amour... Quel mot. Avant ce fameux vendredi, Paula ne s'était même pas avoué que c'était ce qu'elle voulait de sa part. Si elle avait su, elle aurait légèrement modifié sa stratégie. Cela semblait désormais impossible, ses désirs entravés par sa haine brûlante envers Anne Wiley.

Paula attendait toujours ce message inespéré, un numéro de chambre d'hôtel, prête à se laisser surprendre une fois de plus par ce qu'il avait choisi de lui offrir, comme une enfant au matin de Noël. Elle n'avait jamais roulé sur l'or : Derreck était le premier à l'avoir couverte de cadeaux de luxe, et voilà qu'elle avait tout gâché, sans doute pour toujours. Même s'il l'appelait pour un autre de leurs après-midi, à quoi ressembleraient leurs ébats ? Après que Paula l'avait menacé ainsi, deviendrait-il brutal ? Ou bien révolté à sa seule vue, incapable de la toucher ?

Il avait sans doute raison de garder ses distances pour le moment. Peut-être, petit à petit, se mettrait-il à la regretter plus qu'il ne la détestait. Paula se raccrochait à cet espoir irrationnel tout en restant obsédée par le patient décédé d'Anne Wiley. Il représentait encore sa meilleure chance d'arriver à ses fins. Qui savait combien d'années s'écouleraient encore avant qu'une occasion pareille ne se représente ? Surtout si Derreck remportait les élections sans l'aide de Paula. Il n'aurait plus qu'à vivre heureux avec sa femme, à croire que sa maîtresse n'avait jamais existé, oubliée tel un malencontreux coup d'un soir.

Paula ne savait pas gérer l'abandon. Être mise de côté, jetée comme une vieille chaussette, comme si elle ne comptait pas, comme si elle n'avait aucune importance… Cette seule idée l'emplissait d'une rage sans nom qui calcinait tout sur son passage. En ce qui concernait Derreck, elle était au bord de la crise de nerfs.

Avait-elle vraiment besoin de lui pour devenir procureur d'État ? L'idée de dépendre de lui – ou de quiconque – lui donnait la nausée. Les gens ne faisaient que mentir et trahir.

Elle regarda à nouveau son portable. Toujours rien. Réprimant un soupir aussi frustré qu'amer, elle se dirigea vers son bureau en saluant ses collègues de la tête au passage.

— Bonjour, lui lança Marie en la voyant passer. On vous attend sur une scène de crime.

Paula, qui venait d'ouvrir la porte de son bureau, revint aussitôt vers son assistante. Celle-ci se concentrait un peu trop sur ses papiers, comme pour éviter de croiser son regard.

— Que se passe-t-il ? demanda Paula. Adam n'est pas sur les lieux ?

Marie ne leva que très brièvement les yeux.

— C'est lui qui vous a appelée. Il a besoin de vous là-bas.

Paula plissa le front. Voilà qui sortait de l'ordinaire.

— Il n'a pas dit pourquoi ?

— Non, désolée, murmura Marie en esquivant encore son regard. Je ne lui ai pas posé la question. Tout ce que je sais, c'est que c'est en rapport avec l'affaire Espinoza.

Elle mentait, mais Paula n'avait pas le temps d'interroger sa propre assistante comme un témoin au tribunal. Son attitude évasive finirait par s'expliquer d'elle-même.

Peut-être Vicente Espinoza s'était-il jeté du toit ? Paula ne l'espéra qu'un instant avant de se rappeler qu'il était en détention provisoire après sa mise en accusation. Son suicide aurait éliminé le risque qui pesait sur la vie de Simon Degnan, ainsi que la nécessité d'un témoignage.

— Je me demande bien pourquoi il ne m'a pas appelée sur mon portable, marmonna-t-elle en vérifiant à nouveau son téléphone. Fais-moi suivre l'adresse, d'accord ?

Elle partit sans attendre la réponse. Le temps d'arriver à sa voiture, elle avait reçu un texto avec l'adresse exacte.

Ce n'était qu'à deux rues de l'appartement d'Espinoza. La ruelle était barrée et grouillait de policiers. Une ambulance du comté était déjà sur place, les portes arrière ouvertes, la civière absente. Paula montra sa carte et passa sous la rubalise, puis suivit les indications d'un jeune policier. La silhouette massive d'Adam se détachait clairement dans la petite foule. Il se tenait à quelques mètres du centre d'attention, qui devait être un corps, peut-être l'objet d'un meurtre. La civière était là, mais inoccupée.

— Me voilà, Adam, dit Paula en lui effleurant le coude. Qu'est-ce qui se passe ?

Il ne se tourna pas vers elle, fixant le vide, mais la poussa au creux des reins.

— Allez donc constater par vous-même. Je leur ai demandé de vous attendre. Je me suis dit qu'il fallait que vous voyiez ça.

Après quelques pas, Paula arriva devant le corps et sentit aussitôt une nausée l'envahir.

C'était Simon Degnan, gisant dans une mare de sang, deux trous dans sa maigre poitrine. Dans ses yeux encore ouverts se reflétait le bleu du ciel.

— Et voilà, conclut Adam d'une voix glaciale. Voilà ce qui se passe quand on implique des enfants dans nos affaires.

Paula lui attrapa le col, prête à lui hurler dessus pour qu'il se rappelle à qui il parlait, mais son estomac se rebella et elle dut se couvrir la bouche.

— Vous avez pas intérêt à contaminer la scène de crime, gronda Adam en la saisissant par le bras.

De sa poigne d'acier, il la mena vers un immeuble et la poussa contre le mur. Paula ne pouvait pas s'en formaliser, toujours occupée à contrôler ses spasmes.

— J'étais un flic avec presque vingt ans d'expérience, et vous étiez une avocate fraîchement diplômée, sans rien d'autre que vos tripes, votre ambition et un cerveau comme j'en avais jamais vu. Vous vous rappelez ce que vous m'avez dit ce jour-là ? cria-t-il, son accent italien plus prononcé que jamais.

Paula se convulsa à nouveau, incapable d'oublier l'image du petit Degnan allongé sur l'asphalte, couvert de sang. Ce sang, elle l'avait sur les mains. Elle aurait pu se passer de son témoignage, sans le dire à Hobbs, et remporter l'affaire. Elle aurait pu courir ce risque, mais sa promotion lui avait tourné la tête. Elle avait trop songé à son futur en oubliant de se soucier du présent.

— On ne touche pas aux gosses, Paula ! lui hurla-t-il à la figure. C'est vous qui me l'avez appris, vous et personne d'autre ! Et vous, vous ne pensez qu'au patient de cette chirurgienne, alors que ce n'est même pas une vraie affaire !

Il la relâcha pour faire les cent pas en se massant le front.

— Et moi, je joue le jeu, crétin que je suis...

Paula prit une grande bouffée de l'air froid du matin, en intimant à son estomac de se calmer.

— C'est une véritable affaire, et je la présenterai au tribunal pas plus tard que la semaine prochaine.

— Alors vous êtes devenue tout aussi tarée que ce que j'imaginais ! cracha-t-il. Vous risquez votre carrière pour rien ! Si j'ai découvert que vous couchez avec le mari, vous pensez que l'avocat de l'hôpital n'y arrivera pas ? Bon sang, Paula, vous m'avez habitué à mieux !

Ses paroles firent à Paula l'effet d'un coup à l'estomac. Il savait pour Derreck.

— Tu n'as rien compris, dit-elle. C'est justement parce que je couchais avec le mari que j'ai su qu'elle avait tué son patient.

Adam se frotta le front de plus belle, comme s'il en voulait à sa propre tête.

— Vous vous foutez de moi, ou quoi ? Alors ouvrez une enquête officielle ! Ou lâchez le morceau avant de ruiner votre carrière et la mienne. L'hôpital ne se laissera pas faire !

Elle regarda derrière lui. Le légiste et son assistant hissaient le corps de Simon sur la civière pour le charger dans l'ambulance. Elle ferma un instant les yeux en priant pour que l'image disparaisse, mais elle était gravée dans sa mémoire.

— Je suis un enquêteur, Paula, pas votre homme de main. Je travaille sur des affaires officielles, et j'arrête les gens quand j'ai une bonne raison, une raison légale ! Voilà ce que je fais ! Et pendant que j'étais dans cet hôpital au lieu d'enquêter sur Espinoza, ce garçon s'est fait abattre comme un chien dans la rue. Il n'avait aucune chance, et vous le saviez !

Une larme roula sur la joue de Paula. Il avait raison. La mort de Simon était sa faute.

— Il a été assigné à comparaître ce matin, sur vos ordres, poursuivit Adam. Deux heures plus tard, on l'a tué.

Elle ne pouvait soutenir son regard.

— Il fut un temps où les gosses comme lui comptaient pour vous. Qu'est-ce qui vous est arrivé ? Ne me dites pas que vous êtes amoureuse de votre petit candidat mielleux…

— C'est ça que tu penses de moi ? cria-t-elle, furieuse d'être ainsi accusée. C'est à ça que nous en sommes réduits ? Pointer les gens du doigt, leur mettre des choses absurdes sur le dos ? Puisque tu n'as apparemment plus aucune confiance en moi, peut-être qu'il serait temps de demander un transfert !

Adam la fixa un instant, bouche bée.

— Vous me virez, là ?

— Tu te vires toi-même, répliqua-t-elle en relevant le menton. Je suis ta supérieure, et je croyais être aussi ton amie. C'était pour ça que tu as toujours pu me parler aussi librement. Mais là, tu dépasses les bornes. Je n'ai jamais fait honte à mon métier. Jamais. Et pourtant, à t'entendre, on me croirait corrompue, comme si je ne servais que mes intérêts personnels !

Les épaules d'Adam s'affaissèrent sous le poids de ces mots. En le voyant ainsi muet, pétrifié, Paula songea à la suite. Le renvoyer paraissait logique, mais il était impliqué dans l'enquête sur Anne Wiley. Mettre ces informations entre les mains d'un ex-employé plein de rancune, c'était allumer une bombe à retardement.

Elle relâcha sa respiration, puis lui effleura le bras, ce qui parut l'inquiéter, même s'il ne se déroba pas. Paula choisit ses mots avec soin.

— Nous traversons une mauvaise passe. La mort de Simon nous a bouleversés tous les deux. Je peux oublier ce que tu m'as dit.

Elle lui laissa le temps de digérer ses mots.

— J'imagine que nous regrettons tous les deux nos paroles. Nous aurions pu procéder différemment afin d'empêcher que Simon soit contraint à témoigner, je l'avoue. Ce que je peux te promettre, c'est d'en tirer des leçons. Dorénavant, je saurai qu'il vaut mieux agir, quitte à s'excuser ensuite, que demander la permission. Et je ferai en sorte qu'aucun enfant ne soit assigné à comparaître, quoi qu'il arrive.

Une lueur de doute brillait encore dans le regard qu'Adam posa sur elle. C'était un vieux flic, avec tout ce que cela impliquait de ruse et de roublardise. Elle n'était pas sûre de l'avoir convaincu.

— Et votre histoire avec la chirurgienne, là ? demanda-t-il. Je l'ai rencontrée, et c'est pas le genre serial killer.

— J'ai encore ta confiance ?

Il hocha la tête, mais haussa une épaule, ce qu'elle choisit d'ignorer.

— Alors, crois-moi quand je te jure de présenter l'affaire à un grand jury d'ici une semaine.

Il détourna un instant les yeux, puis les releva sur elle, alerte.

— Alors, dites-moi tout. Tout ce que vous savez. Si vous me faites confiance aussi.

C'était ce qu'elle redoutait le plus. Impossible de lui avouer quoi que ce soit. L'impliquer dans l'affaire avait été une terrible erreur, elle en avait conscience, mais il était trop tard pour reculer.

— Laisse-moi encore deux jours. Puis tu pourras me conseiller sur la meilleure façon de formuler l'accusation pour meurtre.

Adam renâcla, méprisant.

— Vous voyez, Paula ? C'est ça le problème, avec la confiance. Clairement, vous n'en avez aucune en moi.

Il semblait déçu, mais aussi soupçonneux.

— Tout ce que je peux constater, de mon point de vue, c'est que vous voulez dézinguer l'épouse de votre mec, et que vous vous servez des ressources du bureau pour le faire.

— Bon sang, Adam, c'est vraiment ce que tu penses de moi ?

— Alors montrez-moi que je me trompe ! Faisons les choses bien sur cette affaire, à supposer qu'il y en ait une.

— Non. Nous devons nous concentrer sur l'arrestation du tueur de Simon Degnan. Les premières heures sont cruciales dans le cas d'un meurtre commandité. Au cas où tu l'aurais oublié, Espinoza est en prison, donc quelqu'un a tiré sur ses ordres. Tant qu'il ne sera pas lui aussi sous les verrous, ne perdons pas de temps avec l'affaire de la chirurgienne.

Adam se détourna.

— Mais bien sûr, Paula, partons là-dessus.

Il se dirigea vers sa voiture en la laissant plantée là, comme s'il n'attendait plus rien d'elle.

Merde !

Paula regagna son propre véhicule d'un pas vif, en se disant que tout irait bien une fois tous les éléments de l'affaire en place. Mais que cherchait-elle à faire ?

Il y avait encore beaucoup de trafic dans le centre-ville, si bien que le retour fut lent et tendu. Passer par le périphérique ne lui apporta rien : il était tout aussi bouché, avec de longues queues au péage.

Coincée à dix kilomètres à l'heure, elle laissa son regard errer par la fenêtre. Un panneau publicitaire attira son attention. Anne Wiley y souriait avec son visage parfait et ses dents éclatantes, faisant un cœur de ses doigts manucurés. On voyait clairement l'éclat doré de son alliance, la même que celle que portait Derreck.

Tout ce que Paula détestait le plus en une seule image. À mille lieues de pauvres gens comme le petit Simon Degnan, mort dans une ruelle de banlieue. De pauvres gens comme Paula elle-même. Une nausée la reprit, cette fois nourrie par la colère qui lui incendiait les veines.

— Je réduirai tout ce qui compte pour toi en miettes, siffla-t-elle au panneau. Et j'y foutrai le feu !

Elle s'agrippait si fort au volant que ses jointures blanchirent, comme pendue au-dessus du vide.

— Je ne m'arrêterai pas tant que tu ne seras pas seule et démunie. Tant que tu n'auras pas tout perdu.

23
Un album

Lorsque je rentre enfin chez moi le mercredi soir, ma journée bien remplie m'a épuisée. Mon interminable angoisse me pèse, même si j'enchaîne désormais les bêtabloquants. Je me suis mise à la méditation, ce qui aide un peu mais ne peut entièrement tenir le réel à distance.

On enquête toujours sur moi. Un flic surveillait mon bureau. Qui me dit que ma maison n'est pas elle aussi sur écoute ? Nos téléphones, nos recherches Internet, qui sait quoi d'autre… Et s'ils étaient venus chez moi ? S'ils avaient fouillé mes affaires ?

Ma mère est partie jouer aux cartes. En son absence, le silence pèse sur la maison. Derreck n'est pas encore rentré mais m'a prévenue qu'il serait de retour plus tôt que d'habitude. Apparemment, il n'aura pas d'autres réunions de campagne avant un moment, ou quelque chose comme ça – j'étais trop préoccupée par mes propres frayeurs pour l'écouter. Tout ce qui compte, c'est qu'il ne me laissera pas seule trop longtemps.

Puis je l'emmènerai dîner, peut-être au restaurant chinois qu'il adore, et je lui confierai mes angoisses quant à cette enquête sans fin. Je ne peux pas lui en parler à la maison, de peur qu'on nous écoute. Paula Fuselier n'est pas repassée au bureau. Aucun signe non plus de l'enquêteur souffrant d'hypertension, ce qui n'est pas pour me tranquilliser. Au contraire, je suis en train de sombrer dans la paranoïa. Mais est-ce vraiment de la paranoïa si je suis l'objet d'une enquête pour un crime que j'ai bel et bien commis ?

Comme je prévois de ressortir avec Derreck, je ne me change pas et je ne mange rien. Je m'abstiens même d'ouvrir la bouteille de vin qui me fait de l'œil dans la porte du frigo.

Je monte à l'étage pour aller fixer la chambre de Melanie, fermée depuis des années. J'imagine que ma mère y fait les poussières de temps à autre. Le contraire m'étonnerait.

Je place mes mains sur le bois verni et j'y appuie ma joue, en fermant les yeux pour mieux sentir son odeur de meuble ancien. J'entends à nouveau le rire de ma petite sœur, incroyablement réel, plein des joies de l'enfance. Dans mes souvenirs, elle chante « Petit Papa Noël », si lentement que la chanson devient étrange, comme si elle cherchait à la faire durer. Surexcitée par les fêtes, elle avait fait une liste de cadeaux dont elle parlait à qui voulait bien l'entendre. Elle avait même écrit une lettre au père Noël. Pourtant, dans l'ensemble, elle n'avait pas de grandes exigences : elle n'avait listé que des choses comme passer du temps avec sa sœur, chanter des chansons avec sa sœur, coiffer sa sœur avec sa nouvelle brosse à paillettes, dormir avec sa sœur la nuit de Noël…

Avec moi.

Son amour m'emplissait d'une joie immense. Je veux m'en rappeler encore. Avec un adieu à la porte fermée, je gagne le bureau du rez-de-chaussée.

La pièce me semble glaciale : la fenêtre qui va du sol au plafond laisse davantage passer le froid que dans le reste de cette vieille maison. C'est bien pour cela que j'y laisse tout le temps traîner un châle. Frissonnante, je m'en enveloppe avant de me tasser dans le fauteuil hollandais derrière le bureau. Ici, je pourrai me plonger dans mes souvenirs, en les accueillant comme de vieux amis.

Dans le tiroir de gauche se trouve le grand album photo de mon enfance. Lorsque je le place sur le bureau, sa couverture plastifiée décompose la lumière en arcs-en-ciel. L'odeur des produits chimiques utilisés pour développer les photos à l'époque me chatouille le nez. Le parfum de ma maison, de ma famille.

Les clichés de l'époque où j'étais encore fille unique ne m'intéressent guère. Le seul qui retient mon attention est celui où mon père me tient sur ses genoux, à un dîner de famille dont je n'ai aucun souvenir. Il n'existe pas beaucoup de photos de lui : c'était souvent lui qui les prenait. Le prix à payer pour sa volonté de documenter cette époque.

À chaque bruissement de page, je grandis, et les couleurs qui m'entourent deviennent plus éclatantes.

J'ai toujours voulu une sœur. Mes parents travaillaient beaucoup, tous les deux, et je me rappelle encore le sentiment de solitude qui m'étreignait dans cette maison silencieuse, malgré la présence de toute une série de baby-sitters dont aucune ne passait du temps avec moi.

Quand j'étais petite, je pensais que c'était pour cela que mes parents avaient adopté Melanie : parce que je voulais tant une sœur. Maintenant que je suis adulte, je me rends compte qu'eux-mêmes devaient ardemment désirer un autre enfant. Mais ma mère avait subi une hystérectomie quelques années après avoir accouché de moi, et l'adoption était donc notre seule chance de réaliser ce rêve.

En tournant une autre page, je ne peux m'empêcher de sourire devant la joie si communicative de Melanie. Un cliché capturant le moment où elle a appris qu'elle ferait partie de notre famille. Dans ces yeux écarquillés, cette bouche ouverte, je vois un ravissement immense, une profonde surprise. Elle rayonne dans le terne décor de l'orphelinat. Des enfants traînent dans le fond de la photo, certains curieux, d'autres méfiants comme face à des prédateurs, d'autres encore pleins d'espoir, voire suppliants.

J'adore cette photo, car elle symbolise le moment où j'ai vu Melanie pour la première fois. Mon père l'a placée au centre de l'image, en laissant la vilaine surveillante hors du cadre. Je me rappelle cette femme au corps épais, à la blouse tachée, car elle ne souriait jamais. À l'époque, je m'étais dit qu'une telle compagnie devait être terrible pour ces enfants. Une adulte incapable d'exprimer le moindre soupçon de gentillesse. Merci, papa, de ne pas lui avoir donné de place dans ma photo préférée.

Il est temps de tourner la page, mais je ne peux m'y résoudre. Je ne peux pas abandonner cette image. Avec précaution, je l'ôte de son étui de cellophane pour la placer contre un livre. Je veux l'encadrer dans mon bureau à l'hôpital, où je passe beaucoup plus de temps qu'ici, afin que Melanie m'accompagne de plus d'une façon.

En tournant une autre page, je me replonge dans mes souvenirs. La plupart des photos nous montrent toutes les deux. Un jeu de cache-cache dans le jardin. Un matin de Noël. Mes essayages pour ma robe du bal de promo, Melanie enroulée dans l'ourlet afin de porter la même chose. Ses larmes quand on lui a dit qu'elle ne pouvait pas m'accompagner. Je l'ai laissée me brosser les cheveux pour la calmer. Elle a toujours adoré faire ça.

Puis une autre : moi au volant de la voiture, mon père sur le siège passager, Melanie qui s'avance entre nous depuis le siège arrière, la langue toute bleue à force de glace à la myrtille. Le jour où j'ai obtenu mon permis, à seize ans. Elle n'avait que onze ans, une petite fille si pleine d'énergie que rien n'aurait pu nous rappeler ce qu'elle avait enduré.

Mes parents lui avaient trouvé un psy. À l'époque, je ne comprenais pas pourquoi. Toujours aussi protecteurs, ils m'avaient dit que c'était pour l'aider à s'adapter à sa nouvelle vie, après être passée si longtemps d'une maison à l'autre. Une autre photo, prise sans qu'elle s'en aperçoive, la montre debout à la fenêtre de sa chambre, l'air mélancolique.

Elle est restée trois ans en thérapie. Mon père avait trouvé quelqu'un de bien, qui accueillait ma sœur avec un doux sourire chaque fois que nous la déposions là-bas, ma mère et moi. Un mois ou deux après l'adoption, ma mère a cessé de travailler. Elle voulait sans doute être présente pour sa petite fille, prête à intervenir au moindre signe négatif.

Mais je ne me rappelle rien de la sorte. Melanie semblait heureuse, épanouie, toujours occupée à jouer et à rire aux éclats. Elle avait de bonnes notes à l'école, pas de problème de concentration, ni de difficultés pour rattraper son retard. Pour tout ce qu'elle avait raté, je jouais bien volontiers les tutrices. Elle paraissait parfaitement équilibrée, sans aucune trace de traumatisme.

Puis elle s'était mise à faire des cauchemars.

Le premier m'avait réveillée en sursaut, le sang figé dans mes veines, le souffle bloqué dans mes poumons. En courant la trouver, j'étais entrée en collision avec mes parents qui arrivaient de l'autre côté du couloir. Melanie n'était pas tout à fait réveillée, en sanglots, trempée de sueur. Elle suppliait qu'on cesse de lui faire du mal.

Cela faisait deux ans qu'elle voyait un psy. Celui-ci avait assuré à mes parents que ces terreurs nocturnes étaient parfaitement normales : Melanie commençait enfin à se confronter à ce qui lui était arrivé. J'avais mes doutes sur le sujet, mais je crois bien les avoir gardés pour moi. *Il ne pourrait pas la débarrasser de ses cauchemars, ce psy ?* À l'époque, je ne connaissais pas encore toute l'étendue de ses tourments. Je ne les comprenais pas.

Ces terrifiants hurlements dans la nuit se sont poursuivis un bon moment. Nous accourions chaque fois. Personne ne retournait se coucher ensuite : nous restions avec elle, toutes les lumières allumées, à parler de tout et de rien. Papa disait que regarder la lumière effaçait le souvenir d'un cauchemar. J'avais essayé moi-même, et c'était vrai.

Quand elle dormait dans mon lit, Melanie n'avait jamais de terreurs nocturnes. Mais je n'étais plus une enfant. Je voulais textoter avec mon copain jusqu'à tard dans la nuit, ou lire des magazines dont ma mère ignorait l'existence. Tout de même, je n'avais pas le cœur d'interdire à ma sœur de venir dans ma chambre, mais son psy disait que la laisser passer toutes ses nuits avec moi n'était pas sain.

À force de thérapie et de sport à l'école, ses cauchemars ont lentement disparu. Elle aussi grandissait, plus belle que jamais. En tournant une autre page, je la vois à treize ans, occupée à essayer des robes. Mon père voulait nous emmener au gala de charité annuel de l'hôpital.

Melanie était surexcitée : enfin, elle pouvait s'habiller comme une grande et aller à une vraie fête !

Trois photos immortalisent cette soirée. J'en ai pris une quatrième qui la montre en train de danser avec mon père.

Je reste un long moment immobile, incapable de la lâcher du regard. Oui, ces deux visages me manquent, mais ce n'est pas la seule raison. Je sais ce que je trouverai à la page suivante.

Rien.

Le reste de l'album est vide. Nous n'avons plus pris de photos après la mort de Melanie.

Je le range avec lenteur, en refermant le tiroir dans le grand silence de cette maison que mon père avait construite dans l'idée de la remplir du rire de ses petits-enfants.

Si j'avais su comment retrouver l'homme que nous avions croisé ce jour-là dans le parc, j'aurais remonté sa piste et… Je ne sais pas ce que j'aurais fait. Mais je ne serais pas restée les bras croisés. J'aurais demandé à mon père de m'aider à le faire payer.

Je repousse le fauteuil pour me lever, en glissant la photo de Melanie dans mon sac.

Derreck rentre quelques minutes plus tard. Je l'accueille à bras ouverts en lui proposant d'aller manger chinois. Mais j'ai le cœur lourd : je m'apprête à ruiner sa journée.

24
Une arrestation

Il fallut trois jours à Adam pour trouver l'identité du tueur de Simon Degnan. Paula ne l'avait jamais vu si déterminé, voire féroce. Elle ferma les yeux sur le fait qu'il rudoyait les suspects durant les interrogatoires – ni lui ni elle ne s'en formalisaient tant que cela servait leurs fins. Pourtant, ce ne fut pas à coups d'annuaire sur les doigts qu'ils finirent par découvrir ce qu'ils cherchaient, mais par un honnête travail d'enquête.

Paula et Adam avaient épluché la liste des contacts reçus par Espinoza durant son séjour en prison. Personne n'était venu lui rendre visite à part son avocat commis d'office, un homme d'expérience qui n'aurait jamais accepté de faire tuer quelqu'un.

La liste de ses appels fut autrement révélatrice. Les deux enquêteurs passèrent toute leur soirée du mardi et l'essentiel de leur mercredi à fouiller le passé de tous ceux qui avaient appelé la prison après l'arrestation provisoire d'Espinoza. Les avocats et les proches d'autres détenus une fois exclus de la liste, il leur restait dix-sept noms et trois numéros impossibles à identifier.

Alors, Adam était allé voir ces suspects d'un peu plus près. Quelqu'un capable de tuer pour une ordure comme Espinoza devait être plus minable encore, prêt à tout pour se faire un peu d'argent, sans rien à perdre.

Trois des dix-sept hommes correspondaient au profil. C'étaient d'ex-prisonniers, l'un dans une maison de transition, l'autre toxico et récemment relâché après sept ans pour voies de fait graves, le troisième ancien compagnon de cellule d'Espinoza. Sans perdre son temps avec les deux premiers, Adam paria sur le troisième. Vers 10 heures le vendredi matin, il appelait Paula pour lui demander un mandat d'arrestation. Elle vint le lui porter en personne.

Ils retrouvèrent le suspect complètement ivre, effondré sur un matelas immonde dans un appartement infesté de cafards, trois étages au-dessus de celui d'Espinoza. Près de dix mille dollars en billets neufs se trouvaient sur le comptoir de la cuisine. Il n'en manquait que quelques-uns, sans doute sacrifiés à l'achat de la grande pizza pepperoni-fromage que dévoraient les cafards lorsque Adam enfonça la porte.

Il passa les menottes à ce pitoyable accusé et le redressa de force, mais l'homme ne reprit pas conscience pour autant. Essoufflé par l'effort, Adam finit par le laisser retomber sur le matelas avec une grimace de dégoût. Paula fronça le nez – la puanteur était intolérable.

— Tu es bien sûr que c'est lui ?

— Qui voulez-vous que ce soit d'autre ? s'impatienta Adam en désignant le tas de billets de cent.

Après avoir enfilé des gants, il entreprit ensuite de fouiller l'appartement pour trouver l'arme du crime, qu'il découvrit au bout de quelques minutes à ouvrir tiroirs et placards. Elle était sous le lavabo de la cuisine, enveloppée dans un vieux journal. Adam la saisit entre le pouce et l'index et écrasa un cafard tombé de l'emballage.

— Quel métier, marmonna-t-il.

Il éjecta le chargeur, puis porta le canon à ses narines.

— Elle a récemment servi. On est bons.

Paula contempla l'homme effondré au sol, les menottes aux poignets, la tête relevée contre le matelas, les jambes tordues comme seules peuvent l'être celles des gens complètement ivres. Elle aurait préféré une arrestation cinq étoiles, mais tout de même, il s'agissait du meurtrier d'un enfant – de quoi faire les gros titres et retrouver l'intérêt de Monsieur le Maire.

— Il va me falloir trente minutes, Adam.

— Trente minutes dans ce trou à rats ? Vous vous foutez de moi ?

— S'il te plaît, Adam, dit-elle, la voix ferme.

Il leva les deux mains.

— Pas de problème, boss, comme vous voudrez. Ça me laissera le temps d'apprivoiser les cafards.

Paula sortit son téléphone, puis hésita, les yeux fixés sur le suspect.

— Ce serait mieux s'il était sobre pour la suite. Enfin, peut-être pas sobre, mais disons au moins éveillé et capable de comprendre ce qui lui arrive. Tu peux me faire ça ?

Adam laissa échapper un grognement de frustration, mais souleva le suspect par le bras pour le traîner dans la salle de bains. En le tenant par le col, il le pencha sur la baignoire et l'arrosa d'eau glacée avec la pomme de douche.

Le premier message de Paula fut pour Derreck. Elle se contenta des faits : *Je suis sur le point d'arrêter un tueur d'enfant. Sois là d'ici trente minutes, je ne peux pas te donner plus.* Elle y ajouta l'adresse, puis appela Hobbs. Par chance, il ne répondit pas – elle préférait amplement lui laisser un message en résumant l'affaire. Adam aspergeait toujours le suspect, sans obtenir d'autre réaction que quelques marmonnements injurieux.

Paula sortit son autre téléphone, un portable prépayé dont elle se servait pour contacter toutes les plus grandes chaînes de médias d'un coup. *Le tueur de Simon Degnan sera arrêté dans trente minutes par le bureau du procureur d'État,* écrivit-elle.

Le temps qu'elle finisse de rédiger l'adresse, l'homme s'était réveillé et inondait Adam d'injures. Il ne s'interrompit que pour vomir ses tripes. Paula laissa Adam gérer la situation et sortit dans le couloir pour se concentrer.

Derreck viendrait-il ? Cela voudrait-il dire que leur association reprendrait comme si de rien n'était ? Ou bien Paula était-elle désormais si loin de la réalité qu'elle ne pouvait plus la différencier de ses illusions ?

Tout dépendait de l'intensité des ambitions politiques de Derreck.

Elle se pencha par la fenêtre, au-dessus du tas d'ordures qui sentait bien meilleur que l'antre du suspect. La première équipe de journalistes se garait déjà le long du trottoir. Une deuxième suivit quelques minutes plus tard. Mais pas de Derreck. Paula regarda sa montre, inspira une grande bouffée d'air relativement frais, et revint dans l'appartement.

— Alors, ça avance ?

L'homme gémissait, recroquevillé au sol, les mains toujours attachées dans le dos. Paula fronça les sourcils.

— Il se tape une sacrée gueule de bois, mais vous vouliez qu'il se réveille et j'y suis arrivé, répondit Adam. Pas moyen de faire mieux, désolé.

— C'est bon, on peut y aller.

Lorsqu'ils émergèrent du bâtiment, ils furent accueillis par une foule de journalistes qui s'arrêtèrent à bonne distance, sans doute à cause de l'odeur.

— Maître Fuselier, qui est cet homme ? lança l'un d'eux.

Elle se tint bien droite et leva le menton.

— Le bureau du procureur d'État vient de procéder à l'arrestation de l'homme qui a abattu Simon Degnan, un garçon de onze ans, pour l'empêcher de témoigner contre Vicente Espinoza dans l'affaire du meurtre de sa femme.

Il y eut une clameur générale et les journalistes se rapprochèrent.

— Avec quel commissariat avez-vous fait équipe pour l'enquête ?

— Cette affaire nous importait tout particulièrement. Mon enquêteur Adam Costilla et moi avons enquêté nous-mêmes.

Un reporter à lunettes s'approcha d'un pas en tendant son micro, presque au point de le lui mettre dans la figure.

— C'est inhabituel, non ?

— Très inhabituel, reconnut-elle avec un bref sourire. Mais certains cas exigent d'être réglés personnellement. Simon Degnan était un témoin majeur dans ce procès pour homicide, et…

— Donc vous n'avez pas su le protéger ? enchaîna-t-il. Quels sont vos sentiments là-dessus, maître Fuselier ?

Elle ouvrait la bouche lorsqu'elle aperçut Derreck en approche, à seulement quelques mètres. Aussitôt, elle changea sa réponse, heureuse de diriger l'attention ailleurs.

— La sécurité de tous les citoyens est la préoccupation principale du bureau du procureur d'État. Nous coopérons étroitement avec la municipalité de Chicago pour réduire la criminalité qui pèse sur la ville, et nous espérons que cette collaboration pourra se poursuivre après les élections de novembre, potentiellement auprès d'un nouvel élu.

Elle désigna Derreck d'un signe de tête et la foule des médias se tourna vers lui.

— Sérieusement, Paula ? grommela Adam à voix basse. Vous avez fait venir votre amant pour ça ?

— Tais-toi et souris aux caméras, Adam. Tu finiras vite par tout comprendre.

Elle l'accompagna jusqu'à sa voiture et attendit qu'il y fasse monter le suspect pendant que Derreck répondait aux questions des journalistes en professionnel, calme et souriant malgré les flashs, aussi charismatique qu'à l'ordinaire, avec toujours exactement la bonne formule.

— Pars devant, Adam, je te rejoins tout de suite.

L'enquêteur posa sur elle un long regard, puis s'en fut, non sans baisser la fenêtre avant même d'avoir tourné à l'angle.

Paula patienta quelques instants en faisant mine de s'occuper sur son portable, le temps que les reporters se rassasient de Derreck Bourke, candidat à la mairie en tête des sondages. Une fois l'interview finie, ils partirent un par un sans plus accorder aucune attention à Paula. À croire qu'une femme perdait tout intérêt en présence d'un homme, comme incapable d'échapper à son ombre. Elle avait déjà remarqué ce phénomène pendant ses conférences de presse avec Hobbs, ou même avec d'autres avocats du bureau moins expérimentés qu'elle. Dès qu'un homme se montrait, plus personne ne se préoccupait d'elle.

Si Hobbs ne devenait pas gouverneur assez vite, quel espoir aurait-elle contre lui aux prochaines élections pour le poste de procureur d'État ? Que cela lui plaise ou non, il lui fallait l'appui d'un homme.

Souriante, elle s'avança vers Derreck, qui achevait de répondre aux questions d'une chaîne locale. La journaliste venait d'éteindre la caméra et le draguait désormais ouvertement. Il semblait apprécier, mais se hérissa à l'approche de Paula.

— Monsieur Bourke, quelle bonne surprise ! lança-t-elle en lui tendant la main.

Il la prit pour sauver les apparences, mais elle la serra fermement, un peu plus longtemps qu'il ne l'aurait sans doute voulu. Clairement frustrée, la journaliste retourna à son van, suivie par le cameraman.

— Oui, quelle surprise, dit Derreck en se dégageant.

— Je me demandais si tu arriverais à temps, poursuivit Paula en gardant une expression nonchalante pour lui permettre de sauver la face. Contente que tu sois là.

— Ça ne m'étonne pas de toi, gronda-t-il.

Son hostilité la surprit. Pourquoi serait-il venu s'il ne souhaitait pas poursuivre leur alliance ?

— Tu fais surveiller ma femme à l'hôpital ? murmura-t-il d'un ton lourd de menace. Et puis quoi encore, tu as posé des micros chez nous ? Tu la fais suivre ? Qu'est-ce que tu fabriques, Paula ? Tu as complètement pété les plombs ou quoi ?

Ah… la précieuse Anne Wiley. Il n'existait rien dans la vie de Derreck qu'il ne sacrifierait pas pour elle. À cette pensée, Paula grinça des dents, échauffée par la rancune.

Autant régler la question tout de suite. Elle n'avait pas de temps à perdre avec quelqu'un qui ne la prenait pas au sérieux.

— On peut en parler si tu me rejoins ce soir, sourit-elle en posant un instant les yeux sur ses lèvres. Je te laisse choisir l'hôtel. Tu ne m'as jamais déçue.

Il porta la main à son front comme s'il ne pouvait y croire.

— Mais tu plaisantes ? À cause de toi, Anne est complètement parano ! Ce n'est pas ce que tu m'avais promis, Paula ! Tu avais pris cette affaire pour en contrôler les retombées, pas pour espionner ma femme sur son lieu de travail !

— Je vois qu'elle te raconte tout...

Une autre raison d'être jalouse d'Anne – avoir quelqu'un avec qui tout partager.

— C'est toi qui as violé les règles, Paula, pas moi, dit Derreck en faisant un pas vers sa voiture. Désolé.

Il comptait donc s'en aller. L'abandonner, une fois de plus. Elle avait laissé passer sa seule chance. La colère enfla dans sa poitrine. Pour une fois, c'était elle qui voulait le planter là.

Elle partit la première en lui effleurant le bras au passage.

— À ta place, j'essaierais de rester dans mes bonnes grâces. Si j'hésite encore à te détruire, c'est parce que ce serait trop facile.

Puis elle se dirigea vers sa voiture d'un pas élastique qui faisait claquer ses talons sur l'asphalte, en éveillant tous les échos des façades décrépites. Avant de monter dans le véhicule, elle lui jeta un regard. Il n'avait pas bougé, les yeux ronds.

À ce petit jeu, Paula pouvait encore gagner.

25
Une échappée belle

Mon quotidien est pratiquement revenu à la normale – mon planning est rempli, le nombre de mes patients en suivi postopératoire augmente. Mais ce n'est que le calme avant la tempête. Je sens que ce n'est pas fini.

Paula Fuselier n'abandonnera jamais, je l'ai vu dans ses yeux.

Cette menace me pèse en permanence. Mes journées sont tendues, mes soirées silencieuses. Derreck passe plus de temps avec moi ces jours-ci. J'ai peur que son travail ne s'en ressente. Nous ne discutons pas beaucoup pour autant – difficile de parler librement dans un endroit potentiellement sur écoute.

Derreck a acheté un détecteur de micro espions en centre-ville pour passer la maison au peigne fin, sans rien trouver, mais je crois qu'il aurait été davantage soulagé s'il avait bel et bien détecté des micros. Il en vient à douter de l'efficacité de ses recherches.

Bref, nous avons dit adieu à notre tranquillité d'esprit. Comme si Caleb Donaghy n'avait pas déjà fait assez de mal à ma famille…

Son corps est encore à la morgue, ce qui contribue pour beaucoup à mon angoisse. Avec tout autre patient, je n'hésiterais pas à m'étonner d'un aussi long séjour, mais en ce qui le concerne, mieux vaut éviter d'attirer l'attention sur moi. Qui sait combien d'enquêteurs de Paula Fuselier rôdent encore dans les couloirs, à l'affût d'une preuve qui m'enverrait en prison ?

Je passe donc mes journées à observer tout le monde tout en m'efforçant – sans grand succès – de masquer mes soupçons. Je n'arrive même plus à me fier à mes plus vieux collègues : peut-être sont-ils du côté du Dr Bolger ? Était-ce bien lui qui a appelé le bureau du procureur d'État, ou quelqu'un d'autre encore ? Je n'ose plus regarder les gens dans les yeux de peur qu'ils ne décèlent une tueuse sous le voile savamment brodé de mes excuses.

Mon seul refuge est la salle d'opération. J'y suis entourée de mon équipe et de l'un des trois anesthésistes compétents qui nous restent après la suspension de Bolger. Quel soulagement – personne ne peut venir m'arrêter ici. On ne me passerait pas les menottes pendant que j'opère.

Mais chaque fois que je quitte le bloc, je retiens mon souffle par crainte d'un comité d'accueil. Je sens que cela pourrait se produire à tout moment. Même aujourd'hui.

M'autoriser à le laisser mourir, n'était-ce pas complètement fou ? De quel droit l'ai-je puni pour ce qu'il a fait à Melanie ? J'en viens à me demander si j'ai une conscience, car je n'éprouve toujours aucun regret. Je ne songe qu'à elle – ses hématomes, la terreur dans ses yeux, ses sanglots en revoyant son violeur dans le parc. Son corps inerte dans mes bras, seulement cinq ans plus tard.

Je chasse ces pensées pour me concentrer sur le triple pontage de Mme Orlowski, que nous avons retardé de quelques jours en raison de ses variations de tension. Elle semble particulièrement sensible au stress, malgré nos efforts pour ajuster son alimentation et son traitement afin de la stabiliser. Nous lui avons fait passer des examens complémentaires pour trouver la cause de ces problèmes, sans rien déceler d'autre qu'une légère hypothyroïdie. Rien qui dépasse nos compétences.

J'ai une nouvelle règle au bloc : avant de faire la première incision, je passe de l'autre côté du champ opératoire pour dévisager mon patient. Cela me semble approprié, même s'il n'y a évidemment pas d'autre Caleb Donaghy dans la nature, pas d'autre monstre dans mon placard.

J'entends derrière moi le Dr Dean nous parler de ses dernières mésaventures de randonnée et de ses projets d'alpinisme pour l'an prochain dans la chaîne Absaroka, dans l'est du parc national de Yellowstone. Presque tout le monde s'esclaffe en l'entendant raconter comment le chien d'un autre campeur a dérobé son steak sur le gril – presque tout le monde. Je suis trop tendue pour rire, et Lee Chen semble un peu fatigué. D'ailleurs, cela fait un moment que je ne l'ai pas vu sourire, sauf le jour où la revue de cas m'a innocentée. Il doit traverser des difficultés personnelles.

Je reviens à mon poste et je tends la main. Madison y place le scalpel avec juste ce qu'il faut d'énergie. Nous voilà repartis.

Dès la première incision, je remarque que quelque chose ne va pas. Nous avons beau avoir épluché les résultats d'analyse de la patiente, j'arrête la scie à quelques centimètres de son sternum, en fronçant les sourcils devant le sang qui coule à flots sans le moindre signe de coagulation.

— Stop !

Virginia, qui sait ce que je veux dire, éteint aussitôt la musique. Les conversations s'interrompent, remplacées par un silence tendu rythmé par l'électrocardiogramme. Je repose la scie pour examiner l'incision de plus près.

Toujours aucune hémostase. J'ai fait une erreur quelque part.

— Du plasma, vite !

Un son strident s'élève des machines.

— Sa tension s'effondre ! crie l'anesthésiste. 95/60.

Je viens de lui faire une incision de quinze centimètres dans la poitrine. Elle va perdre tout son sang.

Virginia revient en courant avec le plasma et Madison entame la transfusion. Une autre, de sang, est lancée sur son autre bras. Après un long moment, l'alarme se tait.

— 105… Ça remonte lentement, dit l'anesthésiste.

— Virginia, ressors-moi ses facteurs de coagulation. Ils étaient normaux quand je les ai vérifiés !

D'accord, la tension de la patiente n'était pas stable, mais ça n'a rien à voir avec ce qui vient de se produire.

— On referme ? demande l'anesthésiste.

— Pas encore.

J'examine les lèvres de la plaie qui, même après l'évacuation des fluides par Madison, saigne encore profusément. Le sang commence enfin à coaguler, mais pas assez vite.

Virginia ouvre le dossier devant moi, loin de la table, pour que je puisse le consulter sans le toucher. Je n'arrive pas à y croire. Un nœud à l'estomac, je relis encore et encore les chiffres de ses facteurs de coagulation. Je me revois lundi, en train de feuilleter les pages sans grande attention, en ne me concentrant que sur les résultats en gras, ceux qui étaient anormaux. Parce que je songeais à Paula Fuselier et à la revue de cas.

Les ordinateurs ne sont que des machines idiotes, et ceux qui se reposent dessus pour signaler les résultats anormaux – comme moi – sont plus idiots encore. Le taux de thrombocytes est bien trop bas, à peine au-dessus du minimum. Pareil pour les fibrinogènes. Quant à son temps de Quick, il n'est que d'une seconde au-dessus de la valeur qui lui aurait valu d'être signalé en gras, ce qui aurait automatiquement exclu la patiente du bloc. Si j'avais remarqué ces chiffres, j'aurais repoussé l'opération jusqu'à ce que son taux de plaquettes remonte et que son temps de coagulation redevienne normal.

Je suis inexcusable. Dans mon métier, il n'est pas acceptable de se laisser distraire, quoi qu'il arrive. M avait raison. Ceux qui sont incapables de tout donner n'ont pas leur place à l'hôpital. Des vies sont en jeu.

Quelques heures plus tard, je sors du bloc en arrachant ma tenue pour la jeter dans la poubelle près de l'évier. Après avoir enfilé ma blouse blanche, je pars trouver M dans son bureau d'un pas décidé. Je n'en peux plus. Ne pouvoir me confier à personne, ne pas savoir ce que je vais devenir – tout cela a failli coûter la vie à cette femme.

J'entre sans frapper. M est au téléphone, apparemment au sujet du gala de charité du mois prochain. Sur son bureau, près du fil en spirale, une photo où elle tient la main d'une petite fille de cinq ans qui rit aux éclats. Serait-ce sa fille ? À quarante-sept ans, elle est un peu trop vieille pour cela. Mais peut-être n'est-elle pas trop jeune pour être grand-mère.

Au mur, la télé diffuse le journal de 5 heures, le son si bas que je n'entends pas grand-chose. Je fais les cent pas en fixant l'écran d'un regard vide. Ça parle d'arrestation, du meurtre d'un témoin par arme à feu.

— Mais qu'est-ce qui vous arrive ? demande M en mettant fin à l'appel.

J'ai beau avoir la gorge sèche, le besoin de soulager ma conscience est le plus fort.

— J'ai failli tuer ma patiente ! Je n'ai pas remarqué que les facteurs de coagulation étaient si proches du minimum, j'ai procédé à l'incision initiale, et…

Je me masse le front en fermant les yeux, soudain incapable de poursuivre, d'exprimer la tornade de culpabilité et d'angoisse qui fait rage en moi.

— Quelle patiente ? demande M en fixant son ordinateur.

Elle devait déjà avoir ouvert le planning, car il lui suffit d'un instant au clavier pour la trouver.

— Orlowski ? Triple pontage ?

Je hoche la tête, à la fois tremblante et prise de vertiges. M est aussi brusque qu'à l'ordinaire :

— Et alors, qu'avez-vous fait ? Où en est-elle ?

— Elle est… en postopératoire, dis-je en butant sur les mots. Elle s'en remettra.

— Vous avez ouvert la poitrine d'une patiente aux facteurs de coagulation trop bas ?

— J'ai procédé à une transfusion de plasma et de sang sur la table d'opération, dis-je, blanche comme un linge. Sans cela, il aurait fallu la recoudre, lui dire que l'opération avait échoué, et attendre quelques jours pour recommencer, le temps qu'elle reconstitue son plasma.

M me fixe de ses yeux sombres et acérés. Je réprime un frisson.

— J'ai décidé de continuer le pontage. Je sais que c'était un gros risque, et j'en suis désolée.

Elle continue à me dévisager comme pour sonder mes tripes, les lèvres pincées, les mains jointes sur son bureau. Je n'entends plus que le murmure de la télévision.

— C'était la bonne décision, déclare-t-elle enfin. La patiente a survécu et vous n'avez pas exposé l'hôpital à des poursuites en annulant l'opération après la première incision. Inutile d'ébruiter l'incident. J'espère que votre équipe sait tenir sa langue.

Elle s'interrompt un moment, un éclat étrange dans le regard.

— Mais que je sois bien claire : c'était un coup de chance. Et si vous vous reposez sur la chance, vous vous exposez au pire.

Elle se lève pour contourner son bureau avec des enjambées aussi larges que le permet sa jupe étroite. Puis elle s'assoit sur le sofa et tapote le coussin pour m'inviter à l'y rejoindre. Gênée, je me place près de l'accoudoir. Ça ne lui ressemble pas. Elle s'installe souvent sur son canapé avec des donateurs ou des conférenciers, mais avec moi, c'est une première, et je ne sais pas quoi en penser.

Un journaliste local parle à l'écran, vite remplacé par une publicité pour du fromage frais.

— Anne, pour une raison qui m'échappe, quelqu'un au bureau du procureur d'État a une dent contre vous. C'est une certitude.

Je n'ai rien à répondre. Cela m'échappe aussi.

— Mais si vous voulez sauver votre carrière, ici ou ailleurs, il faut vous reprendre. Inutile de vous dire que si vous perdez un autre patient alors qu'on vous observe déjà au microscope, ce sera la fin. Soit on vous retirera votre licence, soit vous serez expédiée en Alaska soigner les engelures et les abcès périanaux.

— Bien sûr.

Je suis ébranlée mais pas surprise. J'avais bien besoin qu'elle me secoue un peu. Tout de même, les larmes me montent aux yeux. Ce n'est vraiment pas le moment de perdre mes moyens.

— Ce ne serait pas en lien avec lui ? dit-elle en désignant la télé.

Une publicité pour un détachant vient de laisser la place au clip de campagne de Derreck. Il passe vraiment bien à l'écran – la caméra l'adore. L'espace d'un instant, j'oublie tout le reste et je regarde le clip comme si je ne l'avais encore jamais vu. Vêtu d'un costume bleu nuit avec cravate Armani à carreaux ton sur ton et d'une chemise plus claire assortie à ses yeux, il est confortablement installé sur une chaise en fer forgé dans un café de quartier et nous explique comment la troisième des villes les plus peuplées des États-Unis est devenue la capitale du crime. Sans en faire trop, d'un ton sérieux mais agréable, il promet d'adopter des mesures fermes afin de reprendre le contrôle de cette zone de guerre qu'est devenue sa cité adorée. Le clip s'achève par le slogan : *votez avec confiance, croyez au changement*. C'est moi qui le lui ai soufflé quelques mois plus tôt lorsqu'il a décidé de faire de la lutte contre la criminalité le fer de lance de sa campagne. Je ne pensais pas que ces mots assez plats auraient un effet, mais les sondages m'ont donné tort.

— Peut-être le maire a-t-il une dent contre lui. Ou contre vous, dit M lorsque le clip s'achève.

Je me tords les mains si fort que mes doigts me font mal.

— Je n'en sais rien. Nous finirons tous les deux par couler si ça continue comme ça. À moins que…

— À moins que quoi ? m'encourage M en se penchant vers moi.

Je n'ai pas encore les pensées assez claires pour exposer mon raisonnement, mais quelque chose commence à prendre forme.

— Je ne comprends toujours pas comment cette femme a appris la mort de Donaghy.

— C'est vrai, s'étonne M.

— Je pensais que c'était le Dr Bolger qui avait contacté le bureau du procureur, mais si ce n'était pas le cas ? Il était partiellement responsable pour l'opération. Même s'il me hait, quand j'y pense, je ne le crois pas assez idiot pour attirer l'attention sur la mort d'un de ses patients.

— Qui sait ? Il a toujours été aveuglé par ses positions sexistes. N'imaginez pas que je n'en aie jamais fait les frais.

— Non, ça ne peut pas être lui, dis-je en secouant lentement la tête. C'est une question de timing. Quelqu'un a contacté le bureau du procureur *avant* le rapport d'autopsie, donc avant que le Dr Bolger soit certain de n'y être pour rien. Avant la revue de cas.

Avec un effort, je cesse de me tordre les mains.

— Il faut chercher ailleurs, je le sens.

— Alors, où donc ?

Après un long soupir, je réponds simplement :

— Je n'en ai aucune idée.

Toujours la même réponse que lorsqu'elle m'a posé la question après la revue de cas.

— Bolger est complètement tordu, mais je comprends ce qui le motive. Si ce n'était pas lui, je ne vois pas qui d'autre aurait pu m'en vouloir.

M penche la tête sur le côté, un sourire aux lèvres.

— Je connais le moyen de le découvrir. Avec un peu de chance, l'appel a été passé depuis l'hôpital. Je vais demander un rapport à notre service téléphonique. Vous pourrez interroger le coupable si nous le découvrons.

Je hoche la tête, encore si nerveuse que j'en viens presque à m'étonner de ne pas être renvoyée.

— Bon alors, qu'est-ce qu'on fait ? demande-t-elle, toujours aussi brusque. Vous arrêtez d'opérer tant que les choses ne se sont pas calmées ?

— Non ! dis-je aussitôt. Je vous en prie, ne me suspendez pas. Ça me tuerait. Je ne vis que pour mon travail… Ne me l'enlevez pas.

Et surtout, une suspension ne ferait qu'attiser les soupçons de Fuselier et lui confirmer que la mort de Donaghy était suspecte. M lève les mains :

— D'accord, d'accord. Mais je n'autoriserai plus aucun dérapage, c'est bien clair ?

— Parfaitement clair, dis-je en me levant.

Elle me congédie du même geste impatient qu'elle doit sans doute employer pour dire à sa petite-fille d'aller se brosser les dents. En regagnant mon bureau, je me surprends à me demander ce qu'elle compte faire si nous découvrons qui a passé l'appel au bureau du procureur.

26
Une perquisition

Un autre week-end s'écoule dans le silence. Faire semblant de rien m'est extrêmement difficile. Je voudrais tellement discuter avec Derreck de ce qui pourrait se produire, lui demander conseil, mais l'idée d'être sur écoute continue à me hanter. Nous n'avons envie de rien.

Ma mère reste la plupart du temps dans sa chambre, plongée dans un livre ou devant la télé. Nous prenons toujours nos repas ensemble, et Derreck a passé tout le week-end à la maison. Le dimanche soir, il m'emmène dîner dans une petite pizzeria dont il connaît les propriétaires, et où il peut requérir une banquette privée.

C'est là, penchés ensemble, que nous discutons à murmures empressés. Je lui demande comment nous saurons que tout cela a pris fin. Le bureau du procureur m'informera-t-il que l'enquête est close ? Non, répond Derreck, cela n'arrive jamais. Pire encore, certains dossiers peuvent rester ouverts pendant des années. Il m'implore à nouveau de lui donner la permission d'en parler à Mitch Hobbs.

Je décline encore l'offre. M le prendrait très mal si le procureur d'État choisissait de voir cet appel comme une tentative d'influencer l'enquête. Derreck est contraint de l'admettre et reconnaît qu'il vaut mieux éviter, même s'il ne semble pas tout à fait convaincu. Je ne mange que quelques miettes de pizza malgré l'odeur du fromage qui me met l'eau à la bouche.

Quand pourrai-je enfin souffler ?

J'écoute distraitement Derreck m'expliquer le mécanisme des élections municipales de Chicago. Certains clients le reconnaissent, le montrent du doigt ou viennent nous saluer ; certains se contentent de nous adresser un sourire au passage. Quelqu'un grimace, sans doute de l'autre bord.

Même ces observations ne servent que de décor à la pensée qui me hante depuis des semaines, toujours la même : la raison pour laquelle le cœur de Caleb n'est pas reparti.

Peut-être ne le saurai-je jamais. Mais je n'arrive pas à l'accepter.

Le lundi matin, j'ai un plan.

Il n'est pas formidable, et Derreck m'en voudra, mais il faut que je sache. Deux semaines et trois jours se sont écoulés depuis que j'ai envoyé Donaghy à la morgue, et j'ai l'impression de traverser une crise d'identité, nourrie par ce paroxysme d'angoisse constante.

D'aucuns pourraient dire que ça n'a pas vraiment d'importance, puisque je suis partie du principe qu'il aurait pu être réanimé si j'avais essayé. Mais c'est justement pour cela que je dois savoir s'il lui restait une chance. Sans cela, je finirai par devenir folle.

Dès la fin de mes visites du matin, je m'installe devant mon ordinateur pour contacter le légiste responsable de l'autopsie. Après m'être présentée et avoir expliqué la raison de ma démarche, je liste dans un court paragraphe les procédures auxquelles je souhaiterais soumettre le corps de Donaghy dans le but de comprendre son arrêt cardiaque.

Oui, cela revient à ouvrir la boîte de Pandore. Le rapport du légiste m'avait exonérée, ce dont j'étais extrêmement reconnaissante. N'importe quel être raisonnable lâcherait l'affaire.

C'est pour cela que j'enregistre pour l'instant le message dans mes brouillons. La nuit me portera conseil.

En levant les yeux de mon écran, j'aperçois Paula Fuselier qui m'adresse un horrible sourire de l'autre côté de la paroi de verre. Mon sang se glace dans mes veines.

Je n'arrive pas à croire qu'elle est là. Derreck avait raison : une éternité pourrait s'écouler avant que les choses ne reviennent à la normale. Les élections de novembre n'y suffiront sans doute pas, à supposer que ce harcèlement soit bel et bien lié à sa campagne.

Puis, tandis que l'avocate pousse la porte de mon bureau, une pensée me traverse : et si quelqu'un lui avait rapporté l'accident tout juste évité avec Mme Orlowski la semaine dernière ? Mais non, c'est impossible. Seuls M, mon équipe et mon nouvel anesthésiste sont au courant.

Aucun d'eux ne me dénoncerait au bureau du procureur, je pourrais en jurer.

Je me lève pour l'accueillir dès son entrée : hors de question de la laisser approcher de mon bureau cette fois-ci.

— Maître Fuselier, n'est-ce pas ? dis-je sans un sourire.

— Ne faites pas semblant d'avoir oublié mon nom.

— Vous perdez votre temps. J'ai bien peur de ne pas pouvoir vous parler en l'absence d'un avocat.

— Eh bien, vous pouvez m'écouter, dit-elle froidement en allant s'asseoir sur l'une des deux chaises.

Elle croise les jambes, et la pointe de son pied qui s'agite effleure mon bureau. Je veux qu'elle s'en aille.

Mais je ne peux pas l'y forcer. D'instinct, je croise les bras et je m'appuie contre le mur pour la dévisager. Elle s'observe dans un petit miroir comme si elle avait tout son temps, puis prend enfin la parole.

— Je suis venue par courtoisie professionnelle. Nous sommes sur le point d'adresser un mandat de perquisition à l'hôpital pour obtenir les enregistrements de vos opérations.

Je me retiens de lui demander sur quelle période : selon Derreck, même les questions peuvent être retenues contre moi au tribunal, pas juste les déclarations. Elle sort un petit carnet de sa poche avec un sourire gêné.

— Excusez-moi, j'ai si mauvaise mémoire pour certaines choses...

Elle s'éclaircit la gorge :

— Si j'ai bien compris, votre temps moyen de réanimation avant de déclarer le décès, pour tous vos patients en circulation extracorporelle, est de quarante-trois minutes.

— Je n'ai jamais déclaré le décès de personne avant la mort de Caleb Donaghy, dis-je en haussant les épaules. Vous racontez n'importe quoi.

Pourtant, ces chiffres sont précisément ceux qu'a cités M pendant ma comparution. C'est donc bien le Dr Bolger qui m'a dénoncée, et pas qu'une fois. Personne d'autre n'était présent pendant l'opération et la revue de cas. Mon estomac se retourne : que cette femme soit en contact avec lui est bien la dernière chose dont j'avais besoin.

— Ah oui, pardon. Une moyenne de quarante-trois minutes avant la « FCN ». Je croyais que c'était un terme médical pour le décès...

— Ça veut dire « fréquence cardiaque normale ». D'un patient vivant, donc, pas mort.

Je ne peux pas m'empêcher de persifler, alors qu'il faudrait que je me taise.

— Bien sûr, c'est logique. Alors voilà, nous allons émettre un mandat de perquisition pour comprendre en quoi cette opération... pardon, cette *réanimation* se distingue des autres. Nous allons comparer tous les enregistrements, étudier vos mouvements et signaler les moindres différences. Par exemple, ce dossier-là précise que d'habitude vous injectez de l'adrénaline droit dans le cœur du patient, mais vous ne l'avez pas fait cette fois-là...

Moi qui peinais déjà à combattre mes angoisses, voici qu'elles m'envahissent à nouveau.

L'avocate est sur le point de me demander autre chose lorsque Madison arrive en trombe.

— Mme Molinari a besoin de vous en salle postopératoire tout de suite !

Je fronce les sourcils, stupéfiée de l'entendre appeler « Mme » un patient masculin. Puis je comprends qu'elle est venue à mon secours avec une fausse excuse. Elle garde la porte ouverte et je sors à grands pas, confiante – elle chassera Paula de mon bureau elle-même ou appellera les services de sécurité si elle n'y parvient pas en moins de trois secondes.

Je me glisse dans une chambre vide près du bloc opératoire, je verrouille la porte et je tire les rideaux. Puis je m'effondre sur la chaise, suffoquée par des sanglots de terreur et de désespoir.

Ça ne finira jamais.

Il faut que je m'en aille, que je trouve un endroit où respirer, ne serait-ce que pour une heure.

27
Une tanière

Quand j'ai quitté l'hôpital sans rien dire à personne, je pensais partir avant l'heure, mais il faisait déjà nuit. N'empêche, je gardais la tête basse en gagnant ma voiture, de peur que l'avocate ne me voie. C'était plutôt moi qui voulais éviter de la voir, telle la proverbiale autruche avec sa tête dans le sable, qui s'imagine ainsi dissimuler au monde son gros derrière emplumé. D'ailleurs, malgré mon regard baissé, de nombreux collègues m'ont souhaité bonne nuit.

Mais je ne l'ai pas vue, pas croisée, et je crois bien qu'elle n'a pas conscience de m'avoir fait fuir.

Dès que je me retrouve dans ma voiture, mes yeux s'inondent à nouveau de larmes.

Je ne suis pas prête à accepter un avenir derrière les barreaux, loin de tout ce que j'aime – ma famille, mon travail. J'en mourrais. Mais tandis que je m'insère dans la circulation de ce début de soirée, une pensée dérangeante me gagne : il est difficile de mourir. On s'imagine que telle ou telle chose nous tuera, mais c'est rarement le cas. Par nature, nous continuons à vivre contre toute raison, même sans volonté, par pur instinct. Non, je passerais de longues années à souffrir en prison, de longues années de douleur et de désespoir avant d'y mourir.

Quelle horrible idée. L'espace d'un instant, je songe à me suicider tant que je le peux encore.

Puis je reprends mon souffle. *Ce n'est pas encore fini.* Je me le répète assez de fois pour commencer à y croire.

Je m'arrête à un feu rouge. Le temps est venteux, et il bruine, mais pas suffisamment pour que j'enclenche les essuie-glaces. Des bourrasques projettent de temps à autre des feuilles et des brindilles sur mon pare-brise, avec un crépitement inquiétant, comme dans un film d'horreur. Mais l'une de ces brindilles attire mon attention juste avant que le vent ne l'emporte : j'y vois un petit bourgeon, déjà vert. La promesse du printemps qui arrive.

Cela fait plus de deux semaines que je n'ai pas regardé les arbres. Deux semaines que je n'ai plus couru le matin. Mes journées ont perdu toute normalité dès l'instant où j'ai vu la tache de naissance sur le front de Donaghy. Ma vie s'est arrêtée en même temps que la sienne.

En arrivant chez moi, je constate que j'ai devancé Derreck, ce qui ne m'étonne pas : il ne rentre jamais avant 18 heures, quoiqu'il arrive généralement à être là avant la demie ces jours-ci.

Ma mère est dans la cuisine, devant une casserole de pâtes. L'air embaume la coriandre, les oignons sautés et le parmesan fraîchement râpé. Toujours pas de viande au dîner : c'est sa façon de prendre soin de moi. Ce n'est pas nécessaire, mais cela me réchauffe le cœur.

Je m'attarde dans ses bras, mais j'ai perdu assez de temps à pleurer. *Il faut que je sache.*

— Qu'est-ce qui ne va pas, ma chérie ? demande ma mère en m'observant longuement, le front plissé par l'inquiétude.

Je lui embrasse la joue avec un sourire, puis je pose mon sac sur une chaise.

— Tout va bien. Je dois juste m'occuper de quelque chose avant le dîner.

— Je garderai ton assiette au chaud, dit-elle en revenant à ses pâtes.

Tandis que je gagne la tanière, le minuteur se déclenche et je l'entends éteindre la plaque. Comme toujours, je trouve dans ce petit bureau le calme dont j'ai besoin, les souvenirs de mon père, sa force. *Que me dirait-il ? Quels seraient ses conseils ?*

Je m'enfonce dans le fauteuil hollandais en fermant un instant les yeux pour m'imaginer face à lui. Sa voix est sévère mais marquée par la fierté. La mort de Donaghy n'est que justice, dit-il. Je sais bien que c'est moi qui écris ses répliques, mais c'est tout de même sa voix que j'entends, sa sagesse que je tente d'évoquer.

Pas de conclusions hâtives, me souffle-t-il. *Il faut que tu saches exactement ce qui s'est passé. Tu l'ignores encore. Et si tu l'ignores, comment cette avocate pourrait-elle le savoir ?*

Je rouvre grands les yeux. Il a raison. Personne ne connaît la vérité sur Donaghy, sauf Derreck, et Derreck ne me trahirait jamais. Si Paula Fuselier veut prouver qu'il s'agit d'un meurtre, légalement, elle a besoin d'un mobile.

J'allume mon ordinateur, en lui intimant de se dépêcher, puis j'entre le nom de Donaghy et celui de Melanie dans la barre de recherche. Mais avant que je n'achève de taper, mes doigts se pétrifient sur le clavier.

Et si mes recherches Internet étaient elles aussi sous surveillance ? Et si cette avocate n'arrivait pas à trouver de lien entre Donaghy et ma famille, mais que je lui confirmais ainsi qu'il y a anguille sous roche ?

Tant qu'elle croit encore qu'il est mort durant l'opération comme cela arrive parfois, elle ne peut qu'essayer de me retirer ma licence, et j'ai de bonnes chances d'éviter la prison. Par contre, si je lui donne des preuves supplémentaires comme une idiote...

Mais suis-je vraiment sous surveillance ? La maison est-elle sur écoute ? Peut-on vraiment faire cela sans mandat de perquisition ? Derreck est le candidat favori aux élections municipales de Chicago. Une intrusion pareille ne resterait pas sans conséquences.

Qu'ai-je dit exactement à mon mari cette nuit-là, lorsque je sanglotais dans ses bras ? Je n'étais pas très cohérente. Quelles ont été mes paroles exactes ? Ai-je vraiment dit que...

Oui. J'ai dit que je le connaissais. Pas au début, mais ensuite... Et j'ai admis que je m'étais précipitée pour déclarer son décès. Mais je n'ai pas réussi à expliquer son identité. J'ai été submergée par les sanglots, et Derreck n'a pas eu besoin que j'en dise plus.

Ne pas savoir me rend folle. J'ai l'impression que mon cerveau tourne dans le vide, comme la petite roue qui s'affiche sur l'écran de mon Mac lorsqu'il rame.

Cette femme semble avoir une raison personnelle de m'en vouloir. M part du principe que quelqu'un l'a appelée depuis l'hôpital, rien de plus, mais il y a forcément une autre raison. Dans ses yeux, je n'ai lu que de la haine, et je n'arrive pas à comprendre ce qui la nourrit.

— C'est prêt ! crie ma mère depuis la cuisine. Et Derreck vient de rentrer !

Je referme le navigateur en me mordant la lèvre, frustrée. Je ne peux même pas surfer sur Internet dans ma propre maison, voir s'il existe quelque chose en ligne qui prouverait l'existence d'un lien entre Donaghy, Melanie et moi.

En sortant de la tanière, au moment d'éteindre la lumière, je suis saisie d'une bouffée d'angoisse en me rappelant le brouillon de l'e-mail que je comptais envoyer au légiste depuis l'hôpital.

Je dois le supprimer dès demain, avant de l'envoyer par erreur, avant que quelqu'un ne pose les yeux dessus.

Je n'aurais jamais dû l'écrire.

28
Un jogging

Incapable de dormir, je fixe le plafond en regardant les ombres qu'y découpe la lune au travers du pin. Le vent souffle toujours en agitant les branches de l'arbre, qui raclent parfois la fenêtre.

Mais ce n'est pas ce bruit qui me tient éveillée.

Derreck, à mes côtés, est profondément assoupi. Son souffle mentholé me caresse la joue et me rappelle que je ne suis pas seule, qu'il existe des gens qui m'aiment. Son bras est posé sur mon estomac, mais ça ne me dérange pas. Même si je n'arrive pas à fermer les yeux, je peux au moins rester immobile pour ne pas troubler son sommeil. Il m'a semblé fatigué ces derniers temps, les traits tirés, les yeux cernés, lui d'habitude si solide, si nonchalant.

Je serais idiote de m'imaginer que ce que je traverse ne l'affecte pas.

Tu dois résoudre ce problème, me dirait mon père. *Pour vous deux.* C'est lui qui m'a appris comment savoir quoi faire – ou, selon ses propres mots, « diagnostiquer la réalité ».

— L'important, c'est de placer de bons paris, disait-il, les yeux brillants d'enthousiasme comme chaque fois qu'il enseignait. Si tu es en bonne santé, tu ne vas pas parier que tu auras besoin d'aller à l'hôpital dans un an. Peut-être que tu en auras besoin en cas d'imprévu, mais le plus sûr est de prendre soin de toi. Agis en fonction des probabilités, parie sur ce qui risque d'arriver, et reste toujours, toujours honnête avec toi-même.

Il est temps que je fasse mon diagnostic avant que cette avocate enragée ne le fasse pour moi.

Les yeux grands ouverts, je revis l'opération de Caleb Donaghy dans les moindres détails. Ce n'est pas difficile, après avoir regardé l'enregistrement tant de fois. Après l'avoir reconnu, je suis repassée de l'autre côté du champ opératoire, la main au-dessus de sa poitrine, les doigts légèrement tremblants…

Je voulais lui arracher le cœur pour le punir de ce qu'il avait infligé à Melanie, mais je ne l'ai pas fait. Je suis restée calme, j'ai fait semblant de le réanimer pendant encore deux minutes, puis j'ai déclaré le décès.

Personne n'a remarqué que mon massage cardiaque était factice, pas même le Dr Bolger. Sans cela, je serais déjà en prison.

Le réveil numérique sur la table de nuit de Derreck affiche 3 h 37 du matin en chiffres verts. L'heure parfaite pour aller courir.

Je me glisse hors du lit malgré son bras et il se retourne de l'autre côté avec un léger ronflement. J'attends un instant que sa respiration revienne à la normale, puis je quitte la chambre.

D'habitude, je prends une douche, mais j'aurais peur de le réveiller. Je me contente d'attraper mon jogging et mes baskets préférées, plus une écharpe : la nuit pourrait encore être trop froide.

Je suis mon chemin habituel dans le parc Lincoln, une boucle de cinq kilomètres entièrement déserte, à l'exception d'un SDF endormi sur un banc. Cela fait presque trois semaines que je n'ai pas couru et je suis hors d'haleine, exhalant de lourds nuages de buée. Incroyable à quel point il est facile de prendre de mauvaises habitudes.

Dès que j'ai fini, toujours en tenue de sport, je prends la voiture jusqu'à l'hôpital. Je pourrai me doucher et me changer là-bas : j'y garde des vêtements de rechange au cas où. Les couloirs qui mènent à mon bureau sont vides, en dehors d'une infirmière en sabots de caoutchouc qui semble à peine me voir.

Première chose : allumer mon ordinateur pour supprimer cet e-mail au légiste. Il est encore là… puis il disparaît, d'abord de mes brouillons, puis de la corbeille.

Me laver et m'habiller me prend moins de quinze minutes. Je suis prête à passer à la suite. Il me reste presque trois heures avant de commencer mes visites, puis d'enchaîner avec un remplacement de la valve aortique sur un patient de dix-neuf ans.

Ce sera peut-être trop court pour ce que je compte faire.

Je m'empare de mon classeur rouge pour retracer toutes les étapes du séjour de Donaghy à l'hôpital, en prenant des notes au crayon sur des pages vierges sorties de l'imprimante. Je connais bien cette routine que je n'ai donc aucun mal à reconstituer. Les repas, les prises de sang, les visites du médecin… Tout y passe.

Une fois cette frise chronologique établie, je m'attaque aux informations précises concernant Donaghy. Dans quelle chambre a-t-il séjourné ? Qui a changé ses draps ? Quelles aides-soignantes l'ont aidé à se doucher ? Qu'a-t-il mangé et qui lui a amené ses repas ? Quels traitements a-t-il suivis et qui les lui a administrés ? Où cela ? Quelle dose, à quelle fréquence ? A-t-il souffert d'effets secondaires et si oui, lesquels ? Et enfin : qui l'a préparé à son opération ? Qui a rasé sa poitrine et sa barbe ?

Je finirai bien par découvrir ce qui a condamné le cœur de ce salopard.

29
Une conversation avec Hobbs

Le bureau de Paula était encombré d'ouvrages juridiques, certains ressortis des cartons qu'elle avait si soigneusement préparés en vue de son déménagement au cinquième. Quelques-uns de ces livres étaient encore ouverts, d'autres refermés sur des post-it où elle avait griffonné des notes.

Adam était passé la voir deux ou trois fois, sans doute pour vérifier que ses priorités étaient en ordre, mais elle l'avait chaque fois renvoyé d'un geste de la main sans engager la conversation. Il ne pouvait pas l'aider dans ses recherches : ce n'était qu'un flic, pas un avocat.

Personne ne pouvait l'aider. Mais elle n'y arrivait pas, et elle détestait perdre. Ou plutôt, elle ne savait pas perdre. Que le destin lui barre la route en ce qui concernait Anne Wiley était tout simplement inacceptable.

En grinçant des dents, Paula relut ses notes dans l'espoir de découvrir un vice de procédure qui lui permettrait d'obtenir ce fameux mandat. Aucun juge ne signerait le document dans son état actuel. Comment Paula pourrait-elle justifier sa demande ? En invoquant l'intuition féminine ? N'importe quel professionnel lui rirait au nez.

Mais elle avait vu la peur briller dans les yeux d'Anne à la mention d'un mandat de perquisition pour les enregistrements de ses procédures. Elle l'avait vue pâlir en l'entendant faire référence au temps qu'elle avait passé à réanimer ses précédents patients. Paula tenait quelque chose, elle le savait, même si elle ne pouvait pas encore le prouver.

Depuis son retour de l'hôpital la veille, elle n'avait pas cessé de fouiller les archives dans l'espoir de tomber sur un précédent qui lui permettrait de faire passer son mandat de justesse, à condition de tomber sur un juge bien disposé ou qui lui devait une faveur. Elle ne s'était pas changée et n'avait pas dormi, en dehors d'une sieste de quelques minutes sur le canapé de son bureau. Mais ses efforts restaient vains : elle n'avait rien trouvé.

Anne Wiley s'en sortirait impunément alors qu'elle avait commis un meurtre, et Derreck ne divorcerait jamais. Comment le pourrait-il alors qu'il puisait ses financements dans les poches de sa belle-mère ? Rien de ce que Paula avait à offrir ne suffirait à l'en détourner.

Elle attrapa le *Code et lois de l'Illinois*, une édition reliée à la couverture bleue, et l'envoya au travers de la pièce avec un grognement de frustration. Le livre s'écrasa sur le mur et glissa au sol dans un bruit de pages froissées, coupable de n'avoir pas su guider Paula hors de l'impasse.

Quelques instants plus tard, Marie passa une tête dans le bureau.

— Tout va bien ?

Paula se retint de justesse de ne pas hurler sur son assistante.

— Oui, Marie, ça va. J'ai fait tomber quelque chose, c'est tout.

Marie jeta un regard peu convaincu sur le livre, puis à Paula, mais ne fit aucun commentaire. Elle ramassa le *Code* pour le rapporter sur le bureau, puis débarrassa les deux mugs vides incrustés de café de la veille.

— Hobbs vous demande.

— Quoi ? Maintenant ?

— Il vient d'appeler, confirma Marie en jetant un regard inquiet vers le couloir. Il n'avait pas l'air très content.

Merde.

— Très bien, répondit Paula en lissant ses cheveux des deux mains.

Elle rentra sa chemise dans son pantalon, enfila sa veste, rafraîchit son rouge à lèvres et attrapa un bloc-notes à l'en-tête du bureau du procureur. Au moment où elle sortait, Marie cria :

— Et Adam voudrait également vous parler quand vous aurez un moment.

Paula leva le pouce sans se retourner. Elle pourrait gérer Adam plus tard.

L'ascenseur l'emporta au cinquième trop vite pour qu'elle puisse deviner ce que son patron lui voulait. Peut-être souhaitait-il discuter de la mise en accusation de cet après-midi ? Paula l'espérait, mais son estomac se serrait un peu plus à chaque étage.

Lorsqu'elle entra dans le bureau de Hobbs, elle le trouva occupé à faire les cent pas. Il avait tombé la veste de son costume anthracite, remonté ses manches et desserré sa cravate. Le pli qui lui barrait le front ne fit que se creuser davantage lorsqu'il la vit. D'un geste, il l'invita à s'asseoir. Paula obéit en silence. Tout cela n'annonçait rien de bon.

Il s'arrêta à deux mètres d'elle et la dévisagea, ce qui ne fit qu'ajouter à la tension.

— Avant de vous expliquer à quel point vous m'avez déçu, laissez-moi vous informer que vous faites l'objet d'une enquête officielle pour abus de pouvoir. Vous êtes suspendue.

Paula se pétrifia. Que s'était-il donc passé ? Elle parvint à retrouver la parole sans laisser transparaître son trouble.

— Puis-je vous demander pourquoi ?

— Vous avez usé de vos fonctions à des fins personnelles.

— Monsieur, je vous assure…, commença-t-elle, consternée.

Les yeux de Hobbs brillèrent d'un éclat d'acier.

— Je fais référence à votre soi-disant « enquête » sur le décès d'un patient à l'hôpital Joseph Lister durant une opération menée par une certaine Anne Wiley, chirurgienne. La mémoire vous revient ?

Paula redevint muette. Comment se tirer de là ? Elle avait intérêt à réfléchir, et vite. Mais Hobbs n'avait pas fini :

— Son nom doit forcément vous dire quelque chose, puisque vous couchez avec son mari, Derreck Bourke. Pendant les heures de travail, d'ailleurs.

Les choses étaient encore pires que prévu. *Bordel, Adam !* Il s'était retourné contre elle. Cette trahison lui mit un coup au cœur. C'était forcément lui : personne d'autre n'était au courant de ses projets. Adam Costilla, son ami, son collègue de confiance, avait tout déballé à Mitch Hobbs, l'homme qui pouvait se débarrasser de Paula comme on écrase un insecte.

Le choc de la nouvelle s'atténuait déjà. Qu'importe à quel point on l'avait exposée, elle devait persévérer, comme si elle avait toujours été honnête et légitime dans ses actes comme ses intentions.

Hobbs s'appuya contre son bureau avec un grognement, les bras croisés.

— Pour ne rien gâcher, vous avez invité votre amant, qui est donc le mari d'un de vos suspects, à donner avec vous une conférence de presse sur les lieux d'une arrestation.

Il détourna un instant les yeux, en tentant clairement de se contenir : Paula voyait jouer les muscles de sa mâchoire.

— Il se présente aux élections, Paula. Notre bureau est formellement tenu de rester neutre. Mais enfin, qu'est-ce qui vous a pris ?

Elle voulut se lever, mais il la fit rasseoir d'un geste.

— Monsieur, persista-t-elle, je peux tout expliquer.

— Vraiment ? fit Hobbs. Alors vous êtes la meilleure du métier, parce que je ne vois pas comment vous pourriez me convaincre. Vous avez interrogé des employés de l'hôpital sans la présence de leur avocat, même après avoir reçu un avertissement à ce sujet. Commençons par là.

Il avait déjà décidé de ne pas l'écouter. Elle l'entendait dans sa voix : il voulait la saigner pour avoir osé les mettre dans l'embarras, lui et son bureau. Mais tout de même, elle se devait d'essayer.

— Ils n'avaient pas besoin d'un avocat, car il ne s'agissait pas d'un interrogatoire. Et je peux aussi vous expliquer...

— Ne me prenez pas pour un idiot, Paula. Vous risqueriez de le regretter.

Elle baissa les yeux.

— Ce que vous me dites, c'est qu'aucun élément de ces conversations ne pourrait donc être retenu contre eux.

— En effet, mais, légalement parlant...

— Je vous *interdis* de m'apprendre mon métier ! hurla-t-il.

Paula se tut aussitôt.

— Si cette soi-disant affaire venait à être présentée devant un tribunal, on pourrait donc rejeter toutes vos preuves, puisque vous avez sciemment refusé la présence d'un avocat en dépit d'une requête expresse en ce sens.

Elle hocha la tête, sans prendre le risque de s'exprimer. Hobbs la dominait de si haut qu'elle ressentait à nouveau l'envie de quitter sa chaise. Même si elle savait bien qu'il ne lèverait jamais la main sur elle, l'effet de menace physique n'était que trop présent. Elle se sentait minuscule, vulnérable.

L'ayant peut-être perçu, Hobbs se remit à faire les cent pas en passant la main dans ses cheveux, comme s'il avait encore un autre problème en tête. Il finit par s'asseoir à son bureau avec un long et douloureux soupir.

— Comme je le disais, vos motivations dans l'affaire semblent purement personnelles. C'est par jalousie que vous avez interrogé le Dr Wiley. Je sais également de source sûre que la revue de cas concernant le décès de son patient a conclu qu'elle n'avait commis aucune faute. C'est le légiste du comté lui-même qui a procédé à l'autopsie, et il n'a rien trouvé. Qu'avez-vous à dire là-dessus ?

Paula lui laissa le temps de reprendre son interrogatoire, mais il se contentait de la fixer, les yeux étrécis par la rage.

— En effet, j'entretiens une relation avec Derreck Bourke, le mari de la chirurgienne, dit-elle avec calme, comme si elle n'avait rien à cacher. C'est par cette relation que j'ai su que la mort de ce patient n'était pas accidentelle.

Hobbs appuya son menton sur sa main.

— Comment l'avez-vous appris exactement ?

— Eh bien…, hésita Paula. Sur l'oreiller, monsieur. Nous étions…

— Ce n'est donc que du ouï-dire, répliqua-t-il avec dédain. Le mari de cette femme n'est pas docteur, mais avocat. Je ne le crois pas qualifié pour évaluer les raisons du décès d'un patient durant une opération de chirurgie cardio-vasculaire.

— Je voulais sonder les faits, voir s'il y avait de quoi s'inquiéter. Tout ce que j'ai fait n'était que dans le but de...

— Vous débarrasser de votre concurrente ? répliqua-t-il d'une voix chargée de mépris. Comme ce serait pratique, d'attirer le futur maire de Chicago dans votre petite toile de mensonges et de tromperies.

Il pencha un moment la tête sur le côté.

— C'est brillant, je dois le reconnaître. D'un côté, vous boostez sa carrière en le faisant passer à la télévision. De l'autre, vous dégagez le terrain en évinçant son épouse. C'était ça, votre stratégie ? Qu'elle le devine de mèche avec l'avocate qui tente de l'envoyer en prison, grâce à ces petites interviews ?

Il lâcha un sifflement appréciateur.

— À la place de cette femme, je demanderais le divorce dès l'instant où je le verrais à l'écran.

De fait, cela faisait bien partie de la stratégie de Paula, mais tout cela n'avait plus d'importance. Son objectif était hors de portée, et cette pensée l'emplissait de rage.

— Bon, allez, j'en ai assez entendu, conclut Hobbs.

Il semblait soudain vidé de son énergie, déçu, épuisé.

— Vous devrez rendre compte de chaque minute passée à l'hôpital Joseph Lister sur vos heures de travail, nous donner vos raisons pour chaque entretien et le résumé de ces échanges, par écrit, dans un rapport officiel que j'attends d'ici la fin de la semaine. Vous ferez aussi un compte rendu de vos activités lorsque vous n'étiez pas au tribunal pendant l'année écoulée.

— Toute l'année ? laissa échapper Paula. Comment voulez-vous que je me souvienne de…

— Vous n'avez pas d'agenda ? fit Hobbs, sarcastique. Mais peut-être que vous avez négligé d'y noter tous ces rendez-vous avec votre amant dans ces hôtels de luxe, afin de ne pas laisser de preuves.

Paula baissa la tête, les joues brûlantes d'humiliation.

— Votre promotion est suspendue pendant douze mois, le temps de l'enquête sur votre conduite. Si vous êtes déclarée coupable, vous serez renvoyée pour faute grave.

Tout s'effondrait autour d'elle, tout ce qu'elle avait si soigneusement bâti, sans plus de stabilité qu'un château de cartes. Mais il lui restait un fragment d'espoir : peut-être pouvait-elle encore s'en sortir si elle parvenait à inculper Anne Wiley pour meurtre.

— Alors je n'ai plus rien à perdre en vous présentant ma requête. Laissez-moi quarante-huit heures pour vous prouver qu'il ne s'agissait pas de jalousie, de vengeance, ou d'une manigance pour faire divorcer mon amant, l'implora-t-elle. Vous n'avez jamais eu d'intuition si forte qu'elle vous empêchait de dormir ? Je sais que cette chirurgienne a fait quelque chose de mal. Je suis prête à parier ma carrière qu'elle a commis un meurtre. Il ne s'agissait pas d'un accident, pas d'une statistique médicale, mais d'une mort intentionnelle. Elle a profité de cette procédure à haut risque pour tuer son patient. Il ne me manque plus que quelques preuves pour présenter l'affaire au tribunal.

Elle s'arrêta un instant, le temps de reprendre son souffle.

— Je vous en prie, monsieur. Deux jours, c'est tout ce que je vous demande. Et si j'échoue, vous n'aurez pas à me renvoyer, car je vous présenterai ma démission.

Hobbs posa sur elle un regard scrutateur, mêlé de colère, de mécontentement, mais aussi d'autre chose - peut-être de la curiosité.

— Ça ne me suffit pas, dit-il entre ses dents serrées. Si vous échouez, Paula, je vous ferai radier du barreau.

Paula retint son souffle.

— Et vous n'avez que vingt-quatre heures, conclut-il.

30
Un conseil

Nue dans les bras de Derreck, ma jambe jetée sur les siennes, la tête sur son torse, je suis satisfaite et pourtant toujours agitée, malgré ses doigts qui me caressent les cheveux dans l'espoir de prolonger le bien-être qu'il m'imagine ressentir. Au contraire, je suis si tourmentée que sa douceur me heurte, moi qui ne désire que la gifle de la ceinture sur ma peau, la douleur cuisante qu'elle m'apporte. Cette souffrance m'apaise en me permettant de ressentir ce que ressentait Melanie, même si je sais bien que je ne pourrai jamais prendre toute la mesure de ses tourments. Pourtant je n'ai pas osé le demander à Derreck, pas après avoir semé tant de désordre dans nos vies.

— Qu'est-ce qu'il y a, chérie ? me murmure Derreck. Tu as fait un mauvais rêve ?

— C'est plutôt le retour au réel qui m'angoisse, dis-je avec un rire amer.

J'ai l'impression que cette folie a englouti ma vie et que rien n'y survivra. Comme j'aimerais lui en parler. Mais notre maison n'est toujours pas sûre. Derreck semble percevoir mon inquiétude.

— Des agents de sécurité ont passé toute la maison au peigne fin, me rappelle-t-il. Y compris le garage. Nous ne sommes pas sur écoute, et nous ne l'avons jamais été, pour ce qu'ils peuvent en dire. Ils ont même vérifié ta voiture garée à l'hôpital.

Je me redresse sur un coude.

— Quelqu'un les a vus faire ?

— Ce sont des pros, Anne. Les meilleurs que puisse embaucher un homme politique en devenir.

Son sourire détendu me rassure. Je me recouche en laissant ma main frôler sa poitrine. Cette fois, j'y crois, et je me laisse envahir par le soulagement – nous n'avons pas été enregistrés, nos vies n'ont pas été violées jusque dans notre foyer.

— À quoi tu penses ? me demande-t-il d'une voix qui cède au sommeil.

Il veut me parler, m'écouter, même sur le point de s'endormir. Un petit sourire reconnaissant étire mes lèvres. Quelle chance d'être tombée amoureuse d'un jeune étudiant en droit, au lieu d'un médecin ennuyeux et égocentrique qui se prendrait aujourd'hui pour le maître du monde. Et puis, épouser un avocat m'a aussi libérée d'une angoisse courante – celle de me faire ravir mon mari par une jeune et jolie infirmière.

— Qu'est-ce qui te fait rire ? demande Derreck.

Il n'a pas besoin qu'on flatte davantage son ego. Je me penche pour l'embrasser.

— Je t'aime, c'est tout ce que tu dois savoir.

Il me prend dans ses bras et referme les yeux. Je l'imite... et les rouvre aussitôt. Je sens que je suis partie pour une nuit d'insomnie.

J'ai passé ma journée à analyser les événements, procédures et membres du personnel en relation avec Caleb Donaghy en essayant de trouver quelque chose, n'importe quoi, la plus petite erreur qu'on aurait commise après son entrée à l'hôpital. Je n'ai toujours aucun élément qui puisse expliquer pourquoi son cœur n'est pas reparti.

— Bon, allez, sérieusement, dis-moi ce qui te tracasse, exige Derreck en se redressant contre les oreillers.

Il me regarde comme on fixerait un enfant qui s'est fait mal. Je détourne un instant les yeux. Il sait déjà tout. Mais peut-être qu'il ne me demande pas de le tenir au courant du plus petit détail de mes recherches, du moindre élément relatif au cœur de Donaghy, de la plus infime de mes angoisses.

— C'est la persistance de cette avocate qui me trouble. Je ne comprends pas pourquoi elle cherche à détruire ma vie.

Tout le corps de Derreck se tend. Voilà, j'ai ruiné notre nuit.

— Elle est revenue te voir ? demande-t-il, le regard scrutateur.

— Pas depuis hier.

Il s'assoit carrément contre la tête de lit, en marmonnant un juron.

— Hier ? Elle devait s'adresser à l'avocat de l'hôpital, pas à toi, non ?

— Si. Mais elle est venue dans mon bureau, et elle connaissait toutes mes statistiques opératoires, Derreck. Des choses que personne ne pouvait savoir à part…

Je m'interromps en voyant son expression. Je savais que mes paroles le troubleraient, mais je ne m'attendais pas à une telle rage. Une veine lui bat à la tempe, sa mâchoire est serrée, ses pupilles dilatées plus que de raison même dans la pénombre.

— Cette femme… Je n'arrive pas à y croire, marmonne-t-il.

Je me mets à réciter les pensées qui me hantent depuis des jours.

— Je ne l'avais jamais rencontrée, donc ça ne peut pas être personnel. Tout porte à croire que ce n'est qu'une avocate parmi d'autres à qui l'on a confié cette enquête et qui veut s'en servir pour asseoir sa carrière. En tout cas, c'est mon hypothèse… Tu sais, parce que je suis la « dame de cœur », dis-je avec un rire sans joie.

— Écoute-moi bien, dit Derreck sans se départir de son terrifiant regard. Je ne veux plus que tu lui dises un mot. Pas un seul mot, tu comprends ? En tout cas, pas sans un avocat. Et cette fois, je crois bien qu'il est temps que je passe quelques appels en haut lieu.

Il est tellement remonté que je mets plusieurs minutes à lui arracher la promesse de ne rien faire. Je reste certaine que cela ne ferait qu'empirer les choses.

Derreck finit par s'endormir. Je l'imite en renonçant à mettre mon réveil, pour qu'il puisse se reposer.

Lorsque je rouvre les yeux, il fait encore nuit. Les ombres dansent au plafond, plus lentement que la nuit précédente. Le vent s'est calmé. Sur la table de nuit de Derreck, le réveil affiche 3 h 07 du matin.

C'est l'heure de me lever.

Même chanson qu'hier, mais cette fois, je me prépare un peu mieux, en emportant ma tenue de sport mais aussi des chaussures de ville et de quoi me changer, avec plusieurs hauts différents.

Le circuit de cinq kilomètres dans l'air glacé de la nuit me revigore et m'éclaircit l'esprit. C'est moins douloureux que la veille. Mes muscles se sont réveillés et profitent de ce nouvel exercice. Cela fait, je roule droit jusqu'à l'hôpital.

Premier arrêt : le bureau du service de sécurité au sous-sol, juste à côté de la morgue. De vieux néons bourdonnent dans le couloir entièrement vide. Ça sent l'humidité et la moisissure, ici… Les tuyaux fixés au mur ruissellent de condensation.

Je frappe deux coups en hâte avant d'entrer. La suite de bureaux est plongée dans la pénombre : il n'est même pas 5 heures du matin. Loin sur la gauche, l'éclat bleuté d'un écran et le bruit d'un emballage qu'on ouvre. Je me laisse guider.

Le vigile est un jeune homme, la vingtaine, renversé dans sa chaise ergonomique, occupé à manger un KitKat d'une main et à jouer au poker en ligne de l'autre, sans même s'apercevoir de ma présence. Je m'éclaircis la gorge avec un sourire.

Il saute sur ses pieds, brièvement défiguré par la panique.

— Que… ?

Comme je souris toujours, il se calme et m'imite.

— Oh, c'est vous !

Il cherche hâtivement un endroit pour poser sa barre chocolatée, puis s'essuie les mains sur son pantalon. Il s'attend clairement à ce que je lui serre la main, et je décide de ne pas le décevoir, même si la plupart des médecins ont abandonné cette belle tradition après deux ou trois variants de virus. Il a les paumes moites, mais la poigne ferme et pleine d'enthousiasme.

— Je m'appelle Mike. Qu'est-ce que je peux faire pour vous, docteur ?

Tout comme son collègue de la morgue la semaine dernière, il ne demande qu'à me rendre service. Peut-être sont-ils amis ?

— Vous savez sans doute que j'ai perdu un patient il y a quelques semaines…

Il hoche la tête sans baisser les yeux.

— Je voudrais m'assurer qu'il ne lui est rien arrivé d'anormal durant la nuit précédant l'opération. Ce serait possible de vérifier ce genre de choses ici ?

— Bien sûr ! répond-il avec énergie, aussi fier du système de sécurité que s'il l'avait inventé lui-même. Laissez-moi vous montrer. Tout est filmé, et on n'efface les enregistrements que tous les deux mois. Quand est-ce qu'il est mort, exactement ?

Je lui donne la date et il se plonge dans ses archives, si ravi de mon intérêt qu'il m'explique tout étape par étape.

— Les fichiers sont classés d'abord par date, puis par étage, puis par numéro de chambre. Les enregistrements des couloirs s'appellent Co1, Co2, etc. Pareil pour les ascenseurs, Ao1, Ao2... Le parking est divisé en étages plutôt qu'en places. Les sous-sols sont désignés par S, avec un chiffre qui monte à mesure qu'on descend.

— Je vois...

Je ne l'écoute que d'une oreille, en retenant mon souffle. Et si quelqu'un s'était approché de Donaghy la nuit précédant sa mort ? Il avait l'air d'aller très bien au matin, mais il faut que je sache.

Après avoir indiqué le numéro de la chambre de Donaghy, je me contente de regarder ce que fait le vigile, les mains fermement jointes. L'enregistrement est incroyablement net, et en couleurs, en plus. Ce doit être un nouveau système. Des boutons apparaissent sur l'écran : j'en reconnais certains, comme « stop », « start » et « avance rapide », mais pas d'autres. Lui a l'air de connaître le logiciel par cœur.

— Il y a des milliers de caméras dans tout l'hôpital, alors les enregistrements sont automatiquement divisés en segments de huit heures pour nous éviter de perdre des siècles à le faire nous-mêmes. Vous voyez, ce bouton-là permet de passer au segment suivant – c'est bien pratique si vous enquêtez sur la disparition d'un objet, par exemple. Il suffit de commencer par trouver le segment où il apparaît encore, vous voyez ?

Je hoche la tête en souriant : c'est tout ce qu'il semble attendre de moi.

— Alors, à quelle heure voulez-vous commencer ?

— Disons 20 heures la veille.

Il repart un segment en arrière, trouve l'heure précise et lance la vidéo.

Mon patient dort sur le dos, probablement sous anesthésiants. Il n'est pas encore rasé et porte toujours sa casquette. La chambre est plongée dans l'obscurité, la télé éteinte. Mike accélère encore et encore la vitesse de l'enregistrement.

— Rien ne bouge, là, on peut aller plus vite…

Je vérifie ma montre, inquiète. « Plus vite », ça reste très lent. Je préférerais quitter le sous-sol avant qu'on m'y trouve, pour éviter les questions gênantes.

Son téléphone se met soudain à sonner : je sursaute en détournant un instant mon regard de l'écran. Il coupe le son et me jette un regard d'excuse.

— C'est rien. Enfin, techniquement, je suis en pause, mais ça ne me dérange pas de…

— Mais si, allez-y. Je ne veux pas vous retenir. Je reste là à le regarder dormir.

Il hoche la tête et touche sa poche où j'entends le froissement d'un paquet de cigarettes.

— Si vous voyez quelque chose d'anormal, notez l'heure précise et je pourrai vous aider dès mon retour.

Il s'éloigne, puis revient pour me désigner deux boutons sur l'écran :

— Surtout, ne cliquez pas là-dessus. Les ciseaux suppriment un segment et le carré en importe un autre à la place. Ça me causerait des problèmes.

— Je ne touche à rien, c'est promis.

Pourquoi un système de sécurité comporte-t-il de telles fonctions ? La question doit se lire sur mon visage, car le vigile lâche un rire gêné.

— C'est pour la formation des nouveaux agents... Et aussi si jamais une célébrité nous rend visite, genre Tom Cruise. Je m'y connais, vous savez, j'ai été promu la semaine dernière, déclare-t-il en se redressant fièrement.

— Félicitations, dis-je avant de revenir à l'écran.

Il s'en va pour de bon et j'entends la porte se refermer derrière lui.

Le reste de l'enregistrement est tout aussi vide d'intérêt. Donaghy se tourne et se retourne dans son sommeil. Vers 2 heures du matin, l'infirmière de service vient vérifier que tout va bien. Mais lorsqu'elle quitte la pièce, j'aperçois par la porte ouverte une silhouette familière. Je fais un arrêt sur image tandis qu'un frisson me descend le long du dos.

Après avoir fermé l'enregistrement, je trouve celui du couloir. L'infirmière est en blouse bleue et semble se diriger droit vers les urgences. Elle est gantée, masquée et porte un bonnet stérile, mais une mèche de cheveux blonds s'en échappe en lui retombant sur l'épaule. Elle a beau avancer lentement, je reconnais sa démarche.

Je la suis d'une caméra à l'autre. Elle s'arrête au bloc, et je la perds lorsqu'elle entre dans la salle d'opération où Donaghy a trouvé la mort.

— Oh non... Pitié, non...

Le souffle court, je lance l'enregistrement du bloc et je regarde tout, une main sur la bouche.

L'infirmière s'approche de la pompe et ouvre le compartiment réfrigéré qui contient la solution cardioplégique, prête pour l'opération du lendemain. Elle sort une grande seringue de sa poche et tourne le dos à la caméra, mais je sais très bien ce qu'elle est en train de faire – injecter son contenu dans la solution de potassium. Puis elle remet tout en place.

Je n'ai pas beaucoup de temps pour prendre ma décision, mais elle est déjà prise. Je clique sur les ciseaux. L'écran me demande confirmation avant de supprimer le segment. Je valide et l'écran se remplit de parasites. Le carré me permet d'importer un segment datant de quelques jours plus tôt. Cela fait, je me remets à respirer.

Puis je me rappelle qu'on la voit dans les couloirs, sans doute dans le parking. Je remplace un à un les segments correspondants, et j'allais en supprimer un autre lorsque Mike revient. Mes mains tremblent et je n'arrive pas à calmer ma respiration.

— Vous cherchiez quelque chose ? s'enquiert-il en voyant l'écran de sélection.

— Oui, dis-je d'une voix étonnamment stable. La vidéo de l'avant-veille. Il a passé deux jours à l'hôpital, je viens de m'en souvenir.

Il me reprend la souris, trouve aisément le fichier et le lance à vitesse décuplée.

— Vous avez des soupçons ?

Je soupire. Une pointe de soulagement me dénoue les muscles.

— Les gens mentent sans cesse, vous savez. On leur dit de ne pas manger de sel avant l'opération et ils cachent deux paquets de chips dans leur sac…

— Ah, je vois ! sourit-il. Moi qui pensais que vous cherchiez un tueur de sang-froid.

Son rire emplit la pièce et je ris avec lui pour masquer l'angoisse provoquée par ces mots.

— Vous savez, reprend-il, je voudrais entrer dans la police…

Nous parlons de sa carrière le temps que le segment s'achève, ce qui prend une éternité. La vidéo ne montre rien : personne n'a rendu visite à mon patient et non, il ne s'est pas empiffré de chips.

De toute façon, même si je l'avais repéré en train de s'empoisonner à coups de donuts saupoudrés de digoxine, je n'aurais rien dit à personne. Après ce que j'ai vu, pas question de courir ce risque.

31
Un nom

Une fois à mon bureau, à 8 h 15, je salue Madison avant de m'asseoir, la tête dans les mains, le coude appuyé sur le dossier rouge. Je fixe les photos de Melanie, celle qui a toujours été là et celle que j'ai prise à la maison la semaine dernière, dans un cadre argenté assorti à l'autre. Elle me sourit avec les yeux d'une enfant dont tous les rêves se sont réalisés. Je me laisse absorber un bref instant, puis la réalité me rattrape.

Je n'arrive toujours pas à croire à ce que je viens de voir. Ce que je viens de faire. J'ai détruit des enregistrements de sécurité. Cela suffirait pour m'expédier en prison – falsification de preuves, entrave à la justice…

Madison m'apporte un café fumant et je m'y accroche comme à une bouée en haute mer. Il me réchauffe les doigts et m'apaise les nerfs. Je me brûle la langue dans ma hâte de sentir la caféine à l'œuvre dans mon corps.

Je ne prête qu'une oreille distraite au planning du jour, le cerveau bouillonnant, occupée à disséquer ce que je viens de voir et de supprimer. Je me répète que personne n'en saura jamais rien. Quand je pense que je n'arrête pas de creuser ma propre tombe, c'en est presque drôle. Mais je n'avais pas le choix.

M arrive soudain en trombe, comme à son habitude, interrompant Madison. Elle la chasse d'un geste de la main, sans plus de cérémonie, puis se penche en avant jusqu'à ce que son visage ne soit plus qu'à quelques centimètres du mien.

— Vous avez un sacré problème, murmure-t-elle, elle qui ne baisse jamais la voix.

— Que s'est-il passé ? dis-je, l'estomac noué.

— On a reçu un appel de la sécurité. Ils ont découvert qui avait contacté le bureau du procureur.

Mon souffle s'arrête. M n'attend pas que je pose la question.

— C'était Lee Chen ! s'écrie-t-elle en tapant dans ses mains. Non mais vous y croyez, vous ?

Je relâche ma respiration. Moi qui croyais que ma visite au vigile avait déjà fuité. Puis ses mots me frappent enfin.

— *Lee ?*

Je ne l'aurais jamais vu venir. Qu'un membre de mon équipe me fasse un coup pareil… Mais je suis heureuse de connaître enfin l'origine de l'ouragan Fuselier. Ne pas savoir me rendait folle.

M, évidemment, est déjà passée à l'action :

— Convoquez Lee Chen tout de suite ! crie-t-elle à Madison.

Tandis que mon assistante décroche son téléphone, M s'assoit devant moi et croise les jambes avant de me décocher un regard d'avertissement.

— Vous me laissez parler, vu ?

Lorsque Lee Chen fait son entrée, escorté par Madison, il est si pâle qu'on le croirait sur le point de vomir sur le tapis. M refait sortir Madison, mais celle-ci ne va pas plus loin que son bureau, qui n'est séparé du mien que par un mur de verre.

M se penche vers Lee Chen, comme si elle allait se jeter sur lui.

— Je sais très bien que c'est vous qui avez passé ces appels au bureau du procureur, dit-elle. Tout ce que je veux savoir, c'est pourquoi.

Ces appels ? Il y en a eu plus d'un ? Mon cœur se serre. Je fixe Lee, désarçonnée. Son menton tremble ; c'est à peine s'il tient debout.

— Je suis tellement désolé..., finit-il par murmurer. Je n'avais pas le choix. Ils m'ont arrêté, vous savez. Et ma mère n'a pas de permis de séjour...

— Ils t'ont arrêté ? Comment ça ? je demande.

M me fusille du regard pour avoir osé désobéir à son ordre de garder le silence.

— Conduite en état d'ivresse, sanglote-t-il. Mais ils savaient, pour ma mère. Ils m'ont offert un marché, et je l'ai accepté. Je ne pouvais pas les laisser la renvoyer en Chine... Elle n'y aurait pas survécu...

Il me jette un regard suppliant.

— J'étais tellement soulagé quand la revue de cas a établi votre innocence. Pardonnez-moi, je vous en prie...

— « Ils » ? De qui parles-tu ? Qui t'a offert ce marché ?

Cette fois-ci, M ne semble pas me reprocher ma question.

— Cette avocate qui est venue ici. Paula Fuselier.

Non. Ce n'est pas possible. Cela voudrait dire qu'elle souhaitait ma perte bien avant l'opération de Donaghy. Mais pourquoi ? J'en ai la chair de poule.

— Quand ça ?

— L'an dernier, en octobre.

Ça n'a aucun sens.

— Qu'est-ce qu'elle t'a demandé ?

— De l'appeler si jamais quelque chose se passait mal pendant vos opérations, murmure-t-il, les yeux baissés sur ses mains jointes. Je ne l'ai contactée qu'une seule fois, je le jure... Je n'ai pas parlé du problème de coagulation de Mme Orlowski.

Bouche bée, je ne sais plus quoi dire.

— Vous mentez ! tranche M. Ce que je ne pourrai jamais accepter de la part de mes employés, c'est le mensonge.

— C'est elle qui m'a rappelé, explique Lee. Elle m'a demandé de trouver un précédent dans les patients du Dr Wiley. Comme je savais ce que vous aviez dit pendant la revue de cas, à quel point vous aviez su défendre votre décision, je lui ai donné vos statistiques de réanimation. C'était notre second appel. Je le jure.

M se masse le front. Je la comprends : moi aussi, j'ai la tête qui tourne.

— Mais comment as-tu fait pour savoir ce qui s'est dit pendant la revue de cas ?

Il hausse les épaules sans croiser mon regard.

— Tout le monde sait ce qui s'est passé. Le Dr Bolger était tellement insupportable, et notre Dr Wiley…

— Ça suffit ! crie M en levant la main. Je vous envoie au labo du sous-sol. Vous resterez en service de nuit jusqu'à ce que je décide de votre sort. Allez-y.

Lee attrape la poignée de porte comme un somnambule, puis se tourne vers moi et chuchote :

— J'espère que vous pourrez me pardonner, Dr Wiley. Moi, je ne me pardonnerai jamais.

Il s'incline profondément, puis disparaît. Par la vitre, je vois Madison s'en décrocher la mâchoire.

M se lève et je l'imite, même si je crains de perdre pied. Mais elle m'adresse un clin d'œil.

— Je vais m'assurer qu'il ne démissionne pas. Mieux vaut le garder de notre côté si toute cette affaire finit au tribunal. Son témoignage prouvera que c'était un coup monté. Et il faudra aussi que je parle à notre avocat pour régler cette histoire avec sa mère. Ils ne pourront plus le manipuler.

Puis son sourire s'estompe.

— Vous feriez mieux de comprendre pourquoi le bureau du procureur essaie de vous coincer. Je ne veux pas de ce genre de complications dans mon hôpital. C'est bien compris ?

Sans attendre ma réponse, elle s'en va en me laissant encaisser le choc. L'avertissement est très clair. Si je ne peux pas régler cette affaire, je serai renvoyée.

Mais je ne sais même pas par où commencer.

32
Une vérité

Je termine ma journée aussi efficacement que possible, en remettant au lendemain plusieurs tâches administratives, ou en les déléguant à Madison. Heureuse de m'être utile, elle reste stoïque, malgré ce qu'elle a appris sur Lee Chen. Je vois bien qu'elle est bouleversée. Quant à moi, je ne pourrai sans doute jamais plus faire confiance à personne. Mais c'est le cadet de mes soucis pour le moment.

Lorsque je quitte l'hôpital, le soleil n'est pas encore couché, ce qui est devenu rare pour moi. On se croirait en novembre avec ces nuages et ce crachin, mais je suis heureuse de voir la lumière du jour, même si elle ne peut rien pour mon humeur.

Ma mère est installée sur le canapé, plongée dans un magazine de mode. Elle se lève pour me serrer dans ses bras et m'embrasser sur la joue. Cette fois, je me recule aussitôt pour sonder son regard, dans l'espoir d'y trouver des réponses, afin de ne pas avoir à lui poser de questions.

Elle me fait son sourire habituel, plein de gentillesse et teinté de chagrin, puis coince une mèche de mes cheveux derrière mon oreille, comme elle le faisait lorsque j'étais petite. Je ferme un instant les yeux. Si seulement je pouvais revenir à mes cinq ans. Quand je les rouvre, je suis toujours une femme de quarante et un ans qui n'aurait jamais imaginé que la vie puisse être si dure.

Je ne sais pas comment lui parler de ce que j'ai vu. Elle sent bien que quelque chose ne va pas et me laisse le temps de formuler ma pensée. Dans son regard, dans la ligne de sa mâchoire, je reconnais la force qui m'a soutenue toute ma vie.

Des larmes me brûlent les yeux.

— Tu le savais, dis-je dans un murmure. Tu savais qui était mon patient.

Son sourire s'évanouit. Elle jette un regard à la porte ouverte du bureau de mon père. Je distingue mon ordinateur sur la table.

Elle referme sur ma main ses doigts noueux, tremblants, et s'assoit avec moi sur le sofa.

— Oui. Mais sais-tu en quoi cela avait de l'importance ?

Je déglutis péniblement, traversée par le souvenir des jambes couvertes de bleus de Melanie, par des bribes de son rapport d'autopsie.

— Je le sais.

Ma mère porte mes doigts gelés à sa joue.

— Oh, ma chérie, je n'avais pas idée que tu étais au courant pour Melanie.

— Depuis le premier jour, dis-je dans un souffle pour ne pas articuler de telles choses trop haut dans notre maison silencieuse.

— Et tu n'as rien dit ?

Je souris malgré mes larmes.

— Je n'étais qu'une enfant, maman. Je t'ai entendue pleurer, cette nuit-là, et j'ai cru que tu voulais la renvoyer là-bas…

Ma mère se couvre la bouche de la main.

— Comment as-tu pu t'imaginer une chose pareille ?

— Ça n'a duré que quelques jours, ne t'en fais pas. Je crois que j'avais peur de la perdre, tout simplement. Elle était toute à moi, tu sais. Ma nouvelle petite sœur.

Ma mère m'étreint les doigts et se laisse aller sur le canapé, les yeux fermés. Elle me semble soudain si vulnérable, si fragile. Depuis quand ? Elle ne m'était jamais apparue ainsi…

— Je comprends pourquoi tu pleurais, mais pourquoi te disputais-tu avec papa ?

— Ce n'était pas une dispute, dit-elle avec douceur. Nous nous demandions quoi faire. À l'évidence, la pauvre enfant avait subi des abus. Nous voulions la faire examiner, mais pas la brutaliser encore plus. Quand je lui ai donné son bain, quand j'ai vu ces bleus, j'ai cru mourir. La pauvre avait tellement honte en me voyant pleurer. Elle m'a suppliée de ne pas lui en vouloir… Tu te rends compte ?

Elle essuie une larme du bout du doigt.

— Mais alors, qu'avez-vous fait ?

Cela fait près de trente ans que je me le demande, mais je n'avais jamais osé lui poser la question.

— Bill l'a endormie. C'était un risque à prendre, mais c'était le seul moyen de ne pas la traumatiser davantage. Nous l'avons examinée nous-mêmes pendant que tu dormais. Tu n'imagines même pas…

Un sanglot lui brise la voix ; il lui faut un moment avant de reprendre la parole.

— Le lendemain, nous sommes allés voir la police. Ils ont interrogé Melanie, mais elle refusait de répondre. Elle avait tellement honte, tellement peur, comme si tout cela était sa faute…

Je ne savais même pas qu'ils avaient emmené Melanie au commissariat. J'ai beau me creuser la cervelle, impossible de me rappeler son absence, mais je ne doute pas de ce que me raconte ma mère. J'aurais juste préféré qu'ils m'en parlent.

— Ils ont mené l'enquête sur sa famille d'accueil, mais sans son témoignage, sans un examen médical officiel, on ne pouvait pas faire grand-chose.

— Vous auriez pu lui donner un autre sédatif…

— Ça n'aurait rien changé, répond-elle amèrement. Il s'était passé trop de temps pour une analyse ADN, et de toute façon, à l'époque, on n'y songeait pas comme on le fait aujourd'hui. Rien n'aurait pu étayer l'affaire.

Son menton tremble un moment.

— Mais nous avons appris le nom du coupable : Caleb Donaghy, dit-elle en le prononçant d'un ton dur. Je ne l'ai jamais oublié. La police a mené l'enquête sur plusieurs des familles d'accueil de Melanie, car elle en avait connu toute une série, mais nous savions que ses hématomes étaient trop récents pour dater d'avant la dernière sur la liste. Elle l'avait quittée quelques jours à peine avant l'adoption. Et pendant son séjour là-bas, elle avait fugué. Deux fois. Personne n'avait pris le temps de lui demander pourquoi, personne n'avait même remarqué ses bleus…

— Et si ce monstre s'en était pris à d'autres petites filles ? Les pédophiles ne s'arrêtent pas comme ça. Quelqu'un a interrogé les autres enfants dont il était chargé ?

Elle secoue la tête, écrasée par son impuissance, sa culpabilité.

— Nous ne pouvions rien faire. Bill a même embauché un avocat, qui a embauché un détective privé, en espérant surprendre Donaghy en train d'enfreindre la loi afin qu'il ne soit plus autorisé à accueillir des enfants…

Elle m'étreint la main.

— Nous avons tout fait, ma chérie. J'en ai perdu le sommeil pendant des années. J'en faisais des cauchemars.

Elle détourne les yeux en reniflant, un bref instant, puis revient vers moi.

— Il a fallu quatre ans à ton père pour obtenir que Donaghy cesse d'être listé comme famille d'accueil. Quatre ans à supplier qu'on l'écoute, à demander des faveurs, à passer des appels. C'est tout ce que nous avons pu faire.

Un silence s'étend, hanté par les monstres d'hier et les révélations d'aujourd'hui. Quelque part entre nous, ma sœur me sourit au travers de mes souvenirs, en me disant que tout ira bien.

— Et puis, un soir, je t'ai apporté du thé alors que tu travaillais sur les dossiers de tes prochains patients, poursuit-elle, la voix étouffée comme au bout d'un long voyage. Son nom était là, sur ton écran. Le nom qui m'avait hanté chaque jour depuis Melanie. Le destin a voulu qu'il soit ton patient...

Elle soupire profondément et me jette un regard plein de détresse.

— Je suis désolée qu'il soit mort entre tes mains, ma chérie. Mais il fallait qu'il meure.

Elle me serre contre elle et j'enfouis mon visage dans ses cheveux, en emplissant mes narines de son parfum, en l'écoutant sangloter.

— Oui, dis-je à voix basse. Il fallait qu'il meure.

Nos larmes se mêlent.

— Je m'en suis assurée.

33
Un accès de culpabilité

Ces cinq petits mots soulagent mon âme plus que je ne l'aurais cru possible. Cacher cela à ma mère me pesait tant.

Après avoir lutté pour déboucher une bouteille de pinot noir, je lui verse un verre et je la rejoins sur le sofa après m'être moi-même généreusement servie.

J'ai besoin de temps pour évaluer ce que je ressens après toutes ces révélations. Les trois semaines écoulées ont éprouvé l'image que j'ai de moi-même. En regardant ma mère boire son vin sur le canapé, je me demande : *Qui sommes-nous vraiment ? Comment cet acte nous a-t-il transformées ? Allons-nous changer encore ?*

Pas de réponses évidentes.

Après avoir pris une gorgée, ma mère repose son verre sur la table basse.

— Dis-moi… Comment as-tu compris qui était ton patient ?

Mon regard se perd dans le vague.

— J'ai su que quelque chose n'allait pas dès le jour où Melanie est arrivée chez nous.

Ces bleus... Mais moi-même, je n'étais qu'une enfant. Je ne savais pas quoi en penser. Je pensais qu'elle s'était battue, ou qu'elle s'était blessée, peut-être. J'ai eu tellement peur en vous entendant pleurer toute la nuit. Je pensais qu'il s'était passé quelque chose d'horrible.

Je porte le verre à mes lèvres, sans boire.

— Et j'avais raison, même si je ne savais pas exactement quoi.

J'adresse un sourire reconnaissant à ma mère.

— Puis Melanie a commencé ses séances chez le psy. C'est là que je me suis dit qu'elle avait peut-être été maltraitée ou abusée.

— Je n'aurais jamais imaginé que tu en savais autant, murmure ma mère en fixant ses mains tordues par l'arthrose, qu'elle frotte lentement pour apaiser la douleur. Tu aurais dû nous en parler...

Oui, j'aurais dû. Les enfants ont tendance à tout garder pour eux. Ils portent le poids du monde sur leurs épaules avant l'heure, alors que ce n'est pas nécessaire.

— Puis, un jour que nous étions au parc, elle s'est mise à pleurer en le voyant sur un banc. J'ai mémorisé sa tache de naissance, rien d'autre. Elle était tellement spéciale...

— C'est pour ça qu'elle ne voulait plus aller au parc ? Elle a versé toutes les larmes de son corps quand j'ai voulu vous y emmener un dimanche !

Je hoche la tête et elle presse une main contre sa poitrine.

— Si seulement j'avais su...

— Je ne connaissais pas son nom, à l'époque. Je ne l'ai appris qu'en revoyant cette tache de naissance sur son visage, alors qu'il gisait la poitrine ouverte sur ma table d'opération.

Ce n'est qu'en regardant je ne sais plus quelle série à seize ans que j'ai soudain compris que Melanie avait sans doute été violée par cet homme. Son comportement, surtout le jour de son arrivée chez nous, correspondait à ce genre de traumatisme.

Je fais tourner mon vin dans mon verre, en observant ses reflets rubis. Mon cœur est tout aussi agité.

— Tu te rappelles à quel point elle avait peur de papa ? Elle ne voulait pas qu'il la touche, elle ne voulait pas lui tenir la main…

— Il lui a fallu presque un an pour comprendre que Bill n'avait rien en commun avec cet homme, acquiesce ma mère. Le jour où elle lui a pris la main pour la première fois, il en a pleuré de joie.

Cette histoire me laisse douce-amère – un précieux fragment de sa vie trop brève dont j'ignorais l'existence. Bien trop tard, je me sens heureuse pour eux. En songeant au temps qui dévaste nos vies, à ce que nous avons perdu, je me mets à trembler comme une feuille.

— Je lui avais promis, maman…, dis-je dans un murmure frémissant qui semble sortir de la bouche d'une autre. Ce jour-là, dans le parc, je lui avais promis qu'elle n'aurait plus jamais rien à craindre.

Je secoue la tête, incrédule. Ces souvenirs sont presque trop douloureux pour être exprimés.

— Cette nuit-là, elle a dormi dans mon lit. Tant de nuits encore… Je lui ai juré que cet homme ne l'atteindrait plus jamais…

— Je suis tellement heureuse qu'elle t'ait eue à ses côtés, murmure ma mère en me serrant les doigts. Faire tout cela pour elle… Tu étais son ange gardien.

Je repose moi aussi mon verre pour mieux répondre à son étreinte, pour mieux achever ma confession.

— Mais je n'étais pas là, maman ! Je lui avais promis qu'il ne l'atteindrait plus, et il l'a fait !

— Non, ma chérie, ce n'était pas ta faute, souffle-t-elle en fermant les yeux, ce qui n'empêche pas de nouvelles larmes d'en sortir.

— Si ! J'aurais dû le savoir ! Le jour de la mort de Melanie, j'étais assez âgée pour savoir… Je faisais mes études de médecine, bon sang ! J'étais adulte, j'avais une vie sexuelle, je comprenais bien mieux qu'elle…

Je baisse la tête pour cacher mes larmes. Ma mère repousse mes cheveux en arrière comme si je n'étais qu'une enfant.

— Ce n'était pas ta faute, répète-t-elle.

Mais je m'obstine, refusant son pardon. Je ne peux pas me pardonner à moi-même.

— J'aurais dû le savoir.

Je me dégage pour me lever et faire les cent pas, acculée, les poings serrés devant moi comme pour me préparer à défendre ma vie, mais je suis ma seule adversaire.

— Quand elle m'a dit qu'elle sortait avec quelqu'un pour la première fois, j'étais tellement heureuse pour elle ! Je me disais que c'était le début de sa vraie vie, qu'elle allait connaître l'amour, se marier, avoir des enfants, sa propre famille !

Je fusille ma mère du regard comme si c'était elle que j'accusais du pire.

— Tu sais ce que j'ai fait pour elle avant qu'elle sorte ce soir-là ? Je l'ai aidée à se coiffer et se maquiller. À se coiffer, bon sang !

Elle me regarde avec tant de gentillesse, de compréhension, de tristesse. Elle ne me pose pas de questions, ne me presse pas d'en venir au fait. Elle a toujours été là pour moi.

— Je lui ai prêté ma jupe bleue, mon chemisier blanc en dentelle ! Elle adorait cette jupe, tu te rappelles ?

Elle hoche la tête en essuyant ses larmes.

— Elle n'arrêtait pas de tourner sur elle-même pour la faire voler… Elle riait si fort qu'on l'entendait depuis l'étage…

Mon bref sourire, ranimé par l'évocation de ce morceau de tissu en vol, s'éteint à nouveau sous une chape de colère.

— Et je l'ai coiffée. Et il ne m'est jamais venu à l'esprit de lui parler des garçons.

Lc poids de mon échec est si écrasant que c'est à peine si j'arrive à l'exprimer. Je continue à m'agiter en tentant de trouver les mots justes.

— Son petit copain avait un an de plus, très gentil, mais il restait un garçon ! Il allait bien tenter sa chance ! Essayer de l'embrasser, peut-être de lui toucher les jambes, la poitrine… Je le savais ! Et je n'ai pas pensé à lui dire que tous les hommes ne sont pas les mêmes – que tous les hommes ne sont pas Caleb Donaghy ! Et je ne sais toujours pas comment vivre avec ça, je conclus, furieuse.

Les yeux de ma mère sont écarquillés par la douleur. Sa main tremblante, posée sur sa bouche, retient un cri silencieux.

— Le pire, c'est que nous ne vous avions même pas dit où elle allait, je reprends. Elle voulait que ça reste secret, et moi...

Ma voix se brise. Je me domine avant de poursuivre.

— Je voulais qu'elle aille mieux, je voulais qu'elle soit guérie, j'essayais de me convaincre qu'elle ne se rappelait même pas ce que cet homme lui avait fait quand elle était petite !

Les pires souvenirs me reviennent, j'en ai le souffle coupé.

— Viens t'asseoir près de moi, chuchote ma mère.

Mais je ne peux pas. Je ne suis pas prête. Mes jambes tremblent comme si je me préparais à partir en courant, mais vers où ? Je ne peux échapper à ma culpabilité, à ma douleur, à ma colère. Elles me poursuivront pour le restant de mes jours.

— J'aurais dû lui parler...

Je réprime un sanglot.

— Je ne peux toujours pas entrer dans sa chambre, tu sais. Nous étions si heureuses... Je l'entends rire, je la revois tourner dans sa jupe bleue quand je ferme les yeux, battre des bras comme pour s'envoler ! Elle tournait, tournait,

tournait jusqu'à se retrouver hors d'haleine, puis elle s'effondrait dans une mer de dentelle, de couleurs, de bonheur...

Je déglutis péniblement, incapable de m'arrêter bien que chaque mot soit une torture.

— Et je revois son corps, je sens son poids. Elle était si lourde dans mes bras, froide, sans vie... Je l'ai soulevée, mais il était trop tard. Je ne l'avais laissée seule que dix minutes, le temps de prendre une douche...

Je lève la tête vers la porte de sa chambre, l'éclat du chêne visible au sommet de l'escalier. Certains fragments de souvenirs sont trop sombres pour être formulés. Mes appels à l'aide quand je l'ai trouvée pendue au baldaquin. Les pas de mon père, son air stupéfait en prenant le corps, en desserrant mes doigts pour que je la lâche. Les hurlements gutturaux de ma mère, à percer le cœur. Et dans ce chaos, ma propre voix qui appelait son nom, qui refusait de la laisser partir...

— Je n'ai même pas remarqué à quel point elle était bouleversée en rentrant. Sinon, je ne l'aurais jamais laissée seule... Jamais je n'aurais imaginé qu'elle ferait une chose pareille ! Je n'arrête pas de revivre ces moments, cette journée, je me demande comment j'ai pu ne rien voir...

Une autre larme roule sur la joue de ma mère.

— Ma chérie, il n'y avait rien à voir. Je me le rappelle très bien. Elle semblait parfaitement normale. Nous en avons discuté avec son petit copain quelques jours après les funérailles, et il m'a dit qu'elle s'était soudain mise à pleurer pendant qu'ils regardaient un film, qu'elle avait voulu rentrer. Il a dû la toucher, comme tu l'as dit, et faire remonter toute une foule de souvenirs, d'émotions négatives... Ou alors, c'était le film lui-même. Mais rien de tout cela n'est ta faute. C'est Caleb Donaghy qui l'a tuée, dès le jour où il lui a fait du mal.

— C'est ce que je me répète sans cesse, tu sais. Pour éviter de faire face à mes actes. J'aurais pu lui parler. On aurait pu sortir à quatre, elle et moi, avec nos copains. J'aurais pu demander à son psy comment gérer la situation. Oui, Caleb Donaghy a tué ma sœur, je le sais, mais je l'ai laissé faire comme la pire des égoïstes, comme l'idiote que je suis ! Sous mon nez !

Ma mère redresse le menton et attrape son verre de vin.

— Je suis heureuse qu'il soit mort.

Je me rassois près d'elle et je reprends également le mien. Il a tiédi, mais je m'en moque.

— Moi aussi.

— J'ai peut-être été enregistrée, murmure-t-elle en fixant les profondeurs de son verre. Sur les caméras de sécurité de l'hôpital, je veux dire.

— J'ai tout supprimé, je réponds comme si je l'informais que j'avais sorti les poubelles. Enfin, presque tout. Ce qu'il fallait cacher.

En la regardant, je ne discerne aucune inquiétude dans son regard. Elle semble parfaitement apaisée. Je ne l'avais pas vue ainsi depuis longtemps.

— Nous n'avons plus qu'à attendre que l'orage passe, dis-je.

Elle hoche la tête, ce qui fait onduler ses cheveux blonds. Elle a toujours eu de si beaux cheveux.

Il faut que je lui pose la question si je veux retrouver le sommeil.

— Qu'est-ce qu'il y avait dans cette seringue ?

La question ne la choque pas, mais semble la surprendre, comme si j'aurais dû le deviner.

— Du potassium, évidemment.

Je lève les yeux vers le ciel pour une prière de gratitude, au moment où les phares de la voiture de Derreck transpercent les rideaux. La même solution de potassium que j'ai moi-même injectée, mais en bien plus concentré. Personne ne pouvait détecter cela à l'autopsie, pas après que j'ai rincé le cœur pendant deux minutes pleines. C'est cette concentration excessive qui a empêché son cœur de repartir, empoisonné pendant l'opération.

— À la justice, dis-je en levant mon verre.

— À Melanie, répond ma mère.

Lorsque Derreck fait son entrée, il nous découvre les larmes aux yeux, main dans la main sur le canapé. Son front se plisse.

— Quelque chose ne va pas ?

— Tout va très bien, répond calmement ma mère. Nous évoquions de vieux souvenirs, c'est tout.

Il me regarde comme pour attendre ma confirmation. Je lui souris. Comme j'aime cet homme.

— Tout va bien, chéri.

Je ne sais pas encore si je peux lui révéler tout ce qui s'est passé aujourd'hui. Certains de ces secrets ne sont pas les miens.

Qui sait ce qui nous attend ? Cette Paula Fuselier semble bien décidée à me détruire. Elle pourrait découvrir le sachet de solution de potassium, celui que ma mère a trafiqué. Est-ce le genre d'objets que l'on met de côté en cas de mort d'un patient ? Je m'aperçois que je n'en ai aucune idée. Peut-être ce sachet est-il abandonné sur une table quelque part dans le laboratoire du légiste. Il suffirait d'une analyse pour démontrer que la solution était trop concentrée. Après l'avoir découvert, un enquêteur n'aurait plus qu'à examiner les enregistrements de sécurité de l'hôpital pour tomber sur un segment que je n'ai pas pu supprimer. Mike, qui vient d'être promu, mentionnerait sans penser à mal ma présence au milieu de la nuit. Il se rappellerait qu'il m'a laissée seule quelques minutes devant l'écran.

34
Une vidéo

Nous revoilà sur le sofa, devant la télé, après un dîner léger – une délicieuse salade grecque préparée par Derreck, avec des olives de Kalamata et beaucoup de thym, le tout accompagné d'une omelette au fromage.

Je n'ai pas beaucoup mangé, si angoissée que c'est à peine si je supporte la compagnie de mes proches. Mais peut-on appeler cela de l'angoisse puisque mes peurs ne sont pas irrationnelles ? La police pourrait débarquer à n'importe quel moment. Tant que Paula Fuselier ne cessera pas son enquête, nous restons tous en danger.

Nous semblons pourtant si calmes, si détendus, ainsi installés devant l'écran avec un verre de vin. Derreck débouche avec aisance une seconde bouteille de pinot noir. Je le laisse remplir mon verre presque à ras bord. L'alcool empire l'angoisse, mais j'en ai besoin.

Nous regardons une série policière – je n'ai que rarement le temps pour de tels divertissements, et l'épisode avait déjà commencé quand j'ai allumé la télé. Je n'aime pas trop ce genre d'histoires, au contraire de ma mère. Les spectateurs sont censés soutenir la police, face au tueur présenté comme un être méprisable. *Suis-je comme lui ? Et ma mère, alors ?* Si on faisait de ma vie une série, le public serait-il du côté de Paula Fuselier ? Ou bien applaudirait-il la mort d'un monstre qui aurait pu s'en prendre à d'autres petites filles ? Même le vin ne peut rien contre ma crise existentielle.

Derreck profite d'une pause publicité pour aller chercher un bol de bretzels. Il doit avoir encore faim : lui n'a pas l'estomac noué par l'angoisse.

Une autre publicité commence, et je reconnais la bande-son. C'est l'un des clips de campagne de Derreck, celui où il s'engage à diminuer la criminalité de moitié pour ramener le calme dans les rues de Chicago. Comme je le connais par cœur, je ferme les yeux pour me concentrer sur mes démons intérieurs, en les suppliant de me laisser respirer.

— Comment ça se passe, au fait ? demande ma mère lorsque Derreck revient. Tu es en tête dans les sondages ?

Son intérêt me surprend. Elle sourit, parfaitement à son aise, comme si de rien n'était. Derreck s'illumine en retour malgré la fatigue qui lui tire les traits.

— J'ai sept pour cent d'avance, oui. Ce n'est pas grand-chose, mais nous ne sommes qu'en avril.

Il fait un baisemain à ma mère, en parfait gentleman.

— Je n'aurais pas pu y arriver sans votre soutien moral et financier.

— Pas du tout, voyons, répond-elle, clairement flattée. Je n'aurais pas pu espérer meilleur gendre, Derreck. Je suis convaincue que tu vas l'emporter.

— Je bois à ces paroles, rit-il en levant son verre.

Nous l'imitons. Je lutte toujours pour rétablir mon calme intérieur. Oui, il pourrait bien l'emporter – sauf si sa femme et sa belle-mère se retrouvent en prison.

— Je serais heureuse d'organiser une levée de fonds pour ta campagne, propose ma mère. Il suffit de faire un peu de ménage chez nous, de mettre quelques décorations tricolores sur la rampe de l'escalier, sur la mezzanine, peut-être les fenêtres… Que dirais-tu du Memorial Day comme date ?

Derreck hoche la tête, mais s'agite sur son siège, comme mal à l'aise. Ma mère ne paraît pas le remarquer.

— Je connais quelques médecins fortunés prêts à soutenir un candidat déterminé à réduire le crime.

— Ce serait fantastique, répond-il comme le clip se termine.

Vraiment, cette conversation semble le gêner. Curieux. Mais je ne m'attarde pas sur ce mystère : nous avons tous des jours sans, et moi-même, j'ai d'autres soucis en tête.

— Au fait, j'ai oublié de vous dire. J'ai découvert qui avait contacté le bureau du procureur…

Malgré mes efforts pour garder un ton léger, je suis si tendue que j'en croasse presque. Derreck et ma mère me fixent avec intérêt.

— C'était Lee Chen. Vous imaginez ? L'un de mes infirmiers, dis-je au cas où Derreck aurait oublié.

— Quelqu'un avait donc bien appelé le bureau du procureur ! s'exclame-t-il.

Étrangement, il semble presque soulagé. Il vide son verre et attrape la bouteille pour se resservir.

— Mais apparemment, Lee n'avait pas le choix. On le faisait chanter.

— Quoi ?

Derreck s'assombrit à nouveau. Ma mère semble retenir son souffle.

— Il s'est fait arrêter pour conduite en état d'ivresse, et on lui a proposé un marché...

Je ne peux pas m'empêcher de remarquer que la colère de Derreck semble grandir à chacun de mes mots.

— C'est ce que je n'arrive pas encore à comprendre. Mais M s'est penchée sur l'affaire avec l'avocat de l'hôpital. Lee dit qu'on lui a proposé d'abandonner les poursuites en échange de tout ce qu'il pourrait rapporter à mon sujet, des mois avant la mort de mon patient. C'était en octobre dernier.

Derreck bondit sur ses pieds et fonce vers la cuisine. Il ouvre le frigo et reste planté devant comme s'il y cherchait quelque chose. Après un long moment, il revient avec une bouteille de vodka et quelques verres. Je refuse celui qu'il me propose, toujours frappée par son état de fureur. Après avoir descendu le sien d'une traite, il se ressert.

— Qu'est-ce qui ne va pas, mon chéri ?

Je connais très bien la réponse. Découvrir que sa femme a été prise pour cible par le bureau du procureur d'État comme une vulgaire mafieuse ne peut pas être facile. C'est dans des moments pareils que je me prends à souhaiter qu'il abandonne la politique pour se tourner vers quelque chose de tout aussi valorisant, mais de plus paisible. Je sais que ce sont des pensées égoïstes.

— Rien ne va, marmonne-t-il en se frottant le front. Il faut que je passe quelques coups de fil.

Je lève la main pour l'en empêcher, mais il répond d'un geste tout aussi brusque.

— Il le faut. Ça ne peut pas continuer comme ça. D'accord, ma carrière est en jeu, mais aussi ta vie – la nôtre. Hors de question que je me laisse faire.

Mon téléphone se met à vibrer. Je l'ignore, mais il recommence. Ce pourrait être une urgence. En allumant l'écran, j'y trouve un message de M. Elle ne m'avait encore jamais envoyé de texto après toutes ces années à travailler ensemble. *Regardez ça tout de suite*, me dit-elle dans son premier SMS, accompagné d'un lien. Le second répète : *Tout de suite ! ! !*

— Qu'est-ce qu'il y a ? demande ma mère.

— M m'a envoyé quelque chose. Je me demande ce que c'est.

J'ai peur d'ouvrir ce lien. Derreck s'assoit près de moi.

— Moi aussi, je veux le voir, sauf si c'est une urgence médicale.

Impossible d'y échapper. Le message me redirige vers un article sur l'arrestation d'un suspect pour la mort d'un jeune garçon. Ça me dit quelque chose : l'enfant devait témoigner dans un procès pour meurtre. Je jette un regard étonné à Derreck, en me demandant en quoi je suis concernée. Pourquoi M m'enverrait-elle cela ?

Derreck est devenu pâle, le front luisant de sueur, fixant l'écran sans parvenir à masquer son horreur, comme s'il venait d'assister à un terrible accident de voiture. Je vois bien qu'il essaie de le dissimuler, mais ses pupilles sont dilatées, sa mâchoire crispée, ses doigts si étroitement entrelacés qu'ils virent au blanc.

— Lance la vidéo, ma chérie, intime ma mère.

J'obéis en me demandant ce qui peut bien terrifier Derreck ainsi. La vidéo s'ouvre sur une conférence de presse emmenée par nulle autre que Paula Fuselier, sur fond de HLM décrépit, dans une rue où je ne m'aventurerais jamais en voiture. Un petit nombre de journalistes lui posent des questions sur la victime que son bureau n'a pas su protéger, questions qu'elle évite sans grande adresse, en se contredisant toutes les deux phrases.

Puis la vidéo passe à Derreck lancé dans un discours sur la criminalité et sur sa campagne électorale, face à ces mêmes journalistes.

Il était là. Avec cette femme.

J'en ai le souffle coupé. L'adrénaline fait tambouriner mon cœur. Je continue à regarder, redoutant la suite. Sur le petit écran, Derreck répond aux questions des médias, puis on le voit de loin en grande discussion avec Paula, pendant seulement quelques secondes. Voir cette femme si près de lui – cette femme qui fait tout son possible pour me détruire – me fait l'effet d'un uppercut. Il semble distant sur l'enregistrement, rigide, voire en colère. D'habitude, pour mettre les gens à l'aise, il se penche vers l'avant afin de ne pas les dominer de toute sa taille. Mais face à elle, il se tient très droit.

En relevant les yeux, je croise le regard peiné de ma mère.

— Qui est-ce, ma chérie ?

Je regarde Derreck qui fixe toujours le téléphone.

— C'est l'avocate dont je te parle tout le temps. Paula Fuselier.

— Alors tu la connais, Derreck ? s'étonne innocemment ma mère. Je dois avoir raté un épisode.

Lorsqu'il redresse enfin la tête, mon mari est parfaitement calme, posé, rassurant.

— Je la connais de nom, oui. Nous nous croisons parfois en de telles occasions. Je ne peux pas l'éviter sur les scènes de crime, ou durant les conférences de presse que donne son bureau. Mais je ne lui ai pas parlé, Anne. Je peux encore le faire, si tu changes d'avis.

Mes vagues soupçons se dissipent aussitôt. C'est vrai qu'il avait déjà mentionné tout cela.

— Non, je pense toujours que M me virerait si j'essayais de mettre mon grain de sel là-dedans.

Derreck semble soulagé. Peut-être me dira-t-il un jour pourquoi. Mais je n'ai pas envie de le cuisiner aujourd'hui. En revanche, M me doit des explications. Je lui envoie un message à mon tour :

Comment êtes-vous tombée là-dessus ?

Quelques secondes plus tard, sa réponse me glace le sang.

Envoyé par un numéro anonyme.

35
Un baiser

Personne n'empêcha Paula d'entrer dans le bureau d'Anne le mercredi matin. Elle s'était bien renseignée. Anne et son assistante trop curieuse, Madison, seraient au bloc au moins jusqu'à 11 heures. Paula avait trente minutes à tuer mais tenait à tomber sur Anne juste après l'opération.

Sa stratégie n'était pas brillante. D'ailleurs, ce n'en était pas une. Elle n'avait qu'une vague idée, un dernier espoir pour retourner la situation, fondé sur la détresse qu'avait dû ressentir Anne en voyant son mari adoré en pleine conférence de presse aux côtés de la femme qui tentait de la détruire. Si Paula parvenait à l'interroger alors qu'elle était vulnérable, peut-être passerait-elle enfin aux aveux.

Non, ce n'était vraiment pas grand-chose, une toile d'araignée dans le vent, rien de plus. Mais c'était tout ce qui lui restait. Si ce plan échouait, Hobbs la ferait radier du barreau, et sa carrière prendrait fin. Quant à Derreck… Il appartenait au passé. À supposer qu'il l'ait jamais aimée, ses sentiments s'étaient éteints. Incroyable comme elle avait pu se tromper sur lui.

Elle glissa sa main dans la poche intérieure de sa veste à fines rayures pour y sentir la crosse de son pistolet. Au moins, il lui restait cela… Anne Wiley serait punie, d'une façon ou d'une autre.

Assise au bureau de la chirurgienne, Paula posa les pieds sur le sous-main. Elle détestait tout dans cette pièce, de la grande fenêtre aux étagères chargées de livres de médecine maintes fois consultés, en passant par le cuir fin du fauteuil et l'odeur de lavande et de café dans l'air. Derreck lui souriait depuis un cadre photo sur la bibliothèque, aimant, radieux, quelques années plus jeune.

Il ne lui avait jamais souri ainsi.

Certains ont vraiment tout dans la vie. Même lorsqu'ils ne méritent rien.

Il n'y avait sur le bureau rien en rapport avec le métier de la chirurgienne, en dehors de son ordinateur portable et d'un dossier rouge. Paula tenta d'accéder à ses fichiers, mais l'ordinateur était protégé par un mot de passe. Elle le laissa allumé : une autre façon de déstabiliser Anne Wiley. Si elle avait quelque chose à cacher là-dedans, Paula le verrait sur son visage.

Tout le reste avait trait à sa vie personnelle. Une grande pomme de pin vernie : d'où sortait-elle, que représentait-elle ? L'important, c'était qu'elle comptait pour Anne. Paula réprima l'envie de l'écraser sous ses talons.

Deux petites photos encadrées. Paula les examina un long moment en mémorisant jusqu'au plus petit détail. Elle détestait même ce portrait d'Anne en adolescente. Qui lui avait donné le droit de rire ainsi au soleil, avec ses longs cheveux blonds et ses dents parfaitement droites ? Paula saisit la photo pour l'observer de plus près. Elle aurait voulu lui arracher les yeux, ne serait-ce qu'en image, mais la photo était sous verre et Paula n'était pas encore prête à tout casser. Elle la reposa avec une douceur excessive, d'abord incapable de s'en détourner. Puis elle regarda l'autre et se pétrifia. Subjuguée, bouche bée, elle la rapprocha de son visage.

Des pas qui s'approchaient interrompirent ses pensées. Elle reposa l'image et se laissa aller dans le fauteuil, très à son aise, prête à accueillir Anne. Mais ce fut Derreck qui fit irruption dans la pièce.

Elle saisit instinctivement son arme. S'il ne lui restait qu'une chose à faire, elle n'hésiterait pas à l'abattre.

— Bon sang, Paula, marmonna Derreck. Je n'arrive pas à y croire. Tu jettes toute ta vie aux orties... et pour quoi ? Pour une passade ?

— Je n'étais donc qu'une passade à tes yeux ? murmura Paula en s'efforçant de ne pas laisser transparaître ses émotions.

Derreck la dévisagea un moment.

— Qu'est-ce que tu fais ici ?

— Mon travail, répliqua-t-elle froidement en contournant le bureau pour s'arrêter à quelques pas de lui.

Elle sentait son aftershave, une odeur qui lui rappelait des moments passionnés.

— Ta femme a enfreint la loi, Derreck, et maintenant que tu as rompu avec moi, je n'ai plus aucune raison de laisser couler.

Il n'eut pas un tressaillement ; au contraire, il la regardait comme si elle était folle. Paula détestait ce regard, presque autant qu'elle détestait être abandonnée, oubliée comme un vieil emballage. Elle prit une profonde inspiration, emplissant ses poumons pour réprimer la frustration qui montait, brûlante.

— Et toi, qu'est-ce que tu fais ici ? répliqua-t-elle en lui souriant comme elle lui souriait au lit. Je ne m'attendais pas à ce plaisir.

Il renâcla de mépris pour bien lui faire comprendre que le plaisir n'était pas partagé.

— Je suis allé te chercher au travail, et ton enquêteur, Adam Costilla, m'a dit que tu étais ici alors que Hobbs te l'avait clairement interdit. Il m'a supplié de t'arrêter, quoi que tu sois en train de fabriquer. Qu'est-ce que tu fais, Paula ?

Elle sonda ses yeux bleus pour y trouver un peu de chaleur, voire du désir. Tout plutôt que cette distance glaciale. Peut-être s'était-elle trompée depuis le début, peut-être ne l'avait-elle jamais intéressé que physiquement, mais tout de même, elle en avait bien profité, au moins pour un temps. Elle s'était sentie fortunée, belle, désirée, gâtée. C'était ce que devait ressentir son épouse tous les jours. Et maintenant, par sa faute, Paula avait tout perdu. Alors qu'Anne ne savait même pas que son mari la trompait !

Il était temps qu'elle le découvre. Un petit sourire vint étirer les lèvres de Paula.

— Je sais que tu as fait chanter son collègue pour qu'il l'espionne, siffla Derreck après avoir regardé alentour. Qu'est-ce qui t'a pris, bon sang ?

Paula lâcha un rire amer, un œil sur le couloir. Elle fit un pas sur la gauche, puis se retourna et s'approcha de Derreck. Il recula aussitôt, ce qui le mit dos à la paroi de verre. Il ne verrait pas arriver sa femme.

— Ne me dis pas que c'est la première fois que tu entends parler d'une chose pareille, fit-elle. Les procureurs proposent souvent de fermer les yeux sur des infractions mineures en échange d'informations sur de plus grands criminels...

— C'est comme ça que tu décrirais ma femme ? Une grande criminelle ?

— Tu la connais si peu, répondit-elle calmement en vérifiant l'horloge au mur.

Anne serait là d'une minute à l'autre. Pourvu que Madison ne revienne pas la première, ce qui ruinerait à nouveau tous ses plans.

— Vous ne savez rien de la femme que vous avez épousée, Monsieur le Maire.

— Arrête de m'appeler comme ça.

— Quoi ? Tu as changé d'avis ? Tu abandonnes ta campagne ?

Elle pencha la tête sur le côté et battit des cils en tortillant une mèche de ses cheveux, dans une tentative ouverte de séduction. Il l'ignora, mais semblait avoir du mal à garder son calme. Il resserra sa cravate et mit les mains sur ses hanches.

— Écoute-moi bien, Paula. Je ne sais pas ce que tu voulais accomplir, mais ça n'ira pas plus loin. Je vais te raccompagner à la sortie et je ne veux plus jamais que tu viennes ici. Même si tu fais une crise cardiaque, je m'en fous, tu iras voir ailleurs !

— J'adore ça, l'autorité, chez un homme…

Anne venait d'apparaître au détour du couloir. Paula se mit sur la pointe des pieds, se pendit au cou de Derreck et l'embrassa passionnément.

Il tenta de se dégager, mais elle avait lacé ses doigts derrière sa tête et creusait les reins pour se presser contre lui, afin de donner plus d'ardeur à l'étreinte. Lorsqu'il arriva enfin à la repousser, Anne avait vu tout ce qu'il y avait à voir.

Elle entra dans le bureau, pâle. Paula lui fit un sourire lascif. Au moins, elle avait remporté cette manche. Elle contempla avec délice la douleur dans ses yeux, en l'absorbant comme elle aurait dévoré un festin après des décennies de famine.

— Mais qu'est-ce qui se passe ici ? demanda la chirurgienne en regardant Derreck qui s'essuyait la bouche sur sa manche. Qu'est-ce que ça veut dire, Derreck ?

Sa voix était trop aiguë et tremblait un peu. Paula sortit son arme et la pointa vers sa poitrine, en prenant soin de tourner le dos à la vitre.

— Asseyez-vous, docteur Wiley.

36
Une arme

La douleur m'a éviscérée, au point que je m'étonne de tenir encore debout.

Il y avait quelque chose dans le baiser de cette femme, quelque chose dans la façon dont le corps de mon mari rencontrait le sien... Comme s'il le connaissait bien. Oui, il s'est dégagé, mais il lui a fallu une seconde. Si Paula Fuselier n'avait jamais touché Derreck auparavant, il l'aurait repoussée avec tant de force contre l'étagère qu'elle en aurait eu le souffle coupé. Elle ne serait pas en train de me sourire comme une conquérante au sommet de sa victoire, heureuse d'avoir saccagé ma vie.

Pas mon Derreck... C'est impossible...

L'arme qu'elle braque sur moi ne m'effraie pas autant que l'idée de perdre l'amour et la fidélité de mon mari, tout ce que nous avions construit ensemble. Les choses ne seront plus jamais comme elles l'étaient encore ce matin, même si j'essaie d'oublier, de lui pardonner, de faire ce que je peux pour sauver ce qui reste de notre amour.

Mes genoux faiblissent, mais je dois rester debout. *Où est Madison ? Qu'est-ce qui peut bien la retenir ?* Il lui suffira d'un regard pour comprendre que quelque chose ne va pas. Elle appellera la sécurité et toute cette histoire sera réglée en quelques secondes.

Je me rappelle m'être demandé il y a quelque temps comment savoir que l'on vient de vivre quelque chose pour la dernière fois. Dîner paisiblement, faire l'amour, saluer un proche… La réponse, c'est que c'est impossible. Les prémonitions n'existent pas. Sans cela, j'aurais senti venir ce cauchemar. J'aurais su que Melanie comptait se suicider. J'aurais eu un peu plus de contrôle sur ma vie, au lieu d'y ricocher comme une boule de flipper.

Un frisson me parcourt soudain : j'ai bel et bien ressenti quelque chose la nuit dernière, devant cet enregistrement. Peut-être que j'ai déjà connu de telles intuitions mais je les ai ignorées, incapable de croire à un sixième sens.

— Asseyez-vous, répète Paula en m'indiquant mon fauteuil.

Je m'y rends avec lenteur, toujours vacillante. Une fois assise, je me sens plus confiante. Peu importe désormais la faiblesse dans mes genoux. Moi, je ne peux plus me permettre d'en ressentir.

— Que voulez-vous, Paula ?

En la fixant dans les yeux, j'y décèle une grande agitation émotionnelle, une vraie frénésie. L'arme qu'elle pointe sur moi m'aurait suffi pour la deviner instable. Celui que je ne peux pas regarder, c'est Derreck, même si je sens qu'il voudrait que je le fasse.

Il s'approche de Paula et lui effleure l'épaule, sans doute pour détourner son attention.

— Tu devrais savoir que j'ai déposé une plainte pour harcèlement sexuel contre toi ce matin. J'ai rencontré ton patron, Mitch Hobbs. Tout ce que j'avais à dire l'a beaucoup intéressé. Ta soi-disant enquête est terminée.

Les yeux étrécis par la rage, elle se tourne vers lui et s'approche pour enfoncer son arme dans sa poitrine. *Non...* Si elle lui met une balle en plein cœur, il sera mort avant de toucher le sol.

— Espèce de fils de pute, articule-t-elle distinctement.

Je m'appuie sur mon bureau pour me relever. Alors que je devrais rester ferme, je suis soudain envahie d'un chagrin si puissant qu'il me fait trembler la voix.

— Que voulez-vous ?

Elle pointe à nouveau son arme vers moi au lieu de Derreck, et je respire.

— Vous êtes décidément incapable de comprendre l'évidence, même quand elle est sous vos yeux.

La haine dans sa voix est si intense que j'en frémis. Je n'ai pourtant jamais rien fait à cette femme. D'instinct, je regarde Derreck. De tout ce que j'ai sous les yeux, seul mon mari m'importe.

— Pas lui ! ricane Paula. *Elle.*

Et elle me désigne l'une des photos de Melanie, celle que j'ai récemment récupérée chez moi. Je la fixe, incrédule. Quand Paula la saisit d'une main, je m'écrie :

— Lâchez immédiatement cette photo de ma sœur !

— *Votre* sœur ?

Elle éclate d'un rire hystérique qui fait tressauter le canon de son arme.

— J'ai voulu vous prendre ce que vous m'aviez pris. J'ai attendu plus d'un an le décès d'un de vos patients, la plus petite erreur, afin de pouvoir vous arracher votre famille, comme vous m'avez arraché la mienne. Melanie !

J'en reste bouche bée. Ce nom se charge d'un millier de questions.

— Melanie ?

— Pendant vingt-cinq ans j'ai cherché ma sœur. Depuis que vous êtes venus me l'enlever. Vingt-cinq ans ! Je ne me rappelais qu'une chose, votre visage – ces boucles blondes, ces dents blanches, ce sourire insouciant. Pas votre nom, rien qui puisse m'aider à la retrouver, rien que vous. J'ai étudié le droit en me disant que si je devenais procureur, je pourrais accéder à son dossier d'adoption. Mais non, même ainsi, je ne pouvais toujours pas convaincre le juge de me révéler qui l'avait prise…

Glacée, je répète :

— Votre sœur…

— Oui, ma sœur ! Pas la vôtre ! Vous n'aviez pas le droit !

Malgré sa furie, sa douleur est très claire.

— Je n'avais plus qu'elle au monde ! J'espère que vous brûlerez en enfer, Anne Wiley.

Un vertige me prend, accompagné de nausées. Cette femme, cette femme qui me tient en joue est la sœur de Melanie, sa sœur de sang… L'espace d'un instant, je voudrais la serrer dans mes bras, comme si un peu de Melanie m'était parvenu après toutes ces années.

Puis un précieux souvenir me revient sous un autre angle, en me pétrifiant davantage. Cette lettre que Melanie avait adressée au père Noël la première fois que nous avons célébré les fêtes ensemble… Elle voulait passer du temps avec sa sœur, la coiffer avec sa nouvelle brosse à paillettes, dormir avec elle le soir de Noël. Et moi, j'étais ravie, enchantée d'être l'objet de tant d'amour.

Ce n'est pas de moi qu'elle parlait. Elle voulait revoir sa vraie sœur.

Mon cœur se brise en songeant à l'espoir dans les yeux de cette petite fille qui me tendait sa lettre. Moi qui pensais qu'elle me chérissait… Je voulais tant y croire. Pourquoi n'a-t-elle rien dit ?

— Je n'ai jamais su que Melanie avait une sœur, dis-je en réprimant mes larmes. Personne ne nous a mis au courant. On nous a juste fait savoir qu'une autre petite fille dans sa famille d'accueil l'avait aidée à fuguer plusieurs fois.

Avec un sourire grimaçant de tristesse, Paula repose la photo et tape le verre du bout de l'ongle.

— C'était moi. Vous ne voyez toujours pas la ressemblance ? Comme je vous le disais, l'évidence était sous vos yeux.

Mes jambes faiblissent tellement que je dois me rasseoir, incapable de relâcher le bord du bureau tant que je ne sens pas la chaise soutenir mon poids. Je prends la photo pour la regarder de près, en étudiant tous ces détails que je connais déjà par cœur. Au premier plan, Melanie le jour de son adoption, radieuse. Derrière elle, d'autres enfants qui jouent et s'amusent dans la cour. Mais une petite fille de douze ans, près d'un arbre, fixe Melanie en faisant la moue. Quelques mèches de cheveux bruns ont échappé à sa queue de cheval. Il y a sur son visage une immense tristesse que j'avais déjà remarquée, en l'attribuant à la jalousie de n'avoir pas été adoptée, elle, plutôt que Melanie.

J'avais raison, en quelque sorte. Mais j'avais aussi complètement tort.

La femme qui se tient devant moi a la même bouche que cette petite fille, à peine plus fine sous son gloss rose. Ses cheveux ont gardé la même couleur et la même longueur, retenus par un chignon professionnel. Et ses yeux – le même marron que ceux de Melanie – sont hantés par le chagrin et envahis par la rage.

— Vingt-cinq ans à vous chercher par tous les moyens, dans l'espoir de la revoir.

Elle semble maintenant très calme, malgré sa colère.

— Et puis un jour, alors que j'étais coincée dans les embouteillages, je vous ai vue. Sur ce panneau publicitaire avec votre sourire parfait. Comme si vous pouviez m'apprendre ce qui vient du cœur.

Elle lâche un rire amer.

— J'ai failli rentrer dans un camion ce jour-là, à force de plisser les yeux pour déchiffrer votre nom d'en bas, docteur Anne Wiley.

Cette femme a beau m'avoir tourmentée, je ressens sa douleur dans ma propre poitrine.

— Je n'avais pas idée…

— La ferme ! gronde-t-elle en relevant son arme. Vous croyez que j'ai envie de vous écouter ? Non seulement vous m'avez enlevé Melanie, mais vous l'avez tuée !

Je la fixe avec de grands yeux. Derreck s'agite, se frotte le front comme pour le lisser de force. Je lui fais signe de garder ses distances.

— Nous n'avons pas…

— Comment auriez-vous pu comprendre ce qu'elle traversait ? hurle-t-elle en se penchant si près que je sens son souffle brûlant sur ma peau.

J'ai un mouvement de recul, ce qui ne fait qu'amplifier sa fureur.

— Vingt-cinq ans de recherches, et quand je vous ai enfin trouvée – vous, votre maison, votre hôpital, tout ce qu'il y avait à savoir sur votre petite vie parfaite – j'ai trouvé son certificat de décès !

Des vagues d'émotions s'écrasent sur son visage : l'amertume, le désespoir, une douleur sans issue. Ses yeux se remplissent de larmes.

— Vous imaginez ? J'avais même acheté une peluche pour lui offrir, un ours comme celui que vous ne l'avez pas laissée prendre quand vous me l'avez enlevée.

Ses lèvres tremblent, sa poitrine secouée de sanglots.

— Cinq ans. Elle n'aura pas survécu plus de cinq ans avec vous.

Elle se redresse, tente de se contrôler, de se calmer, sans vraiment y parvenir.

— Ce jour-là, j'ai juré que je vous arracherais tout, que je vous écraserais moi-même quand vous n'auriez plus rien.

Chacune de ses paroles me transperce. Tout ce que je pensais savoir sur Melanie est faux. Mes parents n'auraient jamais séparé ces deux petites filles : ils les auraient adoptées toutes les deux. J'aurais adoré avoir une deuxième sœur. Si seulement nous avions su.

Les pleurs désespérés de Melanie en montant dans notre voiture pour quitter l'orphelinat me reviennent en mémoire, encore plus déchirants maintenant que j'en connais la raison. La tristesse qui la prenait parfois, surtout les deux ou trois premières années. Sa façon de regarder par la fenêtre. Tout est différent maintenant que je connais l'existence de Paula.

Celle-ci devrait se réjouir : elle m'a effectivement presque tout arraché. Ce que j'aimais le plus. Derreck… et maintenant Melanie. Tous mes souvenirs d'elle sont désormais décolorés par ces doutes, ces remises en question.

Paula doit lire la douleur sur mon visage, car elle laisse échapper une exclamation de mépris.

— Vous n'aviez vraiment aucune idée ? Comment peut-on être ignorant à ce point ?

Elle me regarde comme si je n'étais qu'une ordure dans le caniveau.

— Que vous connaissiez mon existence ou non, vous l'avez tuée.

Je la regarde avec tristesse.

— Nous avons tout fait pour qu'elle soit heureuse. Elle avait un psy, tout ce dont elle avait besoin, une bonne école…

— Comment pouviez-vous la comprendre ? répète-t-elle en abattant son poing sur le bureau. Comment pouviez-vous savoir ? Moi, j'aurais pu l'aider, j'aurais pu la soutenir…

Mes doutes et ma culpabilité ne font que grandir. A-t-elle raison ? L'aurait-elle mieux épaulée si nous ne l'avions pas adoptée ? Quoi qu'il en soit, elle a le droit d'entendre toute l'histoire.

— Nous savions ce qu'elle avait vécu, dis-je à voix basse. Nous avons découvert les marques sur son corps le jour où elle est arrivée chez nous.

L'arme de Paula se baisse de quelques centimètres.

— Vous le saviez ?

Un sanglot la secoue. Lorsqu'elle reprend son souffle, sa rage revient.

— Je m'en moque ! Tout comme je me moque bien de votre patient. C'est pour la mort de Melanie que vous allez payer.

Elle vise à nouveau ma poitrine, sans plus vaciller.

— Je vous en prie, posez votre arme. Nous l'aimions tellement, toutes les deux. Je voudrais…

— N'allez pas vous imaginer que nous avons quoi que ce soit en commun ! Je vous hais !

Je déteste jusqu'à l'oxygène que vous respirez, parce qu'il vous garde en vie !

— ... vous montrer ses photos d'enfance, dis-je sans faiblir.

Sous la surface endurcie par ces années de douleur et de colère bat le même sang que celui de Melanie. Je ne pourrai jamais la détester, lui en vouloir, lui faire du mal.

— J'ai aussi des vidéos...

— Vous croyez que ça m'importe ? Vous pensez que nous pouvons encore devenir amies ?

Son éclat méprisant attire l'attention d'un passant dans le couloir, qui ne fait que nous jeter un coup d'œil sans ralentir le pas.

— J'ai promis de tout vous arracher, et je compte bien tenir parole. Cet abruti n'était que le début, dit-elle en désignant Derreck avec dédain.

— Une minute ! s'indigne Derreck, sans se préoccuper de son arme.

Du regard, je lui intime de ne pas interférer. Peut-être puis-je encore la raisonner. Mais Paula ne s'arrête pas là – si seulement elle pouvait se taire...

— C'était une cible facile ! Ça fait sept mois que nous couchons ensemble. Je l'ai rencontré chez vous, quand vous avez organisé cette levée de fonds pour l'hôpital... Eh oui, j'étais là, ricane-t-elle devant ma stupéfaction. J'observais tout, je repérais ceux qui comptaient pour vous, je faisais une liste de gens à abattre...

— Salope ! gronde Derreck en se ruant vers elle.

Mais elle tourne son arme vers lui, et il se pétrifie. Sept mois ! La tête me tourne, de plus en plus vite.

— Alors, qu'est-ce que ça fait, docteur Wiley ? demande-t-elle avec un rire perçant. J'appelle un médecin ? Vous faites une crise cardiaque ? Ça réglerait tout, pas vrai ? Je n'aurais plus rien à faire ici, et Derreck et moi pourrions repartir baiser au LondonHouse ! Le service de chambre nous apporterait quelques hors-d'œuvre arrosés de champagne…

— Je vous en prie, assez, dis-je en tirant sur le col de ma blouse pour trouver un peu d'air.

— Le plus drôle, c'est que c'est vous qui avez payé pour toutes ces chambres d'hôtel, pas vrai ? Il n'avait pas un rond avant de vous rencontrer ! Ce n'était qu'un minable sans le courage de ses ambitions, un étudiant en droit qui croulait sous les dettes ! Mais vous, avec toute votre fortune, vous pouviez financer sa carrière… Évidemment, qu'il vous adore !

Elle rit encore tandis que je me liquéfie peu à peu, penchée en avant comme pour me rouler en boule.

— Je vous souhaite tout le bonheur du monde… Mais non, c'est vrai, vous n'avez plus que quelques instants à vivre, lance-t-elle avec un clin d'œil à Derreck.

Il semble prêt à se jeter sur elle. Je l'implore muettement, et la ligne de ses épaules se détend. Avec mes dernières forces, je porte sur Paula un regard d'empathie.

— Nous aimions la même petite fille de tout notre cœur. Vous ne pouvez pas m'en vouloir pour cela.

— Pourquoi pas ? fait-elle en penchant la tête sur le côté.

— Parce qu'elle m'aimait aussi. Je peux vous le prouver.

Derreck s'agite de plus belle en entendant cela.

— Taisez-vous ! hurle Paula, mais des larmes se mêlent à sa voix.

Apparemment furieuse de se découvrir si faible, elle balaie tout ce qui se trouve sur mon bureau. Les photos de Melanie finissent au sol dans un bruit de verre brisé, la pomme de pin vernie qu'elle m'a offerte pour mon quinzième anniversaire roule jusqu'aux pieds de Derreck.

Et le dossier de Caleb Donaghy s'ouvre au vol en répandant ses pages.

Derreck a beau tenter de m'en décourager, je me sens sur le point de convaincre Paula. Peu m'importe l'approbation de mon mari, de toute façon, lui qui a passé sept mois à me tromper.

Alors que je m'apprête à plaider à nouveau ma cause, je remarque soudain la pâleur de Paula, ses mains qui tremblent. Son arme semble soudain trop lourde pour elle. En suivant son regard horrifié, je tombe sur la photo de Donaghy, celle que j'ai prise à la morgue.

Je ne comprends pas sa réaction. Ou plutôt, je la comprends, mais elle n'a aucun sens.

— Qui est-ce ? demande-t-elle dans un murmure à peine audible.

— Comment pouvez-vous me poser la question ? C'est le patient que vous m'accusez d'avoir tué.

— C'est *lui,* Caleb Donaghy ?

Elle s'accroupit et récupère la photo, maladroite, l'arme toujours à la main.

— Je n'ai vu que son permis de conduire, murmure-t-elle comme pour elle-même. Il portait un toupet ridicule, des lunettes, une barbe. Je n'avais pas idée...

Je me lève et je m'approche en tendant la main pour qu'elle me rende le dossier.

— C'est l'homme qui est mort sur ma table d'opération, dis-je avec douceur. Je pensais que vous le saviez.

Lorsqu'elle me regarde, je ne la reconnais plus, mais je reconnais son expression tourmentée : c'est celle qu'avait Melanie en voyant Donaghy dans le parc.

Enfin, tout est clair.

— Je suis désolée que vous ayez dû subir de telles horreurs. Vous et Melanie étiez si jeunes, si vulnérables, aux mains de ce...

— Taisez-vous, souffle-t-elle.

Mais sa voix est loin d'être aussi froide et tranchante qu'avant. Elle prend la photo de Donaghy et la fourre dans la broyeuse pour en faire des lambeaux de papier.

— Je suis bien contente de savoir qu'il est mort, poursuit-elle.

C'est là que je prends un grand risque.

— Moi aussi. Pour Melanie... et pour vous.

Elle recule, détourne les yeux, puis les relève sur Derreck. Sa rage va et vient, au rythme de sa lutte intérieure.

— Ma sœur est morte, et quelqu'un doit payer. Je pensais que ce serait vous, la gamine trop gâtée qui me l'a enlevée.

Sans cesser de me regarder, elle désigne Derreck du menton.

— Il m'a laissée envahir votre vie et m'a facilité la tâche, vous savez.

Il se jette sur elle pour lui arracher l'arme. Paula tente de reculer mais se retrouve coincée contre le bureau. Je les regarde lutter, horrifiée : les urgences sont remplies de victimes de ce genre d'affrontement.

— Derreck, non ! Laisse-la !

— Tu t'es bien foutue de ma gueule ! gronde-t-il sans m'écouter, en tirant sur le canon à deux mains.

Paula se contente de résister, sans appuyer sur la détente, mais il est bien plus fort et galvanisé par la rage. Il finit par lui tordre le poignet. Le coup part, en lui arrachant un cri.

— Derreck !

Je voudrais voler à ses côtés, mais il est encore debout, toujours aux prises avec Paula. Il retourne l'arme de force contre sa poitrine, et une deuxième détonation retentit. Je pousse un hurlement, pile au moment où la police fait irruption, mon mari en ligne de mire.

Paula s'effondre à ses pieds avec un regard étrange. Le sang coule à flots de sa poitrine.

— Lâchez cette arme ! ordonne l'un des officiers de police en gilet pare-balles. Tout de suite, ou je fais feu !

Derreck s'accroupit pour poser le pistolet au sol, puis lève les mains. Il saigne à l'abdomen, très pâle, le front humide de sueur.

Madison fait irruption.

— Les infirmiers arrivent. Désolée d'avoir mis si longtemps.

Je m'agenouille près de Paula pour lui prendre le pouls. Son cœur bat encore, mais très faiblement. Elle perd tant de sang, et elle sera bientôt en état de choc. Chaque seconde compte.

L'un des policiers attrape Derreck pour le relever de force. Il tente de se dégager, sans succès.

— Mais lâchez-moi, enfin ! Vous ne savez donc pas qui je suis ?

Non, je ne pense pas que la police sache qui est Derreck. Moi qui suis son épouse depuis quatorze ans, je n'en ai aucune idée.

37
Une célébration

Quelques heures plus tard, Paula s'est retrouvée aux urgences, endormie, menottée à son lit. J'étais à ses côtés. La chambre était paisible, plongée dans la pénombre, les stores baissés. Seul le léger bip des machines venait interférer avec mes pensées.

Assise à son chevet, je portais encore ma blouse médicale. Ce n'est pas moi qui l'ai opérée, mais le Dr Seldon, selon la règle qui veut que l'on n'opère jamais les gens que l'on connaît.

Elle s'en remettra. La balle lui a égratigné le péricarde et s'est logée dans une de ses côtes, mais sans endommager l'épine dorsale. Le Dr Seldon a pu la récupérer et a soigneusement recousu la plaie. J'étais là, en tenue de bloc, mais suivant sa requête sans appel, je n'ai touché à rien.

De toute façon, je n'y tenais pas. Je voulais juste la soutenir, et le Dr Seldon a eu la gentillesse de m'y autoriser. Je sais que c'est ce qu'aurait voulu Melanie. Dès l'instant où Paula s'est effondrée sur le sol de mon bureau, je ne l'ai pas lâchée – j'étais avec elle tandis qu'on la stabilisait aux urgences en attendant que le bloc soit prêt, j'étais avec elle pendant l'opération, et je suis restée encore quelques heures à ses côtés.

Lorsqu'elle a remué dans son sommeil, je me suis levée et je lui ai étreint la main. Elle était toujours inconsciente, mais j'ai murmuré :

— Je regrette que nous t'ayons enlevé ta sœur, mais pas qu'elle soit entrée dans nos vies.

Puis, après avoir vérifié une dernière fois ses signes vitaux, je suis partie.

Je ne voulais pas être là à son réveil, de peur que ma présence lui inflige un stress inutile. Mais qui sait ce que nous réserve l'avenir ? En dépit de tout sens commun, de toute logique, j'espère pouvoir rester en contact avec elle. J'aime à penser que je suis quelqu'un de bien, qui ne cherche pas à régler ses comptes. Quelqu'un capable de comprendre comment le traumatisme et la douleur peuvent déformer les gens. Quelqu'un capable de pardonner.

Elle encourt une peine très lourde pour ses actes.

Le policier qui m'attendait dans mon bureau à mon retour a mentionné qu'elle serait poursuivie pour tentative de meurtre. Ma détresse l'a stupéfié – vu sa façon de me regarder, il a dû me prendre pour une folle. Mais il m'a généreusement aidée à m'asseoir quand mes jambes ont fini par se dérober sous moi. Madison a pris le relais et l'a chassé comme un écolier.

Paula pourrait être condamnée à perpétuité. Quand j'ai interrogé l'avocat de l'hôpital, je n'ai que partiellement compris ses explications sur la préméditation et le fait d'avoir tiré à l'arme à feu alors qu'elle commettait déjà un autre crime. Apparemment, cela aggrave les choses.

Assise à son chevet, en fixant ce pâle visage pour y trouver une ressemblance avec Melanie, je me suis juré de faire de mon mieux pour alléger sa peine. Elle a bien assez souffert.

Malheureusement, c'est désormais mon tour. Ma vie est sens dessus dessous. La blessure de Derreck n'est pas si grave, mais il ne reste rien de notre mariage.

Je rentre en voiture, toujours sous le choc. *Nous sommes mercredi, et maman n'est pas là le mercredi soir.* Étrangement, cela me soulage. J'ai tant besoin de quelques minutes à moi pour digérer tout ce qui s'est passé aujourd'hui.

Mais d'abord, une tâche importante m'attend.

Dès que je passe le seuil, je monte l'escalier et je m'arrête devant la porte de Melanie. J'y appuie le front, les yeux fermés, l'esprit errant. Après quelques instants, son rire envahit mes souvenirs. J'accueille avec reconnaissance cette précieuse relique de notre vie ensemble. C'est avec ce bruit dans les oreilles que je tourne la poignée.

La porte s'ouvre. Me voilà dans sa chambre. Les meubles sont cachés par des draps, mais rien dans leur disposition n'a changé. Tout est propre, sans une trace de poussière sur le tapis. Maman doit avoir entretenu cet endroit sans jamais m'en parler. Elle attendait que je sois prête.

Rien n'exige mon attention ici. Melanie vivra toujours dans mon cœur. Voilà vingt-deux ans qu'elle a quitté cette chambre.

Avant de ressortir, je me dirige vers la grande fenêtre et j'ouvre les rideaux pour laisser entrer le soleil. Des poussières tournoient dans les rayons de lumière, comme tournoyait autrefois une jupe bleue sous un chemisier blanc en dentelle.

Lorsque je redescends dans la chambre d'ami, l'aftershave de Derreck me prend à la gorge. Je fixe le placard ouvert. Je sais ce qu'il me reste à faire. Mais je ne suis pas certaine d'en être capable.

Il n'est pas encore rentré. Après avoir reçu des sutures pour sa blessure, il est parti faire sa déposition au commissariat. Lui ne sera pas poursuivi, car il ne faisait que se défendre. Son dernier message mentionne qu'il attend encore son avocat.

Je ne lui ai pas répondu. Je ne veux plus jamais lui répondre.

Je veux qu'il disparaisse de ma vie pour toujours.

Rien ne peut réparer sept mois d'infidélité.

En sortant une valise pour la poser sur le lit, je me rends compte que je le soupçonnais de me tromper depuis longtemps déjà, chaque fois que je remarquais sa fraîcheur au retour d'une longue journée de travail. Il rentrait de ses escapades : il avait pris une douche à l'hôtel. Voilà au moins un mystère de résolu.

Je dois désormais faire en sorte de me détacher de lui. Un frisson me traverse lorsque les mots méprisants de Paula à son endroit me reviennent en mémoire. Et si elle avait raison ? Et s'il refusait de partir à quelques mois de son élection ? Il a tant à perdre.

Je lâche un soupir douloureux en m'asseyant près de la valise vide.

L'argent. N'est-ce pas la réponse à tout ? Je le paierai pour qu'il s'en aille. Je ne ferai pas de vagues tant que la campagne ne sera pas finie. Puis je demanderai le divorce, et je ferai en sorte qu'il n'en retire pas grand-chose. Grâce à Paula, je peux prouver son infidélité en fouillant ses relevés bancaires pour y trouver ses réservations d'hôtels de luxe.

Le bruit de la porte de la buanderie m'attire dans le salon. Ma mère doit être rentrée plus tôt que prévu.

C'est Derreck.

Il m'offre son grand sourire charmeur ainsi qu'un bouquet de roses rouges, puis m'embrasse tandis que je reste là, pétrifiée. Je prends automatiquement les fleurs, et le froissement de la cellophane semble assourdissant dans le silence de notre maison. Je devrais les mettre dans un vase. Je devrais appeler à l'aide en hurlant. Je devrais lui ordonner de partir.

Il y a dans ses yeux quelque chose que je n'avais encore jamais détecté : une froide détermination. J'ai toujours admiré son ambition d'acier, mais maintenant qu'elle transparaît, je sens la peur se répandre dans tout mon corps. Mon sixième sens se manifeste plus que jamais.

Cette fois, je l'écouterai.

— Je sais que tu dois être bouleversée, commence-t-il en retirant sa cravate.

Il la dépose sur le dossier d'une chaise, puis ôte sa veste avec une grimace de douleur. Je vois un bandage par le trou ensanglanté de sa chemise. Il l'ôte également et la roule en boule pour la jeter à la poubelle.

— Mais on fait tous des erreurs, Anne.

Il me reprend les roses et les pose sur le comptoir, puis m'attrape par les épaules. Je frissonne à son contact.

— On fait tous des choses qu'on ne peut pas vraiment expliquer. Ou plutôt des choses qu'on préférerait ne pas expliquer.

Il a beau me parler avec douceur, je ne m'y trompe pas. Tous mes sens sont en alerte.

— Ton patient, par exemple... Comment s'appelait-il, déjà ? Caleb Donaghy ?

La voilà, l'épée de Damoclès, toujours présente. Il ne va pas me laisser détruire sa carrière comme ça. J'étais idiote d'y croire.

Un souffle glacé me descend dans le dos lorsque je repense à tout ce que je lui ai avoué au sujet de Caleb Donaghy. Peu importe que mes actions ne soient pas ce qui l'a tué. Je ne pourrai jamais accuser la vraie coupable. Et aujourd'hui, Derreck a appris encore plus de choses, grâce à Paula, grâce à ce que je lui ai raconté sur Melanie, grâce à sa réaction face à la photo de

Donaghy. J'avais de bonnes raisons de tuer cet homme, et mon mari, avocat, est désormais au courant.

— Je ne sais pas si je peux te pardonner, Derreck, dis-je tout en sachant que je perds sans doute mon temps.

Il enlève ses chaussures et s'assoit sur le canapé avec un grognement de satisfaction. Je ne pourrai pas le déloger de chez moi.

— Je veux divorcer.

Pas un tressaillement.

— Le pardon, vois-tu, ça s'apprend, déclare-t-il. Le temps guérit tout, y compris la terrible douleur que tu dois sans doute ressentir. Le temps efface la mémoire, surtout chez ceux qui sont disposés à oublier. Comme moi.

Il me dévisage jusqu'à ce que je baisse le regard pour lui échapper. J'ai parfaitement compris l'offre.

Je rassemble ma détermination pour relever les yeux. Moi non plus, je ne compte pas me laisser faire.

— Alors, que veux-tu faire, maintenant ?

Il se relève d'un coup, puis grimace en effleurant sa blessure.

— Que dirais-tu d'une petite célébration ?

Il sort l'une de nos meilleures bouteilles du frigo et nous verse deux verres sous mes yeux incrédules. Puis il m'en tend un et porte un toast.

— À nous, ma chère femme. À toi et moi, pour la vie.

Je lève mon verre en retour, malgré ma nausée.

— Et à Caleb Donaghy, sourit-il en m'adressant un clin d'œil.

Comme je le regarde boire, un sourire me vient également. Dans sa froide arrogance, mon mari s'imagine qu'il m'a vaincue, qu'il m'a définitivement réduite au silence parce qu'il connaît la vérité sur Donaghy. Il pense que je me plierai à sa volonté, à sa ruse, que je continuerai à être l'épouse dévouée du futur maire de Chicago, durant son ascension vers le pouvoir financée par l'argent de ma famille.

Plutôt mourir, mon cher petit mari menteur et infidèle.

Je le vois à son calme, à son expression détendue. Il croit être passé entre les mailles du filet. C'est aussi ce que croyait Caleb Donaghy. Jusqu'à ce qu'il atterrisse dans un tiroir frigorifique de la morgue.

Ce qu'oublie mon mari, c'est que l'un de nous deux connaît au moins une dizaine de façons de provoquer une crise cardiaque sans laisser de trace.

Et ce n'est pas lui.

Remerciements

Un merci tout particulier à toute l'équipe de chez Bookouture. Travailler avec eux est un plaisir – leur enthousiasme est contagieux et leur dévouement impressionnant.

Merci également à Ruth Tross et Christina Demosthenous, qui font du travail d'édition un réel plaisir. Je ne pourrais pas rêver meilleures partenaires créatives.

Merci aux infatigables Kim Nash et Noelle Holten qui assurent la promotion de mes livres sur les réseaux. Alba Proko, merveilleuse audio manager, change ce que j'écris en livres audio, veille sur chacun de mes projets et m'en rend incroyablement fière. Ton travail sur mes romans n'est rien de moins qu'une inspiration.

Un grand bravo à l'équipe marketing digital qui travaille inlassablement pour faire de chaque lancement un plus grand succès encore que le précédent. Vous êtes tout simplement fantastiques.

Mes remerciements les plus chaleureux à Richard King et ses efforts enthousiastes pour faire traduire mes romans et peut-être, un jour, les porter à l'écran. Merci pour tout ce que tu fais et pour le vif intérêt que tu témoignes à mon travail. Tu ne sais pas à quel point je l'apprécie.

14392

Composition
FACOMPO

Achevé d'imprimer en Slovaquie
par NOVOPRINT SLK
le 26 août 2025

Dépôt légal : avril 2025
EAN 9782290422885
L21EPNN000636-679656-7

ÉDITIONS J'AI LU
82, rue Saint-Lazare, 75009 Paris

Diffusion France et étranger : Flammarion